그리고,
봄이 온다

그리고, 봄이 온다 1

초판 1쇄 인쇄 2015년 5월 12일
초판 1쇄 발행 2015년 5월 19일

지은이 이현성
발행인 오영배
책임편집 김보나
표지디자인 공간42
제작 조하늬
일러스트 신상원

펴낸 곳 (주)삼양출판사 · 단글
주소 서울특별시 강북구 도봉로 173
대표 전화 02-980-2112 **팩스** 02-983-0660
출판등록 1999년 3월 11일 제9-00046호

ISBN 979-11-313-0352-8 (04810) / 979-11-313-0351-1 (세트)

+ 이 도서의 국립중앙도서관 출판시도서목록(CIP)은 서지정보유통지원시스템홈페이지(http://seoji.nl.go.kr)와 국가자료공동목록시스템(http://www.nl.go.kr/kolisnet)에서 이용하실 수 있습니다. (CIP제어번호: 2015013143)

단글 은 (주)삼양출판사의 로맨스 문학 브랜드입니다.

그리고, 봄이 온다

1

이현성 장편소설

단글

| 차 례 |

그리고,
봄이 온다

프롤로그

유독 아프게 기억되는 사랑이 있다.

그것은 말할 수 없기에 품어야만 했고, 품어야만 했기에 안에서 타들어 간 감정이었다.

20살의 봄.

교복을 벗고 모든 것이 새롭게 시작된 그 시절. 어리둥절하고도 묘한 설렘이 가득한 그때.

나는 사랑을 했다.

그리고 그 사랑이, 내 심장을 새까맣게 태웠다.

1장

20살, 설렘의 시작

"첫눈에 반한다는 이야기가 있잖아. 그 말, 믿니? 나는…… 안 믿어."

*　　*　　*

중학교 때부터 고등학교 때까지의 6년은 비슷비슷한 일상이었다. 중학교 1학년 때부터 입기 시작한 교복과 헤어스타일의 제약. 학교와 학원, 그리고 과외. 그렇게 비슷비슷한 일상으로 6년을 채우고, 대학생이 되었다.

교복을 입지 않게 되었고, 머리를 염색해도 나무라지 않았다. 귀를 뚫고 화장도 자유롭게 할 수 있었다.

갑자기 주어진 자유는 어찌나 벅찬 설렘을 지녔는지.

1박 2일의 신입생 오리엔테이션은 낯설었지만, 몇 시간이 지나자 서로 얼굴을 익히고 친해졌다. 선생님의 감시 없이 술을 마셨고, 흠뻑 취했고, 더 많이 서로를 알게 되었다. 그래서 입학식 때는 아는 얼굴을 찾아 인사를 하고, 같이 사진을 찍었다.

그렇게 1학기가 시작되었다.

중, 고등학교 때와 달리, 넓은 교정에 퍼져 있는 강의실을 이리저리 옮겨 다니며 듣는 수업. 정신없는 하루를 보내고, 심리학과 선배들이 마련했다는 술자리에 불려갔다.

마시고, 마시고, 또 마셨다.

소희는 원래 술이 세지 않은 편이라서, 4잔쯤 마셨을 때부터 위험신호를 느끼고 있었다. 속이 울렁거리고 얼굴이 뜨끈거리는 데다가, 심장이 너무 빨리 뛰어서 죽을 것만 같았다.

그래도 벌써 취한 모습을 보이고 싶지 않았다. 다른 동기들은 아무렇지 않은 것 같은데, 혼자 약한 모습을 보이는 게 창피했다.

"바람 좀 쐬고 올게."

옆자리에 앉아 있는 재현에게 작게 속삭이고 조용히 술집 밖으로 나왔다. 과에서 통째로 빌린 가게는 일본식 선술집으로, 그리 넓지는 않았다.

3월이지만 아직은 쌀쌀했다. 몸에 열이 오른 터라, 차가운 공기가 적당히 시원하게 느껴졌다. 가게에서 조금 떨어진 골목에서서 크게 심호흡을 했다. 하지만 심장은 여전히 빨리 뛰었고,

울렁거리는 속도 가라앉을 기미를 보이지 않았다.

토할 것 같다.

하지만 토하기 싫어서 꿀꺽, 꿀꺽 애꿎은 침을 삼켰다. 낮고 느릿한 음성이 들려온 것은, 바로 그때였다.

"토하는 게 나을 텐데."

인적이 드문 골목이라 누군가 있을 줄은 몰랐다. 깜짝 놀라 뒤를 돌아봤다.

남자가 서 있었다.

가로등 불빛이 스포트라이트처럼 남자를 비추고 있었다.

키가 크고, 어깨가 넓은 남자였다. 머리카락은 검고, 앞머리 아래 살짝 감춰진 눈동자도 검었다. 밤인데도 한눈에 알아볼 수 있을 만큼 새하얀 피부와 새빨간 입술이 인상적이었다.

곱상하게 생겼는데도 곱상한 느낌이 들지 않는 그 남자는, 흰색 패딩 점퍼 주머니에 손을 찔러 넣고 있었다.

"술 때문에 힘든 거면, 토하는 게 나을 거야."

소희의 반응이 없자, 남자가 다시 한 번 말했다. 소희는 대답을 해야 한다고 생각했지만, 말이 나오지 않았다. 그의 얼굴에서 눈을 뗄 수가 없었고, 아까보다 더 빨라진 심장박동 때문에 정신을 차릴 수가 없었다.

"아, 내가 괜한 참견을 한 건가?"

뻣뻣하게 굳어 있는 소희의 행동을 오해했는지, 남자는 다시 걷기 시작했다. 그가 점점 가까워지자 소희는 아찔해졌다.

격한 심장박동, 옥죄는 심장, 입안이 바싹바싹 마르는 감정은 처음이었다. 알코올이 아니라 그의 향기가, 소희를 취하게 만들고 있었다.

그는 더 이상 소희에게 관심이 없다는 듯 시선을 떼고, 소희의 옆을 스쳐 지나갔다. 뒤늦게 정신을 차린 소희가 휙 돌아섰다.

"저기."

멈추지 않을 줄 알았다. 하지만 그는 멈추고 소희를 돌아봤다.

"응?"

이상하게도, 그가 반응해 줬다는 게 말도 못 하게 기뻤다.

"저…… 걱정…… 해 주셔서…… 감사합니다."

그의 입가에 옅은 미소가 떠올랐다. 심장이 쿵— 내려앉을 만큼 근사한 미소였다.

"그래."

팔을 뻗으면 손이 닿을 만한 거리였다. 주머니 안에 들어 있던 그의 손이 밖으로 빠져나와, 소희의 머리로 향했다. 마치 머리를 쓰다듬어 주려는 듯이. 하지만 그 손은 소희의 머리에 닿기 전에 멈췄고, 다시 주머니 안으로 들어갔다.

"토할래?"

"네?"

"술 때문에 속이 안 좋으면."

"아아."

떨림 때문에 울렁거림을 잠시 잊고 있었다. 자각하자마자 다시 속이 매스꺼워졌다. 하지만 소희는 그의 앞에서 토하는 꼴을 보이고 싶지 않았다. 한 손으로 입을 막고 고개를 저었더니, 그가 살짝 인상을 찌푸렸다.

미간을 좁힌 모습조차도, 심장이 죄일 정도로 멋있었다.

"그래, 그럼."

이윽고 표정을 푼 그가 고개를 끄덕이더니, 소희의 옆으로 와서 나란히 섰다. 소희는 그가 하는 행동을 이해할 수가 없어서, 눈을 동그랗게 뜨고 그를 올려다봤다.

"좀 나아질 때까지 같이 있어 줄게."

"아니요, 괜찮아요."

"혼자 있으면 쓸쓸하잖아."

그는 들어갈 생각이 없다는 걸 증명하려는 듯, 벽에 등을 기대고 가슴 앞에서 팔짱을 꼈다. 소희는 망설이다가 그와 똑같은 자세로 벽에 등을 기댔다.

"심리학과 신입생?"

"네. 아, 저희 과 선배님이세요?"

"응, 복학생이야."

"안녕하세요, 신입생 차소희입니다."

"그렇게 딱딱하게 굴 거 없어. 어차피 복학생은 선배 취급도 잘 안 해 주잖아."

"아니에요, 그럴 리가요. 절대 아니에요."

소희가 힘껏 부정하자 그가 작게 웃었다. 낮게 울리는 그 웃음소리는 몇 번이고 재생해서 듣고 싶을 만큼 부드러웠다.

"그래, 그래. 난 윤성이야. 강윤성."

"잘 부탁드립니다, 선배님."

"응. 나도 잘 부탁해, 후배님."

얼굴이 화끈거렸다.

심장은 아까부터 콩닥콩닥.

벽에 기댈 때 그와의 거리를 가늠하지 못해서 팔꿈치가 살짝 닿아 있었는데, 그 부분이 무척이나 신경 쓰였다. 두꺼운 옷을 입어서 체온이 전해질 리 없건만, 소희는 피부와 피부가 닿은 듯 그 부위가 뜨겁게 느껴졌다.

매스꺼웠던 속이 조금씩 가라앉기 시작했다.

이제 그만 들어가도 될 것 같았지만, 들어가자는 말을 하고 싶지 않았다. 조금만 더 윤성과 함께 나란히 서 있고 싶었다.

"속은 좀 어때?"

윤성이 물었다.

순간, 소희는 갈등했다.

괜찮지 않다고 할까? 아직도 울렁거린다고, 조금 더 이러고 있어야 되겠다고 말할까?

"이제 괜찮아졌어요."

거짓말을 하고 싶지 않아서 솔직하게 말했다. 윤성은,

"그래, 다행이네."

라고 말하고 머리를 뒤로 젖혔다. 그의 시선이 어두운 밤하늘에 닿는 것을 보고, 소희도 따라서 고개를 들었다. 먹구름 때문인지, 매연 때문인지, 별이 하나도 보이지 않는 회청빛 하늘이었다.

"그럼 들어갈까?"

자세를 바로 한 그가 말했다.

"네."

윤성의 뒤를 따라갈 생각이었다. 하지만 윤성은 몇 걸음 앞서 가다가, 소희가 뒤에서 걷고 있자 속도를 늦췄다. 소희는 자연스럽게 그의 옆에서 걷게 되었다.

선술집 앞에 도착해, 윤성이 문을 열었다. 문 근처에 있던 남자 선배 한 명이 윤성을 발견했다.

"아, 강윤성 왔네."

그와 동시에, 선술집 안에 있던 사람들의 시선이 한꺼번에 윤성에게로 쏟아졌다. 선배들의 눈에 적대감이 담기는 것을, 소희는 똑똑히 목격했다.

그의 뒤에 서 있는 것이 민망해서, 어떻게 해야 하나 고민할 때였다.

"윤성아!"

남들보다 한 톤 높은, 그래서 더 애교스럽게 들리는 목소리의 여자가 벌떡 일어나 윤성에게 달려왔다. 갸름한 눈매와 동양적인 외모 때문에, 아까부터 예쁘다고 생각했던 여자 선배였다.

'이름이 아마도…….'

"아, 예진아. 와 있었어?"

'그래, 주예진.'

연회색 원피스를 입은 예진은 쓰러지듯 윤성을 끌어안았고, 윤성은 자연스럽게 그녀의 허리를 감쌌다.

'아아, 여자 친구가 있었구나.'

생각해 보면, 윤성 정도의 외모와 친절함을 가진 남자에게 연인이 있는 건 당연했다.

"우웅. 너랑 같이 오고 싶었는데에에."

예진은 윤성의 가슴에 얼굴을 폭 파묻고 마음껏 애정 행각을 펼쳤다. 다른 사람들의 시선은 안중에도 없는 태도였다.

"나 안 보고 싶었어?"

예진이 윤성을 끌어안은 채 고개만 들고 물었다.

"낮에도 봤잖아. 술 많이 마셨어?"

"우웅. 아주 많이 마신 건 아니고오. 소맥 두 잔?"

"소맥 두 잔에 취하는, 그런 약한 여자는 아니었던 것 같은데."

"헤에."

예진은 눈을 반달 모양으로 접고 웃었다.

"들어가서 앉자."

"응응. 저기 안에 자리 있어. 내 옆에 앉아."

"그래."

윤성은 소희의 존재를 아주 잊어버린 것처럼, 예진의 허리에 한 팔을 감고 안으로 들어갔다.

졸지에 버림을 받은 기분이 들어 민망해진 소희는 아랫입술 안쪽의 살을 깨물고, 재현의 옆자리에 가서 앉았다.

공교롭게도 예진과 윤성은 소희의 바로 맞은편에 앉아 있었다.

예진은 애교가 많았고, 윤성은 그런 예진에게 홀린 사람처럼 예진만 바라봤다. 10분 전 밖에서 소희를 응시하던 검은 눈동자는 이제 예진만을 비추고 있었다. 이 세상에 그녀 한 사람밖에 없다는 듯이.

둘의 그런 애정 행각은 늘 있었던 일인지, 다들 신경도 쓰지 않았다. 소희도 신경을 쓰지 않으려고 노력하며 선배가 주는 술을 마시고, 웃고, 떠들었다.

그리고 필름이 끊겼다.

*　　*　　*

두통에 신음하며 눈을 뜨자마자 보인 건, 거친 느낌이 드는 잘생긴 얼굴이었다.

"오빠……."

"너, 장난 하냐?"

"으으. 집이야?"

속이 울렁거렸다.

"왜? 아직도 술집이었으면 했냐?"

'술'이라는 말을 듣자마자 속이 뒤집혔다. 벌떡, 상체를 일으키는 바람에, 쾅, 태훈과 이마가 부딪쳤다.

"아프잖아!"

"우욱!"

태훈이 비명을 질렀지만, 소희는 무시하고 화장실로 뛰어들어갔다.

"우욱. 우웩."

어젯밤 마신 술이 여전히 위에 남아 있었는지, 알코올 냄새가 확 올라왔다. 아무리 토해도 계속 이런 고통이 남아 있을까 봐 무서울 지경이었다.

토닥토닥.

뒤따라 들어온 태훈이 소희의 등을 두드렸다.

"이 계집애야, 넌 정신 좀 똑바로 챙겨야 돼. 못 견디겠다 싶으면 거절을 해야지, 멍청하게 그걸 다 받아먹어? 그러다 죽어봐야 정신을 차리겠냐?"

태훈의 거친 잔소리는 조금도 귀에 들어오지 않았다.

"거기다 술집에서 잠이 들어? 넌 여자라는 자각이 없냐? 사내놈들이 어떤 놈들인데? 취하면 짐승으로 변하는 게 남자야. 네가 아무리 못났어도 취해서 비틀거리는 거 보면, 가만 놔두고 싶겠냐? 엉?"

소희는 태훈이 등을 안 두드려 줘도 되니, 제발 화장실에서 나가 주기를 빌었다.

"아주 그냥 계집애가 정신이 빠져가지고. 내가 뭐라고 했어? 주는 술 다 마실 필요 없댔지? 옆에 앉은 녀석한테 흑기사 해 달라고 애교라도 부리라고 했잖아. 근데 그걸 다 받아 마시고 잠이 들어? 이모랑 이모부가 아주 좋아하시겠다. 엉?"

"아, 좀!"

비울만큼 비우고 나자 속이 좀 진정됐다. 소희는 벌떡 일어나 태훈을 노려봤다. 갑자기 허리를 펴는 바람에 머리가 띵했다.

"아, 좀 뭐? 뭐?"

"아, 진짜. 그럼 오빠가 와서 좀 도와주지 그랬어?"

큰이모의 아들인 태훈은 소희와 같은 과 3학년에 재학 중이었다. 성적이 조금만 더 좋았다면, 태훈과 같은 학교를 선택하는 일은 절대 없었을 것이다.

"내가 거길 왜 가? 시끄러운 놈들밖에 없는데."

"그럼 잔소리를 하지 말든가. 난 신입생인데 선배들이 주는 술을 어떻게 안 마셔?"

"선배들한테 잘 보인다고 사회 나가서 빛 보는 거 아니랬잖아. 다 고만고만한 놈들한테 잘 보여서 뭘 하겠다고."

"오빤 그게 문제야. 꼭 도움이 돼야 친구를 사귀니? 그러니까 친구가 없지."

"얼씨구? 아주 뚫린 입이라고 말은 잘한다?"

"그럼? 말 못 했음 좋겠어?"

"어. 고분고분한 동생을 가져보고 싶은데, 난?"

"그럼 어디 가서 데리고 오든지. 난 내 할 말은 하고 살아야겠으니까."

"아, 진짜 넌 밉상이야, 밉상."

"오빠도 마찬가지거든?"

"그만들 하고 와서 아침 먹어라."

태훈과 티격태격하고 있는데, 큰이모인 정 여사가 와서 말했다. 한국에서 열 손가락 안에 드는 강호그룹 사장의 부인인 정 여사는, 의사인 소희의 엄마와 전혀 다른 분위기를 지니고 있었다. 소희의 엄마가 여걸 같다면, 정 여사는 우아한 여왕님 같았다.

가정부인 안동댁이 차린 아침 식사는 늘 그렇듯 훌륭했다. 부서진 곳 없이 잘 구운 굴비와 갖가지 나물무침, 예쁜 접시에 담은 김치와 소희의 해장을 위한 북엇국까지.

"아주머니, 북엇국 감사해요."

"얘가 뭐가 예쁘다고 해장까지 신경 써 주셨어요. 귀찮으실 텐데."

태훈은 꼭 미운 소리를 했다.

소희는 북엇국의 진한 국물로 속을 달래며, 태훈에게 물었다.

"오빠, 나 어제 집에 어떻게 왔어?"

"알아서 뭐하게? 안심하고 또 마시게?"

"제발 묻는 말에 대답이나 해 주면 안 돼?"

"엄마, 얘 나한테 기어오르는 것 좀 봐. 새벽녘에 기어들어 온 주제에."

"이모, 어제 늦게 들어와서 미안해."

정 여사가 부드럽게 웃었다.

"괜찮아. 신입생이니까 한동안은 선배들이며, 동기들이랑 어울리느라 정신없겠지. 어서 아침이나 먹어."

"오늘부턴 어떻게든 일찍 들어올게."

"놀고 앉아 있네. 주는 술도 거절 못 하는데 일찍 들어올 수 있을 것 같냐? 오늘도 분명 환영회네, 뭐네 불러 젖힐걸?"

태훈이 기어코 끼어들어 타박을 줬다. 소희는 입술을 비쭉거리며 북엇국을 떠먹었다. 속이 안 좋아서 다른 반찬에는 손이 가질 않았다.

"근데 오빠, 진짜로 나 어떻게 들어온 거야? 누가 데려다줬어?"

"너 같은 애를 뭐가 예쁘다고 데려다주겠냐?"

"그럼 나 혼자 들어왔어? 나 되게 집 잘 찾아오나 보네."

"잘 찾아오긴. 술집에 엎어져 있는 걸 내가 몸소 데리고 와 주셨다. 너, 앞으로……."

"진짜야!?"

태훈의 잘난 척을 끊으며, 소희가 비명처럼 외쳤다. 태훈이 인상을 찌푸리고 소희를 노려봤다.

"누가 밥상머리에서 소리 빽빽 지르래?"

"아, 오빠. 진짜 오빠가 데리러 왔어? 그럼 다들 오빠랑 나랑 사촌이라는 거 아는 거야?"

"야, 너랑 피 통한다는 사실 알려지는 건 나도 싫거든? 그냥 아는 사이라고 해 뒀어."

"아, 왜 그랬어? 나 오빠랑 아는 사이 아니고 싶단 말이야."

"차소희."

"에이씨."

"하아. 이건 진짜 왜 이렇게 밉상이지? 엄마, 얘 왜 이렇게 밉상이야? 이거 어떡해?"

데리러 가 줬는데도 진심으로 싫어하는 소희가 얄미워 죽겠는지, 태훈이 이를 바득바득 갈았다. 소희와 태훈이 티격태격하는 일은 늘 있었기에, 정 여사는 두 사람을 깨끗이 무시했다.

소희는 국 한 그릇을 다 비운 후 일어났다.

"아무튼 오빠, 절대로 나랑 사촌이라는 거 밝히지 마. 나 대학교는 정말 조용히 다니고 싶어."

"나도 너랑 사촌이라는 거 알리기 싫다고 했지? 귀가 막혔냐?"

소희는 태훈에게 혀를 내밀어 보이고는 욕실로 도망쳤다. 금세 샤워를 하고 나온 소희는 학교에 갈 준비를 했다. 무릎까지 오는 체크무늬 치마에 연한 아이보리색 블라우스, 화장을 할까 하다가 관두고 거실로 나왔다.

태훈은 소파에 길게 누워 책을 읽고 있었다.

"오빤 학교 안 가?"

"첫강은 안 가. 3학년의 특권이지."

"오빠, 진짜로 학교에서 나랑 사촌이라는 거……."

"절대로 말 안 할 거고, 한 번만 더 그 말 꺼내면 나한테 맞는다?"

"오빤 올해 가기 전에 폭력으로 구속당할 거야."

"아, 이걸 진짜 그냥 확!"

소희는 벌떡 일어서는 태훈을 피해 현관문으로 달려갔다. 태훈은 진짜 따라올 생각이 없는지 다시 소파에 누웠다.

"야, 차소희."

플랫슈즈를 꺼내는데, 태훈이 불렀다.

"응?"

"너 어제 술집에서 맞은편에 앉아 있던 여자랑 남자, 기억 나냐?"

"여자랑 남자? 아, 그…… 커플?"

기억하고 있었다. 눈앞에서 그렇게 애정 행위를 하는데 쉽게 잊힐 리 없다.

"어. 여자 이름이 주예진이고, 남자 이름이 강윤성이거든. 그 사람들이랑 절대로 가까워지지 마라."

"응? 왜?"

"그런 게 있어. 하여간 그 둘 중에 한 명이라도 눈에 띄면, 멀리 돌아서 가. 말도 섞지 말고."

"먼저 인사하면?"

"그럴 일도 없거니와, 혹시라도 아는 척을 하면 넌 그냥 씹어. 너 원래 버르장머리라고는 눈곱만큼도 없잖아."

"나 예의 바르다고 소문났거든?"

"그런 소문난 적 없으니까 걱정 마시고. 아무튼 그 사람들이랑은 절대 아는 척하지 마."

"알겠어."

건성으로 대꾸했다. 태훈이 왜 그런 소리를 하는 건지 알 수 없었다. 어차피 선배들이라서 수업이 겹치는 일은 거의 없을 것이다.

"차 타고 가지 그러니?"

"괜찮아요, 이모. 전철 타고 가면 금방이에요."

차를 타고 가라니. 절대 안 될 말씀이다.

이 집의 자동차는 차에 대해 모르는 사람이 봐도 '비싼 차구나.'라는 걸 알 수 있는 차였다.

출근 시간과 겹쳐서 전철엔 사람이 많았다. 시루떡처럼 낀 상태로 20여 분을 고생한 끝에, 학교가 있는 역에 도착했다. 개찰구를 나와 입구가 있는 지하통로를 걸어가다가 익숙한 뒷모습을 발견했다. 재현이었다.

신입생 오리엔테이션 뒤풀이 때, 옆자리에 앉아서 친해진 친구였다. 어릴 때부터 농구를 했다고 들었고, 그게 납득이 될 만큼 키가 컸다.

"재현아."

이어폰을 끼고 있는지, 재현은 돌아보지 않았다. 후다닥 달려가 재현의 팔을 잡았다.

"어어, 차소희."

재현이 이어폰 한쪽을 빼면서 물었다.

"속은 괜찮냐?"

"응, 괜찮은 것 같아. 넌?"

"나도 그럭저럭."

"나, 어제 추한 짓 안 했어?"

"음……."

재현은 이렇다 할 대답을 해 주지 않았고, 그게 소희를 불안하게 만들었다.

"설마 나…… 이상한 짓 했어?"

"이상한 짓이라면…… 아무도 안 시켰는데 숟가락 들고 벌떡 일어나서 노래 부른 걸 말하는 건가?"

화끈—

재현의 말에 소희의 얼굴이 금세 빨개졌다.

"내가 그랬어?"

"아니면 노래하다 말고 춤추는 걸 말하는 건가?"

"저, 정말이야? 정말 내가 그런 짓 했어? 진짜로?"

"괜찮아. 10분 정도밖에 안 했어."

"으악!"

"하지만 인상 깊었지."

"으아으아. 나 어떡하지? 나 정말로 그런 거야?"

"응."

"으아아. 애들 얼굴 어떻게 봐? 나 학교 못 가겠어."

"그래도 어쩌겠냐. 비싼 등록금 냈는데 가야지."

발이 무거웠다. 학기 초부터 그런 모습을 보이다니. 앞으로는 술 마시는 걸 자제해야겠다.

"그런데."

전철역에서 학교까지는 10분 정도를 걸어야 했다. 반쯤 왔을 때, 재현이 입을 열었다.

"어제 그 사람이랑은 무슨 사이야?"

"어제 그 사람?"

"너, 데리러 온 사람."

태훈에 대해 까맣게 잊고 있었다.

"그 사람이…… 뭐래?"

태훈은 '아는 사이'라고 말해 뒀다고 했지만, 그 말을 순순히 믿을 순 없었다. 한태훈이 누군가. 남 속여먹기에는 1등인 남자가 아니던가.

"아는 사이라던데."

"아, 정말로 그렇게 말했어?"

"응."

"응, 그 말이 맞아. 우리 그냥 아는 사이야."

정면을 보고 있던 재현의 시선이 소희에게 향했다. 재훈은 소희를 빤히 응시하다가 말했다.

"넌 진짜 거짓말 못 한다."

"거짓말이라니! 진짜야. 그냥 아는 사이. 친하지도 않고, 나쁘지도 않은, 딱 그냥 아는 사이."

"흐음. 그래도 대단하네. 그런 사람이랑 알고 지내다니."

"그런 사람이 어떤 사람인데?"

"그 사람 강호그룹 사장 아들이라며? 도련님이라던데."

"아, 그건 그렇지."

"성격 안 좋단 얘기가 있던데."

"응, 맞아. 성격 진짜 진상이야."

"너만 하겠냐."

"으윽. 어제 일은 잊어 줘."

라고 말하는 소희를 내려다보며, 재현은 어제의 일을 떠올렸다.

소희는 많이 취했고, 술버릇은 놀랍도록 귀여웠다. 숟가락을 마이크 삼아 노래하는 소희를, 남자 선배들뿐만 아니라, 여자 선배들까지도 사랑스럽다는 듯 지켜봤다. 못 이룬 꿈이라도 되는 듯, 실컷 노래하고 춤추던 소희는 느닷없이 테이블에 엎드려 잠이 들었다.

소희 앞의 술병과 접시들을 치워 주다가, 맞은편에서 건너온 손과 부딪쳤다. 윤성의 손은 남자의 것 같지 않게 희고 고왔다.

윤성과 눈이 마주쳤지만 무시한 이유는, 윤성과 그의 연인인 예진의 행각이 마음에 안 들었기 때문이었다. 아까부터 두 사람은 이곳에 둘밖에 없다는 듯 애정 행위를 해댔다. 타인의 애정 행각은 눈뜨고 봐 주기 힘들다.

"그냥 놔둬."

재현을 돕는 윤성의 손을, 예진이 가지고 갔다. 예진은 윤성의 손가락 끝 하나도 자신에게로 향해 있어야 한다는 듯이 행동했다.

재현은 두 사람에게 신경 쓰지 않으려고 애썼지만, 쉽지 않았다. 연애를 해본 적도 있고, 남들의 연애를 지켜본 적도 있지만, 맞은편 커플은 다른 연인들과 무언가 달라 보였다.

태훈이 술집 안으로 들어온 것은, 예진이 화장실에 가느라 자리를 비웠을 때였다.

"머리카락이……."

소희의 머리카락 몇 가닥이 근처에 있는 소시지볶음 그릇에 닿아 있었다. 윤성이 그걸 걷어내 주려고 손을 뻗었을 때, 커다란 손이 그 손을 탁 쳐냈다.

"건드리지 마."

서릿발이 내려앉은 듯 차가운 음성이었다.

"얘한테 손대지 마."

태훈은 윤성을 향해 서늘한 시선을 보내고 있었다. 윤성도 그 곱지 않은 시선을 느꼈을 것이다. 하지만 그는 빙그레 미소를 지으며 손을 거뒀다.

"그래, 그럴게."

태훈은 그의 대답을 건성으로 들으며 소희를 안아 들었다. 마침 돌아온 예진이,

"와, 태훈아. 오랜만이야."

라며 아는 체를 했지만, 태훈은 깨끗이 무시했다. 소희를 안고 나가는 태훈에게 몇몇 선배들이 인사를 건넸고, 둘의 관계를 물었다. 잔뜩 찌푸린 얼굴로 태훈은 대답했다.

"그냥 지나가다 몇 번 마주친 애."

지나가다 몇 번 마주쳤다는 사람에게 소희를 안겨 보내도 되는 건지 걱정스러웠다. 하지만 선배들은 태훈만큼 신변이 잘 알려진 사람도 없으니 걱정하지 말라고 했다. 그때 태훈이 강호그룹 사장의 하나밖에 없는 아들이라는 것을 알게 되었다.

"재현아. 너 동아리 뭐 들 거야?"

소희의 목소리에 상념에서 벗어났다. 소희가 동그란 눈으로 재현을 올려다보며 대답을 기다리는 중이었다. 속쌍꺼풀이 진한 소희의 동그란 눈을 보면, 집에서 기르는 애완견 루비의 눈이 떠올랐다. 루비도 간식 먹고 싶을 때 이런 눈으로 쳐다본다.

"난 농구 동아리."

"아, 맞다. 너 농구했었다고 했지."

"넌 뭐 할 건데?"

"난, 봉사 동아리나 사진 동아리."

"흐음."

"동아리 두 개 들어도 된대. 우리 하나는 같은 거 들자."

"글쎄. 생각 좀 해볼게."

"튕기긴. 남자가 너무 튕기면 매력 없어."

재잘재잘 떠드는 소희의 목소리가 듣기 좋았다. 앞으로 학교생활이 즐거워질 것 같다.

* * *

윤성과 다시 마주친 것은 일주일이 지난 후였다.

지난 일주일 동안 선배들과 함께 밥을 먹는 일이 잦았다. 하지만 윤성과 예진은 그런 자리에 나오지 않았고, 그래서 둘에 대해 잊고 있었다. 윤성을 처음 봤을 때 느꼈던 심장의 기묘한 울림과 설렘 같은 건, 술기운 때문에 일어난 일일 뿐이었다.

사진 동아리에 가입했고, 첫 번째 모임이 있는 날이었다. 5교시가 끝나고 다음 시간은 휴강. 재현은 농구 동아리에 가입을 했고, 같은 과 친구들 중 사진 동아리에 들어간 사람은 없었다.

그래서 소희 혼자 사진 동아리방을 찾아갔다. 자그마한 동아리방의 벽면에는 동아리 학생들이 찍은 사진이 예쁘게 붙어 있었다.

그중에 가장 마음에 드는 사진은, 벚나무를 찍은 사진이었다. 흐드러지게 피어서 마치 연분홍 눈이 쌓인 것처럼 보이는 벚나무.

달칵—

뒷짐을 지고 서서 감상하고 있을 때, 동아리방 문이 열리는 소리가 들렸다.

소희는 휙 돌아섰다가,

"으악!"

낮게 비명을 지르고 말았다.

들어온 사람이 윤성일 거라고는 상상도 못 했기 때문이었다. 윤성도 놀랐는지 문고리를 잡은 채 멈춰있었다. 윤성의 눈이 커졌다가 가늘어졌다.

"사진 동아리인 거야?"

"그 사람들이랑 절대로 가까워지지 마라."

태훈의 말이 떠올라서, 소희는 쉽게 대답하지 못하고 머뭇거렸다. 태훈은 성가신 오빠이긴 하지만, 이유 없이 남을 욕하는 사람은 아니었다. 태훈이 둘과 엮이지 말라고 했으면, 분명 그만한 이유가 있을 것이다.

'하지만…….'

이렇게 단둘만 있는 상황에서, 눈을 똑바로 보고 질문을 던져오는데 모르는 척해도 괜찮은 걸까? 아니, 괜찮고 말고를 떠나서, 무시하는 게 무리다.

'태훈이 오빠라면 가능하겠지만, 난 못 해.'

소희는 어쩔 수 없이 대답했다.

"네, 사진 동아리예요."

"그래."

윤성이 동아리방에 들어와서 문을 닫았다. 소희는 윤성이 눈치채지 못하도록 마른침을 삼켰다.

큰일 났다. 둘만의 공간이 되어 버렸다.

'어떡하지? 갑자기 나가겠다고 하면 이상해 보일 텐데.'

소희는 망설이다가 다시 돌아서서 벚꽃 사진을 주시했다. 5분만 버티다가 화장실에 간다고 하고 나가자. 아니면 그 전에 다른 사람들이 들어올 수도 있는 거고.

"사진 찍는 거 좋아해?"

어느새 옆으로 다가온 그가 물었다.

"네, 좀……."

"그래. 이 사진이 마음에 드나 보지?"

"네. 벚꽃이 예뻐요. 얼른 봄이 왔으면 좋겠어요."

"그러게."

어깨가 스쳤다. 신경 쓰인다.

남자와의 접촉에 유난스레 반응할 만큼 순진하진 않았다. 여자인 친구도 많고 남자인 친구도 많아서 거리낌 없이 팔짱을 끼고, 툭툭 치고, 끌어안기도 해 왔다.

그런데 이상하게도 윤성과의 접촉은 마음을 불편하게 만들었다. 태훈에게 그런 소리를 들어서일까? 아니면 이 사람에게 연인이 있다는 것을 알기 때문일까?

안 되겠다. 아직 5분은 안 지난 것 같지만 나가야겠다.

"저……."

"음료수……."

동시에 입을 열었다.

"먼저 말해."

"아닙니다. 선배님 먼저 말씀하세요."

"음료수 마실래?"

먼저 말하라고 할 때 그냥 먼저 말할 걸 그랬다. 소희는 자신의 아량 넘치는 마음 씀씀이를 탓하며, 고개를 끄덕였다.

"네, 음료수. 마실래요."

"뭐 마실래?"

복도 구석에 있는 자판기 앞에서, 윤성이 물었다.

"사이다요."

"그래."

달칵—

윤성이 자판기에 돈을 넣고 버튼을 눌렀다.

쿠웅—

캔 떨어지는 소리가 유독 크게 울렸다. 윤성은 사이다 버튼을 한 번 더 눌렀다.

쿠웅—

소희는 복도를 둘러봤다. 아는 얼굴이라도 찾을 수 있지 않을까 싶어서였다.

"으앗!"

볼에 차가운 게 닿았다. 윤성이 사이다 캔을 소희의 볼에 대고 빙그레 웃고 있었다.

"걱정 마. 안 잡아먹어."

"네?"

"나랑 둘이 있는 게 무서워?"

“아, 아뇨. 그런 거 아닙니다, 선배님.”

“그래?”

소희는 사이다를 받아 들고 입술 안쪽의 살을 물어뜯었다.

“정말이에요. 정말 무섭지 않아요! 선배님이 식인종만 아니라면 제가 무서워할 이유가 없죠!”

속마음을 들킬지도 모른다는 생각에, 유독 강하게 주장했다. 그러자 윤성의 얼굴에 은은한 미소가 떠올랐다. 그의 미소는 마치 봄바람 같았다. 부드럽고 따스하지만 잡을 수 없는 봄바람.

“환영회 때도 생각했지만, 넌 정말 뭐든 열심이구나.”

“환영회 때요?”

“노래, 잘 들었어.”

“아!”

얼굴이 화끈, 달아올랐다.

“아뇨, 뭘 그런 걸 기억하고 계세요? 앞으로 다시는 그런 일 없을 거예요.”

치익—

민망해져서 캔을 따며 말했다.

“그거 서운한데? 네 노래, 듣기 좋았는데.”

“네? 아뇨. 그런 건 여자 친구한테만 말씀하심이 좋을 것 같은데요.”

“여자 친구?”

무슨 말이냐는 듯 커졌던 그의 눈이 원래 크기로 돌아왔다. 기분 탓일까? 그는 조금 쓸쓸해 보이는 미소를 지으며 고개를 끄덕였다.

"아, 예진이?"

"네. 아마 선배님을 위해 힘차게 노래를 불러 주시지 않을까요?"

"글쎄. 그럴지도 모르지."

여러 가지로 듣는 사람을 복잡하게 만드는 대답이었다.

소희는 무거운 분위기에서 도망치고 싶었다. 다른 때라면 이런 순간에 바보 같은 짓이라도 하겠지만, 윤성의 앞에서는 그러고 싶지 않았다. 화장실에 가는 척 자리를 피하는 게 좋을 것 같아서, 말할 기회를 찾고 있었다. 그때, 윤성이 어딘가를 보며 중얼거렸다.

"그만 들어가 봐."

"네?"

"동방에 둘이 있기 불편하잖아. 난 다른 애들 오면 들어갈게."

"아, 아니에요, 선배님."

그의 말이 사실이긴 하지만, 그렇다고 딱 잘라 '맞아요. 감사합니다.'라고 대답할 수는 없는 노릇이었다.

"괜찮아. 들어가 봐. 나는 누굴 좀 만나고 들어가야 할 것 같아."

"아, 그러시다면 먼저 들어가 보겠습니다. 이따 봬요, 선배님."

"응."

그가 붙잡을세라 걸음을 빨리해 동아리방으로 들어갔다. 걸어가는 내내 그의 시선이 뒤따라오는 느낌이 들었지만, 착각일 거라고 생각하면서.

소희가 동아리방에 들어가자마자, 저 멀리 떨어져 있던 덩치 큰 남자가 저벅저벅 다가왔다. 어디에 있어도 시선을 잡아끄는 그는, 태훈이었다.

밀어붙이듯 다가온 태훈은 윤성의 팔을 강하게 움켜쥐고 잡아끌었다.

"얘기 좀 해."

무슨 얘기를 하려는 건지, 윤성은 알고 있었다. 작게 한숨을 내쉬며 그가 이끄는 대로 따라갔다. 두 사람은 계단을 이용해 옥상까지 올라갔다. 옥상 문은 잠겨 있었고, 태훈은 잠긴 문에 윤성을 밀어붙였다.

쾅—

등과 문이 부딪치며 거친 소리를 냈다. 하지만 태훈은 눈썹 하나 깜빡하지 않았다.

"건드리지 말라고 했는데, 기억 못 해?"

"기억해."

"그럼 건드리지 마."

"……미안. 손이 멋대로 움직였어."

"그럼 그 손 잘라."

"넌 여전히 무서운 소리를 거침없이 하는구나."

"어. 차소희, 걔 맹하고 멍청한 애인데, 그래도 내 사촌이거든. 선배 손 한두 개보다 내 사촌이 더 소중해서 말이야."

"그래, 염두에 둘게."

"똑똑히 새겨 두는 게 좋을 거야. 소희는 지영이랑 달라."

"응, 알아."

쾅—

윤성의 순순한 태도에 더 화가 치민 듯, 태훈이 주먹으로 벽을 내리쳤다.

"선배는 차소희보다 더 맹한 멍청이야."

"말이 좀 심하네."

"웃지 마, 이 인간아! 내가 진짜 답답하고 짜증이 나서…… 하아. 됐다. 평생 그러고 살아라."

태훈은 표정을 잔뜩 구기고 획 돌아서서 계단을 내려갔다. 그의 발소리가 멀어진 후, 윤성은 깊은 한숨을 내쉬며 계단에 걸터앉았다.

차소희.

이 대학에서 그녀를 보게 될 줄은 몰랐다.

차라리 보지 않았더라면, 오래전 색 바랜 마음이 다시 물드는 일 없었을 텐데. 흘러가는 시간과 상황에 몸을 내어 맡기고, 아쉬울 것도 원하는 것도 없이 살아갈 수 있었을 텐데.

이 대학에 들어오게 되었다는 이야기는, 태훈을 통해 들었다.

"이제 소희에 대한 마음은 괜찮은 거지?"

태훈이 물었을 때 "응."이라고 대답한 이유는, 실제로 그런 줄 알았기 때문이었다. 오랫동안 못 봤으니까, 고백조차 못 했던 어린 날의 감정이니까, 심지어 소희는 윤성의 존재조차 모르니까. 그러니까 다시 봐도 아무렇지 않을 줄 알았다.

하지만 아니었다.

그 밤, 골목에서 그녀를 마주했을 때. 심장은 오래전 소희를 처음 봤을 때와 같은 속도로 뛰기 시작했다. 가져서는 안 될 풋풋한 설렘을 지니고서.

* * *

수업이 없는 2시간 내내 동아리방에 있었지만, 윤성은 돌아오지 않았다. 둘이 있으면 불편해하는 소희에게 마음을 써준 것만 같아, 오히려 신경이 쓰였다.

'나쁜 사람은 아닌 것 같은데, 태훈 오빠 왜 그런 말을 한 거지?'

태훈의 말만 아니었어도 좀 더 자연스럽게 행동할 수 있었을 것이다. 하지만 태훈의 말이 자꾸만 떠올라, 윤성에 대해 더 많이 생각하게 되는 것 같다.

'하여간 한태훈은 내 인생에 도움이 안 돼!'

소희처럼 공강 시간을 이용해 동아리방에 온 선배들과 노닥

거리다가, 수업 시간이 되어 동아리방에서 나왔다. 무심코 복도를 둘러봤지만, 역시나 윤성은 보이지 않았다.

'아, 진짜 신경 쓰이네. 내가 너무 실례된 행동을 한 것 같은데.'

볼 안의 살을 씹으며 강의실이 있는 건물을 향해 걸었다. 가는 도중에 동기인 연준을 만났다.

"야, 너 어디 있었냐? 애들이랑 커피숍 가서 놀았는데, 너 없더라."

"나 동방에."

"너 사진 동아리라고 했던가?"

"응. 넌?"

"난 아직. 동아리 들면 공부할 시간도 없을 것 같고. 장학금 받아야 되거든."

"친구의 건실한 모습을 보니 마음이 따끈따끈하다."

"그러냐? 난 네가 칠렐레팔렐레 놀러 다니는 걸 보면 마음이 시린데."

오늘의 마지막 수업은 [법과 사회]라는 교양필수 과목이었다. 여러 과 학생들이 같이 듣는 과목이라, 수업은 대강당에서 진행되었다.

"난 대강당 강의 좋더라."

"의자가 편하지."

"응, 잠이 솔솔 와."

"그래도 안 자는 게 좋을걸. 앞에서 보면 다 보인대."

"그럼 재현이 뒤에 앉으면 되지 않을까?"

"하긴. 그 녀석은 크니까."

몇백 석이나 되는 대강당은 미리 온 학생들로 반쯤 채워져 있었다. 아는 얼굴이 있나 둘러봤더니, 중앙 구역 가장자리에 앉아 있는 재현이 눈에 띄었다.

"저 봐, 크니까 눈에 확 들어오네."

소희는 부럽다는 듯 중얼거리는 연준과 함께 재현이 있는 곳으로 향했다. 재현은 의자에 붙어 있는 간이 책상에 팔꿈치를 대고 꾸벅꾸벅 졸고 있었다.

"재현."

연준이 재현의 어깨를 가볍게 두드렸다. 재현은 놀라지 않은 듯 느리게 눈을 뜨고 연준과 소희를 한 번씩 돌아봤다.

"어, 왔냐?"

"옆으로 좀 가."

재현이 말없이 옆으로 두 칸을 옮겨갔다. 연준에게 먼저 들어가라고 기다리는데, 그가 소희의 등을 밀었다.

"얼른 들어가."

"왜? 나 가장자리에 앉고 싶어."

"안 돼. 난 통로 자리가 좋아."

"에이씨."

연준에게 떠밀려 재현의 옆에 앉았다. 수다라도 떨 생각이었는데, 재현은 다시 졸기 시작했고 연준은 앉자마자 책을 꺼내 공부를 시작했다.

다른 친구는 어디 없을까 싶어서 대강당 안을 둘러볼 때였다. 뒤에 앉은 여학생들이 수군거리는 목소리에, 아는 이름이 끼어 있었다.

"하여간 주예진, 걔도 진짜 별꼴이라니까. 우리가 고등학생이었으면 걔 왕따였을걸."

"어쩌겠냐. 윤성이가 그렇게 싸고도는데."

"윤성이가 싸고도는 게 아니지. 걔가 멋대로 윤성이한테 들러붙어 있는 거지."

"결국 윤성이가 받아 주니까 그게 가능한 거잖아."

"안 받아 주게 생겼니? 문지영 일도 있는데."

"난 그게 제일 놀라워. 그때 강윤성이 군대 간다고 휴학하고, 예진이도 따라서 휴학했잖아. 그래서 주예진도 낯짝이 있긴 있구나, 싶었거든. 근데 1년 전에 같이 복학한 거 보고, 진짜…… 와, 기가 막히더라."

"그건 그래. 나도 어지간하면 윤성이 편 들어주려고 했는데, 둘이같이 복학했을 땐 정말 말도 안 나오더라. 그래도 어쩌겠냐. 주예진이 복학하겠다고 하는 걸 윤성이가 말릴 수도 없는 거고."

"그럼 자기라도 복학 취소를 했어야지. 아, 그럼 주예진도 따라서 취소했으려나."

"그랬을걸?"

"으으. 그런 식으로 생각하니까, 강윤성 걔도 사는 거 진짜 지옥 같겠다."

사는 게 지옥 같을 거라고? 윤성이 예진 때문에?

뒤에 앉은 사람들은 윤성과 예진에 대해 잘 알고 있는 사람들 같았다. 하지만 그들이 하는 말의 의미를 이해하기 힘들었다. 일주일 전 신입생 환영회 때, 앞자리에 앉은 둘은 행복하고 뜨거운 커플처럼 보였었다.

지금 뒷사람들의 얘기를 들으면, 윤성이 예진과 헤어지고 싶어도 못 헤어지고 있는 것 같은데, 그건 말도 안 됐다. 조선 시대도 아니고, 자유민주주의 국가다. 결혼한 부부도 이혼을 하는 판에, 커플이 헤어지지 못할 이유가 뭐가 있단 말인가.

"야, 걔들 왔다."

"아, 뭐야. 같은 수업이었어?"

"수강변경 한다고 했는데, 이 수업으로 변경할 줄이야."

"나, 이 수업 괜히 재수강 신청했나 보다."

뒷사람들의 속삭임에, 소희는 슬쩍 고개를 돌려 입구 쪽을 확인하려 했다. 그때, 커다란 손이 소희의 눈을 가렸다. 재현이었다.

"보지 마."

"어?"

"보지 말라고."

"어어, 뭘?"

뜨끔한 마음에 얼른 자세를 바로 하고 재현을 돌아봤다. 구부정하게 자고 있던 재현은 언제 일어난 건지, 살짝 찡그린 얼굴로 소희를 보고 있었다.

"저 사람들."

"저 사람들이라니."

뒷사람들의 이야기를 몰래 들었다는 인상을 주고 싶지 않아서, 어색하게 웃으며 되물었다.

"너, 진짜로 거짓말 못 한다고 했지?"

"하하하. 거짓말이라니. 무슨 말을 하고 싶은 건지 하나도 모르겠네."

끝까지 발뺌했더니, 재현이 어쩔 수 없다는 듯 작게 한숨을 내쉬었다. 그리고 불쑥 얼굴을 들이밀었다. 깜짝 놀라서 몸을 뒤로 빼기 전, 재현의 입술이 소희의 귓가에서 움직였다.

"강윤성한테 관심 두지 마."

쿵—

생각지 못한 사람의 입에서 '강윤성'이란 이름이 튀어나오자 심장이 내려앉았다.

"그 사람에 대한 건 보지도 말고, 듣지도 마."

"나는……."

"내가 오해한 거라면 미안한데, 만약 이게 오해가 아니라면 지금이라도 신경 꺼. 알아서 좋을 거 없는 사람들이니까."

그 말의 의미를 제대로 받아들이기도 전에, 재현이 원래의 자세로 돌아갔다. 소희는 눈을 동그랗게 뜨고 설명을 바란다는 시선을 보냈다. 하지만 재현은 자기 할 일을 끝낸 로봇처럼 정면을 향한 채 꼼짝도 하지 않았다.

소희는 재현에게, 그리고 태훈에게 말해 주고 싶었다.

'당신들이 자꾸 예민하게 반응하니까, 더 신경이 쓰이잖아!'

신경이 쓰였다.

재현의 방해 때문에 그들이 어디에 앉는지는 확인하지 못했다. 하지만 느낌상으로 뒤에 앉아 있을 것 같았다. 등에 시선이 느껴졌기 때문이다.

자의식과잉인 것 같기도 하지만 어쩔 수 없었다. 고개를 돌려 확인하고 싶었다. 그가 어디에 앉았는지, 이곳을 보고 있는지, 다른 곳을 보고 있는지.

'궁금해할 이유가 없는데. 그 선배가 날 보고 있을 리도 없고.'

그렇게 생각하면서도 소희는 고개가 자꾸만 돌아가는 것을 막을 수가 없었다. 결국 그녀는 옷을 여미는 척하면서 슬쩍 뒤를 돌아봤다. 그리고 그와 눈이 마주쳤다.

그는 소희의 짐작대로 그녀의 왼쪽 사선 방향, 세 칸 뒤에 앉아 있었다.

아주 짧은 순간이었다. 하지만 소희는 확신할 수 있었다. 윤성이 이쪽을 보고 있다는 걸.

'교수님을 보고 있었던 걸 거야.'

라고 생각하려 했다. 하지만 그럴 수 없었다. 분명 눈이 마주쳤으니까.

확인하고 나니 더 신경이 쓰였다. 등에 닿는 시선. 꿰뚫을 듯

한 저 시선.

왜? 왜 저렇게 보는 거지?

가만히 생각해 보면, 그는 첫 만남 때부터 조금 이상했다. 그때야 술 취한 후배를 챙겨 주는 마음씨 좋은 선배라고만 생각했지만, 보통 여자 친구가 있는 남자들은 그런 식으로 행동하지 않는다.

'그런 식……이 어떤 건데?'

자기가 한 생각인데 '그런 식'의 정의를 알 수 없었다. 따지고 보면 윤성이 과한 행동을 한 적은 없었다.

그는 술 취한 후배가 괜찮아질 때까지 옆에 있어줬고, 그동안 그 어떤 접촉도 하지 않았다. 술자리에서도 딱히 말을 걸지 않았고, 동아리방에서도 소희를 생각해 아예 동아리방에 들어오지도 않았다. 그는 여자 친구가 있는 남자로서 제대로 행동하고 있었다.

'그걸 이상하게 받아들이는 건, 결국 내 문제야. 이 문제는 태훈이 오빠 때문에 생긴 거고!'

둘을 멀리하라는 태훈의 말만 아니었다면, 윤성에 대해 이것저것 고민하는 일은 없었을 것이다.

'아, 진짜 태훈이 오빠 내 인생에 도움이 안 돼.'

윤성이 지켜보고 있다고 생각하니, 움직임 하나하나에 신경이 쓰였다. 뻣뻣하게 움직이는 로봇처럼 보일 것 같았다.

시간이 더디게 흘러갔다. 교수의 강의가 귀에 들어오지 않았다.

'아직도 보고 있을까?'

온몸의 감각이 오로지 윤성에게로 향해 있었다.

'설마…… 지금도 보고 있는 건 아니겠지?'

또 옷을 여미는 척하며 슬쩍 돌아봤다. 그리고 이번에도 눈이 마주쳤다.

'어떡해. 내가 일부러 돌아본 거 눈치챘을지도 몰라.'

한 번은 우연이라고 해도 두 번은 우연이 아니다. 얼굴이 화끈거렸다.

'도망치고 싶어. 어떡하지?'

"화장실 가고 싶냐?"

조용히 필기를 하던 재현이 작은 목소리로 물었다. 소스라치게 놀라 몸을 움찔거리자, 재현이 인상을 찌푸렸다.

"왜 그래?"

"아니. 그냥."

"화장실 가고 싶은 거면 고개 숙이고 조용히 나갔다가 와. 어차피 통로 쪽이잖아."

"아니, 아니다. 맞아. 화장실 가고 싶어."

"응, 그러니까 다녀오라고."

"응, 나 화장실 갔다 올게."

"……그렇게 열심히 보고할 거 없어."

윤성의 시선에서 벗어나기 위해서라면 무엇이든 할 수 있었다. 소희는 연준을 툭툭 찔러 비키게 하고, 자리를 빠져나왔다.

대강당 밖으로 나온 후에야 숨통이 트였다. 크게 심호흡을 하고 나니, 진짜로 화장실이 가고 싶어졌다.

'나온 김에 쉬는 시간 지나고 들어가야겠다.'

2시간 강의 중간에 10분씩 주어지는 쉬는 시간. 그때까지 20분쯤 남았다. 굉장히 오랜 시간이 지난 것 같은데, 30분밖에 흐르지 않았다는 걸 믿기 힘들었다.

화장실에서 나와 건물 밖에 있는 벤치에 앉았다. 아직 쌀쌀해서 한참 앉아 있었더니 몸이 떨렸다. 시린 손가락을 간신히 움직여 휴대폰으로 이것저것 검색하고 있는데, 건물 쪽이 시끄러워졌다. 쉬는 시간이 된 모양이다.

"화장실을 만드는 줄 알았다."

소희를 발견한 연준이 말했다.

"다시 들어가기 좀 그렇더라고. 추워 죽겠어."

"커피 한잔 마실래?"

"학관까지 멀잖아."

"난 가난한 고학생이야. 자판기 커피나 마셔."

"재현이는?"

"자. 걔 진짜 잠 많아."

"그러게. 안 그렇게 생겼는데."

자판기에서 커피 두 개를 뽑았다. 하나씩 들고 호호 불며 마실 때, 예진이 나왔다. 예진은 두 사람을 발견하고 다가왔다.

"우리 과 신입생들 맞지? 아니, 아니. 인사 안 해도 돼. 고등학생도 아닌데 볼 때마다 허리 굽혀서 인사할 거 없어."

예진이 생글생글 웃으며 말했다. 아까 들은 게 있는 터라 예진을 똑바로 보기가 힘들었다.

"이름이…… 네가 최연준이고, 네가 차소희였지? 소희는 이름 진짜 예쁘다. 얼굴이랑 잘 어울려."

"감사합니다."

"수업 힘들지? 그래도 이 수업은 출석 잘하고, 시험에 참가만 하면 학점 잘 주니까 너무 부담스러워하지 않아도 돼. 그럼 수고들 해."

예진이 손을 흔들고 화장실로 걸어갔다. 들었던 것만큼 나쁜 사람은 아닌 것 같았다. 얼굴 예쁘고 성격 좋은 선배, 딱 그 정도의 이미지였다.

"저 사람……."

연준이 종이컵을 입술에 대고 중얼거렸다.

"누구지?"

"몰라?"

"응. 우리 과 선배야?"

"응. 저번에 신입생 환영회 때 왔었잖아. 주예진. 강윤성 선배 여자 친구."

"강윤성은 또 누군데?"

"넌 진짜 주위에 관심이 없구나?"

"많아. 아는 사람들한테는. 저 사람은 모르는 사람이니까. 갑자기 친한 척해서 놀랐네."

연준은 다정다감할 것 같았는데 의외로 냉정한 구석이 있었다.

연준과 함께 대강당으로 들어갔다. 자연스럽게 윤성의 자리 쪽으로 시선이 향했다. 윤성은 소파에 앉는 것처럼 좌석에 몸을 푹 파묻고 고개를 숙이고 있었다. 자고 있는 모양이다.

'아니, 이제 그만 보는 게 좋겠어.'

자꾸만 눈이 가서 큰일이다.

'이제부터 안 봐야지.'

다짐을 하고 자리로 돌아갔다. 재현은 막 일어나는 참이었다. 얼마나 곤히 잤는지 볼에 자국이 나 있었다.

"얼굴에 자국났어."

소희의 말에 재현이 무표정하게 볼을 문질렀다. 그러고 보니 재현과 알게 된 지도 보름이 다 되어 가는데, 웃는 얼굴을 한 번도 못 본 것 같다.

"이것만 끝나면 오늘 수업은 끝이지?"

"응."

"끝나고 동아리 가?"

"아니. 오늘은 패스."

"그럼 저녁 같이 먹을까?"

"오, 나도, 나도."

옆에서 듣고 있던 연준이 끼어들었다. 셋이 저녁을 먹기로 약속하고 남은 수업을 들었다. 뭘 먹을지 고민하느라, 윤성의 시선을 의식하지 않을 수 있었다.

"오늘 강의 끝. 다들 수고했어요."

교수가 강의를 마무리 짓고, 가방을 다 챙긴 후에야 무심코 고개를 돌렸다. 윤성과 예진은 이미 일어나서 팔짱을 끼고 나가는 중이었다.

"보지 말랬지?"

재현이 말했다.

"본 거 아니야. 그냥 목 아파서."

"진짜 거짓말 못 한다."

"왜, 왜?"

연준이 관심을 보였다.

"일단 가서 얘기하자. 뭐 먹을지 정했고?"

"응. 보쌈 먹자."

*　　*　　*

족발보다는 보쌈을 더 좋아한다. 보쌈보다는 함께 나오는 생김치가 좋았다. 아삭아삭 매콤한 김치를 먹으며, 고등학교 때와 별로 다르지 않은 수업 내용에 대해 얘기했다.

"대학 오면 뭔가 토론하고, 그런 분위기일 줄 알았어. 근데 결국은 수업 듣고, 필기하고, 외우고. 똑같은 것 같아."

"대신 강의실은 옮겨 다니잖아."

"응, 더 나빠졌어. 강의실 한 건물에 있을 땐 괜찮은데, 멀리 떨어져 있는 건물이면 너무 힘들어."

"이과 애들은 더 힘들다더라. 걔넨 실험 있어서 우리보다 수업도 많잖아. 매주 리포트도 써야 한대."

"이과 안 가길 잘했어. 부모님은 의사 되라고 하셨는데."

"의사 되는 게 쉽냐. 의사는 평생 공부해야 되잖아. 으윽, 난 절대 못 할 것 같아."

"그래도 연준이 넌 공부 열심히 하잖아."

"두 번 공부하기 싫으니까, 한 번 할 때 확실하게 하는 거야. 재수강 같은 건 절대 안 할 거야."

그런 이야기를 하다가 소주를 시켰다. 대학생이 되고 나니, 어쩐지 밥 먹는 자리에 꼭 술이 있어야 될 것 같다는 생각이 들었다.

"그런데 아까 무슨 얘기하고 있었던 거야?"

간신히 잊고 있었는데, 연준이 대강당에서의 이야기를 끄집어냈다. 정작 연준의 관심을 끌게 만든 재현은, 무슨 소리냐는 듯 연준을 쳐다봤다.

"아까, 인마. 소희한테 거짓말하네, 뭐네 하는 소리 했잖아."

"아, 그거. 얘가 거짓말쟁인데, 거짓말을 잘 못해. 그래서 한 말인데."

"그러니까 소희가 무슨 거짓말했냐고."

재현과 연준은 맞은편에 앉아 있었다. 재현의 눈이 소희에게로 향했다.

"말해도 돼?"

"어? 다, 당연하지! 그걸 왜 물어봐?"

마치 소희와 윤성에게 뭔가 있는 것처럼 물어보는 통에, 소희는 당황했다.

"차소희가 자꾸 강윤성을 쳐다봐."

"야, 내가 언제!"

"봤잖아. 가슴에 손을 얹고, 아니라고 말할 수 있어?"

"아, 그래. 몇 번 보긴 했는데…… 그게 뭐 그렇게까지 예민하게 반응할 일이야?"

"그러게. 강윤성이면, 그…… 아까 본 주예진인가? 그 여자 남자 친구 말하는 거지?"

"어."

"그 사람이 왜? 소희가 그 사람한테 관심 있대?"

"아, 진짜! 그런 거 아니라니까!"

그만 언성이 높아졌다.

관심이 있는 게 아니다. 주위에서 하도 과하게 반응을 하니까 자꾸 시선이 갔을 뿐이다. 게다가 탁 까놓고 말해서, 윤성은 잘생겼다. 하얀 피부에 갸름한 눈, 오뚝한 코. 몇 번을 봐도 질리지 않는 얼굴인 것은 사실이었다. 그래서 더 시선이 간다.

"내가 봤을 땐 소희보다는 그 사람이……."

거기까지 말했을 때, 종업원이 소주와 잔을 가지고 왔다. 잔을 하나씩 돌리고 술을 따랐다.

"동아리 선배들이 해 준 얘기인데."

한 잔을 탁 털어놓고, 재현이 말했다.

"그 두 사람, 유명하더라."

"유명해? 모델이라도 해?"

"그런 쪽이 아니라…… 음. 뭐라고 해야 하나. 전에 그 두 사람이랑 관계된, 안 좋은 일이 있었던 것 같아."

"안 좋은 일이라니?"

대강당에서 들었던 이야기가 떠올랐다.

"문지영 일도 있는데."

그 일을 말하는 걸까?

"자세한 건 모르겠지만…… 강윤성을 좋아하던 여자가 자살 시도를 했었나 봐. 그 여자는 자퇴했고, 정작 원인이 된 강윤성이랑 주예진은 계속 학교에 다니고."

심장이 쿵 내려앉았다.

"그게 정말일까? 원래 소문이라는 게 과장되는 법이잖아."

연준의 말에 재현이 고개를 끄덕였다.

"응. 근데 학교 내에 대부분이 알고 있는 걸 보면, 그냥 과장된 이야기다, 라고만 판단하기 힘든 것 같기도 하고."

과장된 이야기는 아닐 거라고 생각한다.

태훈은 분명 그들과 얽히지 말라고 했다. 부모 잘 만나서 안

하무인으로 살아온 태훈이 그런 경고를 하는 데는 이유가 있을 것이다. 확실하기에 경고한 것이겠지.

'하지만…….'

소희는 윤성과 예진의 얼굴을 떠올렸다. 예진은 아직 잘 모르겠지만, 윤성은 나쁜 사람처럼 보이진 않았다.

'어떻게 해야 한 사람을 자살시도까지 하게 할 수 있는 거지? 무슨 짓을 했기에?'

단지 고백했는데 거절당했다, 따위의 문제는 아닐 것이다. 그런 거라면 오히려 윤성과 예진이 피해자가 된다. 하지만 학생들의 태도를 봐선, 두 사람은 분명 가해자였다.

주제의 무게 때문인지 침묵이 흘렀다. 셋은 말없이 소주를 마셨고, 두 병을 비웠을 때 연준이 입을 열었다.

"뭐, 상관없잖아. 어차피 선배들이고, 같은 수업 듣는 것도 별로 없고."

"그래. 그건 그렇지."

재현이 고개를 끄덕였다. 하지만 소희는 그들의 말에 동의할 수가 없었다. 수업을 같이 듣는 건 아마도 하나뿐이겠지만, 동아리 문제가 있었다. 소희는 윤성과 같은 동아리였다.

소희는 재현의 시선도 느끼지 못하고 입안의 살을 씹고 있었다. 고민을 하거나 민망할 때면, 소희는 늘 입안의 살을 씹었다. 우물우물하는 모습이 귀여워서, 재현은 눈을 뗄 수가 없었다.

"나, 집에 가야겠어."

한참 그러고 있던 소희가 갑자기 말했다. 그 사이에 소주 한 병을 더 시킨 연준이,

"벌써? 시킨 건 다 마시고 가지."

라고 말했지만, 소희는 단호했다.

"안 돼. 더 마시면 취할 것 같아."

지난번에 필름이 끊긴 적이 있어서 그런가 보다, 라고 생각하면 될 일이었다. 하지만 재현은 그렇게 생각할 수가 없었다.

'설마…….'

소희가 윤성에게 관심이 있을 거라고는 생각하지 않았다. 오히려 윤성이 소희에게 관심을 보이고 있어서 걱정했다.

소희도 아는지 모르겠지만, 지난 일주일 동안 간간이 윤성을 목격했다. 윤성은 혼자일 때도 있고, 예진과 함께일 때도 있었다. 하지만 언제든 윤성의 시선은 소희를 향하고 있었다.

'신입생 환영회 때부터 이상했지.'

머리카락에 묻을 것 같은 안주 접시를 치워 주려던 윤성의 행동. 그저 후배를 향한 친절이라고만 생각해도 될 그 행동이 묘하게 거슬렸다. 그 후 몇 번이나 소희를 바라보는 윤성을 목격한 이후로는, 의심이 확신으로 굳어졌다.

윤성은 소희에게 관심이 있다. 그리고 그것은 소희에게 있어서 좋은 일이 아니다.

그런데 지금 더 최악인 일이 벌어지려고 한다.

어쩌면 차소희도 윤성에게 관심이 있을지도 모른다.

절대 안 될 일이었다.

소희와 연준에게는 제대로 말하지 못했지만, 자살시도를 한 그 여자는 아주 끔찍한 일을 당했다. 단지 윤성을 좋아한다는 이유만으로.

남자들은 어지간하면 예쁜 여자에 대해 좋은 쪽으로 생각하려고 하는데, 농구부 선배들이 '주예진'에 대해 평가할 때는 가차 없었다.

"뱀 같은 여자야."

"거미 여왕이랑 더 어울리지 않냐?"

"그 두 개를 합치면 주예진이 되겠네."

남자들에게조차 그런 평가를 받는 주예진은 아마도 보통 여자가 아닐 것이다.

상념에 잠겨 있는 동안, 소희는 이미 나갈 준비를 끝냈다. 재현은 술잔에 채워진 술을 한 번에 털어 넣고 말했다.

"우리도 일어나자."

"아, 이거 막 땄는데."

연준은 아쉽다는 듯 투덜거리면서도 재현을 따라 일어났다. 적당히 돈을 걷어서 계산하고 밖으로 나왔다. 기숙사에 사는 연준은 학교로 향했고, 재현과 소희는 전철역으로 걸어갔다.

소희는 말이 없었다.

참 알기 쉬운 여자다. 고민을 할 때도, 거짓말을 할 때도 고스란히 표정에 드러난다.

소희가 하고 있을 생각이 신경 쓰였다. 이상한 일이다. 지금껏 남이 무슨 생각을 하든 관심을 주지 않았는데, 왜 이렇게 거슬리는 걸까? 그리고 왜 동아리까지 빼먹고 이 애와 함께 시간을 보내는 걸 선택한 걸까?

재현은 가벼운 한숨을 내쉬었다.

바보가 아닌 이상 '왜?'라고 궁금해할 것까지도 없는 문제였다.

'내가 얘한테 호감을 갖게 됐나 보군.'

* * *

태훈은 집에 없었다. 다행인지, 아닌지, 알 수 없었다. 태훈에게 묻고 싶은 것이 있는데, 그걸 물어봐도 되는지 확신이 서지 않았기 때문이다.

'궁금해할 거 없잖아.'

라고 생각한다.

윤성과 예진이 어떻게 살았든, 그건 소희가 개입할 문제가 아니었다. 그들을 둘러싼 소문이 진실이든, 거짓이든, 그것은 소희와 관계가 없었다.

소희는 애써 신경을 끄고, 학교 홈페이지에 접속해 이것저것 눌러보았다. 그러던 중 심리학과 홈페이지를 발견해 들어갔더니, 심리학과 학생들이 모이는 카페가 있었다. 가입을 하고 정보를 적어 넣고 승인 대기를 기다렸다. 주인장이 접속해 있었는지 바로 승인이 되었다.

[오, 소희. 가입했구나. 나 승철이 오빠야. 활발한 활동 기대할게. 가입인사 먼저 남겨 줘.]

가입환영 메시지를 확인하고, 가입인사 게시판에 간단하게 글을 남겼다. 여러 게시판이 있었고, 대부분은 학업과 관련된 주제의 게시판이었다.

논문 자료 게시판. 상담사례 게시판. 직업 상담 게시판. 무슨 무슨 게시판. 중간쯤에 자유게시판이 있었다. 게시판에는 아는 이름도, 모르는 이름도 보였다. 하나하나 누르며 글을 읽어봤다. 글을 쓴 사람들의 성격이 대충 짐작이 됐다.

그렇게 한참 클릭을 하다 보니, 1년 전 게시물까지 읽게 되었다.

[야, 걔들 복학했댄다.]

제목을 확인하자 심장이 콱 옥죄었다. '걔들'이라는 것이 윤성과 예진을 말하는 것 같았기 때문이다.

[누구라고는 말 안 하겠는데, 다들 알지? 어이없다, 진짜.]

짧은 글이었다. 하지만 댓글은 100개 가까이 달렸다.

[헐. 대박.]

[미쳤네? 진짜로?]

[와, 난 걔들 자퇴한 줄 알았는데.]

[빨리 졸업하길 잘했다. 그 진상들 얼굴 안 봐도 되니까.]

'걔들'을 옹호하는 댓글은 단 하나도 없었다. 아마도 두 사람은 이 카페 가입자가 아닌 모양이다. 아니면 탈퇴나 강퇴를 당했던가.

궁금해져서 게시물 검색을 시작했다. 처음 검색 단어는 [지영]이었다.

몇 개의 게시물이 검색되었고, 대부분은 별거 없는 수다를 떠는 게시물이었다. 닉네임 [문지영]이 올린 글도 있어서 읽어봤는데, 대단할 것은 없었다. 문지영은 평범한 여대생으로 활동 중이었다.

[문지영]의 마지막 게시물은 3년 전. 그 시기쯤으로 해서 [지영]을 검색했다. 수십 개의 게시물이 떴다.

동명이인이 쓴 글도 있고, 동명이인을 부르는 글도 있었다. 하지만 문지영에 대한 글로 보이는 것은 하나도 없었다. 이번에는 [윤성]으로 검색했다. 나오는 글이 없었다. [예진]도 마찬가지였다.

아마도 그들의 활동내역과 관련된 글들을 전부 지워 버린 모양이다.

'내가 왜 이러고 있는 거지?'

관심을 끊겠다고 결심했으면서도 자꾸만 손이 가는 걸 멈출 수가 없었다. 아예 컴퓨터를 꺼버리고 침대에 누우려는데, 벌컥, 방문이 열렸다. 태훈이었다.

"아, 노크 좀 해!"

"너, 사진 동아리. 그거 관둬."

태훈의 말에 헛웃음을 터뜨렸다.

"웃으라고 한 말 아냐. 사진 동아리, 관둬."

"오빠, 진짜 왜 그래? 나 이제 성인이야. 내가 하는 일에 일일이 간섭 좀 하지 마."

"안 하게 생겼냐? 내가 그 인간들이랑 어울리지 말랬지?"

"누구? 강윤성이랑 주예진?"

"그래!"

"그 사람들이 대체 무슨 짓을 했기에 그래? 오빠가 자꾸 그러니까 더 신경 쓰이잖아."

"신경 꺼. 신경 쓸 문제 아니고, 그냥 넌 내 말이나 들으면 돼."

"내가 왜 오빠 말을 들어야 하는데? 오빠가 내 등록금 내주는 것도 아니면서."

"까불지 마, 학교 그만두게 하는 수가 있어."

"아, 진짜! 대체 왜 그러는데? 이유나 좀 알자."

태훈의 표정이 어두워졌다. 이유를 알려 줘도 될지 고민하는 것 같았다. 망설이던 태훈은 갑자기 다가오더니 침대 옆에 앉았다. 그리고 휴대폰을 꺼내 뭔가를 클릭해 소희의 눈앞에 내밀었다.

"으아아아아악!"

그것을 보고, 소희는 비명을 지를 수밖에 없었다.

태훈이 보여 준 그것은 사진이었다. 그것도 절대 유포되어서는 안 될, 소희의 바보 같은 사진들. 잠옷만 입고 돌아다니는 사진, 자다 깨서 퉁퉁 부은 사진, 이상한 자세로 잠자는 사진, 하품을 하는 흉한 사진…….

"내 말을 들어야 할 거야, 차소희. 사진 동아리, 내일부터 나가지 마. 만약 한 번만 더 거기 나가면……."

태훈은 끝까지 말하지 않고 비열한 미소를 지었다. 적어도 소희의 눈에는 그 미소가 비열하게 보였다.

"오빤 진짜…… 악마야."

"어, 알아."

"악마, 완전 지옥의 왕!"

"그래. 이왕 하는 거라면 왕인 게 좋겠지."

"에이씨! 나 진짜 평범한 대학생으로 살고 싶었는데, 오빠 때문에 아무것도 못 하게 생겼어!"

"누가 하지 말래? 딴 동아리 들어. 사진 동아리만 아니면 돼."

"난 사진 좋아한단 말이야! 사진학과 가고 싶었다고! 못 가서 동아리라도 하고 싶었다고!"

"그건 내가 고민할 문제가 아니고. 마음 같아서는 법과 사회 과목도 수강포기 하라고 하고 싶은데 참는 거니까, 이 넓은 아량에 감사하면서 동아리는 포기해라."

소희가 불만스럽게 태훈을 노려봤지만, 태훈은 무시하고 소희의 방에서 나왔다.

탁—

그는 문을 닫은 후 깊은 한숨을 내쉬었다.

오래전, 소희에게 품었던 윤성의 마음을 알고 있었다. 다시 그 때로 시간을 되돌리고 싶었다. 그러면 모든 것이 이렇게 뒤틀리는 일은 없었을 텐데.

나비효과.

최근처럼 그 단어가 절실히 다가온 적이 없다.

나비의 날갯짓이 저 먼 곳에서 해일을 일으킨다. 그 당시에 가볍게 던진 태훈의 한마디에, 모든 것이 틀어져 버렸다.

분명 죄책감은 있었다. 하지만 그 죄책감 때문에 소희의 인생을 망칠 수는 없었다. 윤성도 소중하지만, 소희는 더 소중했다.

요새 아이들답지 않게 순진하고 사랑스러운 소희는, 그렇게 순수한 채로 살아가야만 했다. 이 세상에 지독한 사랑이 있다는 것을, 그 사랑을 위해 끔찍한 짓을 행하는 사람이 있다는 것을, 소희는 몰랐으면 했다.

* * *

동아리방 손잡이를 잡던 자세 그대로 움직임을 멈췄다.

"강윤성, 그 새끼 때문에 안 나오는 거겠지."

강윤성, 그 새끼.

그 일 이후, 윤성의 이름을 언급할 때 사람들의 억양은, 동일 인물이 내뱉는 듯 비슷했다.

강윤성, 그 새끼. 그 자식.

은은한 노기와 조롱과 환멸이 담긴 목소리.

"소문 들었겠지. 얽히고 싶겠냐?"

"하긴. 소희는 그 새끼랑 같은 과라서 더 불편하겠네. 동아리에서까지 마주치기 싫으니까 안 나오는 거 아니겠어? 같은 과 선배를 마냥 무시할 수도 없는 거고."

"그 새끼가 선배냐? 하여간 그 새끼도 진짜 뻔뻔해. 복학한 것도 뻔뻔한데, 동아리 활동은 뭐 그리 열심이야?"

"사이코패스이지 않을까?"

"야, 그 호칭도 그 새끼한테는 너무 아름답다. 그냥 그 새낀 미친 새낀 거야."

윤성은 쓴웃음을 지었다. 처음에는 심장을 찔러서 도무지 익숙해지지 않을 것 같은 이야기들도 어느 틈엔가 익숙해졌다. 이젠 아프지 않다. 아니, 너무 아파서 오히려 아무 느낌이 없는 걸까?

1학기를 시작하고 한 달이 지났다. 소희는 사진 동아리에서 활동할 생각이 없는지, 어느 날부터 안 나오기 시작했다. 아마도 태훈과 동아리방 건물에서 마주쳤던 날부터인 것 같다. 태훈이 동아리를 그만두라고 한 것이겠지.

동아리 사람들의 악담보다는, 소희가 어디까지 알고 있을지가 더 궁금했다. 이젠 소희도 저들처럼 경멸과 악의가 섞인 시선을 보내게 될까?

법과 사회 과목만 같이 수강을 하는데, 소희와 대화할 틈이 없었다. 소희의 주위엔 늘 친구들이 있었고, 윤성의 옆엔 늘 예진이 있었다. 아니, 예진이 없었더라도 먼저 소희에게 접근하진 않았을 것이다.

소희를 과보호하는 태훈의 마음을 알고 있다. 그리고 태훈이 소희를 위해 어디까지 할 수 있는지도 알고 있다. 태훈은 소중한 동생이니까, 그의 손이 더러워지는 일을 만들고 싶진 않았다.

윤성은 망설이다가 돌아섰다.

오늘은 관두자. 저 애들에게도 미안하니까.

동아리 활동을 열심히 하는 이유는, 그 시간만이라도 혼자일 수 있기 때문이었다. 렌즈 너머로 보는 세상, 모든 것으로부터 차단된 그 순간이, 윤성은 좋았다. 그 시간마저 없었더라면, 진즉에 극단적인 선택을 했을지도 모르겠다.

'어딜 가 볼까?'

시간을 확인했다.

예진은 아마도 도서관에서 공부를 하고 있을 것이다. 윤성이 사진 동아리에서 활동하는 시간만큼은 예진도 이해해 주기로 했고, 1년 이상 그 약속을 지키고 있었다.

도서관 근처는 피하는 게 좋겠다.

'노천극장에나 갈까.'

오후 3시. 노천극장은 비어 있을 것이다. 어쩌면 검도 동아리나 응원 동아리가 무대를 사용하고 있을지도 모른다. 하지만 무대와 관객석은 멀리 떨어져 있으니, 혼자인 시간을 즐길 수 있을 것이다.

캔커피를 하나 뽑아 들고 노천극장을 향해 걸어갔다. 윤성을 알아본 몇몇 학생들이 시선을 피했고, 수군거리는 것이 느껴졌다.

그 사건이 벌어진 지도 벌써 3년이 넘었다. 이제 그 사건을 직접 경험한 사람들은 대부분 졸업했다. 휴학을 했던 학생들이 아니면 다들 소문으로만 들어서 알고 있는 사람들이다.

'구전동화도 아니고. 이러다 학교 전설이 되겠는데?'

1년이 지나면, 2년이 지나면…… 그렇게 시간이 흐르면 적어도 타인의 기억 속에서는 서서히 지워질 줄 알았다. 하지만 아니었다. 아무 관계없는 사람들조차도 알고 기억했다. 그리고 그것은 윤성에게 지울 수 없는 낙인을 찍었다.

영원히 안고 가겠다고 결심했지만, 그래도 너무 지독하다. 관계없는 타인들의 비난까지 견뎌야 하다니. 얼른 이 지옥 같은 시간이 끝났으면 좋겠다.

노천극장으로 가기 위해서는 비탈길을 올라야 했다. 느릿하게 걸어 올라가 노천극장에 도착했다.

바람이 한소끔 불어와 윤성의 머리를 헤집고 지나갔다. 4월의 바람은 조금 따뜻하고 건조했다.

머리를 뒤로 쓸어 넘기며 무심코 돌린 시선 끝에, 한 여인, 아니, 소녀의 뒷모습이 있었다. 작고 마른 어깨, 어깨까지 내려오는 웨이브 머리, 잘록한 허리.

뒷모습만 보고도 소희라는 것을 알 수 있었다.

늘 같이 다니던 친구들은 어디로 간 건지, 소희는 혼자 오도카니 앉아서 노천극장의 무대를 바라보고 있었다. 무대 위에서는 응원 동아리의 연습이 한창 진행 중이었다.

'돌아서자.'

아는 척을 해서는 안 된다.

'돌아서서 다른 곳으로 가는 거야. 그래, 학교 밖이 좋겠어.'

소희와 멀어져야 한다.

소희는, 어린 시절 참으로 좋아했던 첫사랑의 소녀는, 그때의 모습 그대로 풋풋하고 순수하게 살아가기를 바랐다. 세상의 더러움, 질투의 끔찍함, 그런 것과는 거리가 먼 곳에서. 그 어떤 죄도 짓지 않은 건실한 청년을 만나 행복한 사랑을 하고, 사랑을 받고, 그렇게 웃으며 살기를 바랐다.

태훈이 원하는 그것을, 윤성 또한 원했다.

그러니까 멀어져야만 한다.

저 순수한 눈동자에 경멸이 어리기 전에, 저 뽀얀 볼이 분노로 물들기 전에, 저 도톰한 입술이 아픔으로 일그러지기 전에.

'하지만…….'

몸이 움직이지 않았다. 발바닥에 뿌리가 내린 듯 꼼짝도 할 수 없었다.

만지고 싶다. 아니, 만지는 게 허락되지 않는다면 옆에서 얼굴이라도 보고 싶다. 저 사랑스러운 얼굴은 절대 질릴 리 없겠지만, 그래도 만족스러울 때까지 보고, 또 보고 싶다.

멋대로 몸이 움직이려 하기에, 아랫입술을 꽉 깨물었다. 알싸

한 통증 덕에 정신을 차렸다.

크게 심호흡하며 옆으로 매고 있던 가방을 열었다. 가방 안에서 늘 들고 다니는 DSLR을 꺼냈다. 렌즈 뚜껑을 열고 카메라를 소희 쪽으로 향했다. 뷰파인더 안으로 소희가 들어왔다.

렌즈 너머의 소희는 마음껏 봐도 될 것 같다는 착각에, 그 상태로 가만히 멈춰 있었다. 바람에 살랑이는 머리카락, 무릎을 세워 두 팔로 끌어안고 웅크린 작은 몸. 안아주고 싶은 마른 등.

그때였다. 소희가 고개를 돌린 것은.

소희의 동그란 눈이 정확히 렌즈를 넘어와 윤성의 눈동자에 닿았다.

찰칵—

그 순간 저도 모르게 셔터를 눌렀다.

소희는 고개를 갸우뚱했고, 또 찰칵— 손가락이 제멋대로 움직였다. 뒤늦게 자기가 한 짓이 스토커나 다름없다는 것을 깨닫고 카메라를 아래로 내렸다.

소희가 일어서는 것이 보였다.

'일어서지 마. 이쪽으로 오지 마.'

돌아서서 가 버리면 그만이다. 하지만 윤성은 소희를 상대로 그럴 수 없었다. 그러니까 소희가 이쪽으로 와서는 안 된다.

'그냥 날 지나쳐. 기분 나쁜 듯이, 다른 애들처럼 경멸하듯 쳐다보고 가버려.'

그러나 소희는 말간 눈으로 윤성을 쳐다보며 걸어왔고, 그의 앞에서 정확하게 걸음을 멈췄다. 믿기 어려울 정도로 투명한 눈동자가 윤성을 바라보고 있었다.

"제 사진, 찍으셨어요?"

소희의 목소리는 새가 지저귀는 것처럼 사랑스러웠다.

"응."

아니라고 대답하려 했는데, 입술이 멋대로 진실을 고백했다.

"왜요?"

"그냥. 거기 있기에."

소희는 난감하다는 듯 눈썹을 늘어뜨렸다가 배시시 웃었다.

"이상한 대답이에요."

"역시 그런가?"

"큰일 났다. 저 사진발 진짜 안 받거든요. 사진 되게 이상하게 나왔을 것 같은데."

"안 그럴 거야."

"아니에요. 제 사진발을 무시하시면 안 돼요. 졸업사진도 엄청 웃기게 나와서……."

거기까지 말한 소희는, 뭔가 떠올랐는지 갑자기 입을 다물었다. 윤성은 소희가 떠올린 것이 무엇인지 알 것 같았다. 아마도 태훈의 말, 혹은 여기저기서 들려오는 소문을 떠올렸을 것이다.

'그래, 그냥 가. 내가 욕심내지 않을 수 있게.'

그녀가 이대로 돌아서기를 바랐다. 매몰차게 모르는 척하기를 원했다. 하지만 소희는 머리를 긁적거리더니, 씩 웃으며 가까이 다가왔다.

"사진, 보여 주세요. 이상하게 나왔으면 지울래요."

소희에게서는 달콤한 향기가 났다. 달콤하고 부드러운 향기. 바람이 그녀의 머리카락을 만지고 지나갈 때마다, 그녀의 향기가 아릿하게 번져와 코끝을 자극했다.

꿀꺽—

마른침을 삼키며 카메라를 들어 올렸다. 손가락 끝이 가늘게 떨리고 있다는 것을 의식했지만, 멈출 수가 없었다. 윤성은 침착하려고 애쓰며, 사진 목록을 불러왔다. 액정에 뜬 사진은 작아서, 소희의 실루엣만 보일 뿐 얼굴은 자세하게 보이지 않았다.

"잘 안 보이네요."

까치발을 하고 액정을 들여다보던 소희가 중얼거렸다. 소희의 머리카락이 턱 아래를 간질였다.

부드러운 머리카락에 얼굴을 묻고 싶었다. 그럴 수만 있다면 심장이라도 끄집어낼 수 있으리라.

하지만 윤성은 이를 악물고 얼굴을 조금 뒤로 물렸다.

"잘 나왔을 거야."

"삭제해 달라고 하면 해 주실 거예요?"

소희가 눈썹을 늘어뜨리고 윤성을 올려다봤다. 그녀가 바라는 것이라면 뭐든 못 해 줄까. 하지만 윤성은 조금 짓궂은 마음이 들어, "아니."라고 대답했다. 소희는 입술을 비쭉거렸고, 윤성은 또 한 번 훅 밀려 올라오는 충동을 억제해야 했다.

“그럼 다른 데 유포하시면 안 돼요.”

“응.”

“그리고 사진, 저한테도 보내 주세요.”

“그래. 그거면 돼?”

“네. 아, 제 휴대폰 번호 알려드릴게요.”

거기까지 말하고 소희가 윤성을 올려다봤다. 휴대폰을 꺼내서 저장하길 기다리는 것이리라. 윤성은 그녀의 기대대로 휴대폰을 꺼냈고, 소희가 불러 주는 번호를 저장했다. 그리고 한 번 통화 버튼을 눌러, 소희에게도 자신의 번호가 뜨게 만들었다.

예진을 만나기 전에 지워야 할 번호와 통화 기록이지만, 소희만 모르면 된다.

“사진 꼭 보내 주세요.”

“그래.”

“너무 끔찍한 몰골이면 포토샵 잔뜩 해서 보내 주셔도 돼요.”

그렇게 말하는 그녀가 몹시도 사랑스러워서, 윤성은 그만 빙그레 웃고 말았다. 뭐가 이상한 건지 소희가 눈을 크게 떴고, 갑자기 인상을 찌푸리더니 휙 돌아섰다.

“저, 저…… 그럼 친구랑 약속 있어서 그만 가 보겠습니다. 다음에 봬요.”

그렇게 말하고, 소희는 달려갔다.

친근하게 굴던 소희가 갑자기 돌아선 이유를, 윤성은 알고 있었다. 아마도 다시 한 번 태훈의 경고가 생각난 거겠지. 하지만 가슴이 아프진 않았다.

"다음에 봬요."

소희는 모르겠지만, 그녀가 습관처럼 덧붙인 그 말이 윤성에게는 구원이었다.

*　　*　　*

'어떡하지?'

도서관을 향해 달려가며, 소희는 생각했다.

'나, 어떡하지?'

공강이었고, 다들 각자가 들어간 동아리방으로 향했다. 소희는 딱히 들고 싶은 동아리가 없어서, 잠시 동아리에 드는 것을 보류해 둔 터였다. 갈 곳이 없어서 도서관에 갈까 하다가 노천극장으로 향했다. 응원 동아리가 거기서 연습한다는 이야기를 들어서, 구경이나 할 생각이었다.

멍하니 앉아 무대 위의 응원 연습을 구경하고 있는데, 누군가의 시선이 느껴졌다. 그래서 돌아봤더니, 누군가 카메라를 이쪽으로 향하고 있었다.

처음에는 윤성이라는 것을 몰랐다.

찰칵. 찰칵.

두 번의 셔터음이 들렸고, 그 카메라를 아래로 내린 후에야 그의 얼굴을 확인할 수 있었다. 희고 갸름한 얼굴, 아몬드 형의 눈, 오뚝한 코와 붉은 입술. 여자처럼 곱상한 외모.

태훈과 재현의 경고, 많은 사람들의 수군거림에도 그에게 다가갈 생각이 든 것은, 그 순간만큼은 그런 것들에 대해 깨끗이 잊었기 때문이었다. 노천극장 가장 높은 지대에서 봄 햇살 사이에 서 있는 그는, 수많은 소문과 악담이 무색할 정도로 깨끗해 보였다.

저도 모르게 일어나 그에게 향했고, 친근하게 말을 걸었다. 그러다가 문득 태훈의 경고가 떠올라 입을 다물었다.

그 순간, 그는 마치 다 이해한다는 눈빛으로 소희를 내려다보고 있었다. 그의 새까만 눈동자는 무척이나 고되어 보였고, 금방이라도 눈물이 떨어질 듯 촉촉했다. 그래서 소희는 그를 외면할 수가 없었다.

그뿐이었다.

생각과는 다르게 깨끗해서, 남자에게는 어울리지 않는 '청초함'이란 단어가 너무나 잘 어울려서. 그래서 다른 사람들을 대하듯 그를 대했을 뿐이었다.

그게 사달이었다. 태훈의 경고를, 재현의 충고를 들었어야만 했다.

'어떡해.'

가까이에서 목격한 그의 미소는 나비가 되어 소희의 심장 위에 내려앉았다. 그 나비는 날카로운 촉수를 가지고 있어서, 순식간에 심장 안으로 파고들어 왔다. 소희가 밀어낼 기회조차 주지 않고, 심장 안에 자리를 잡았다.

그가 보이지 않을 만큼 멀리 달려왔는데도, 심장은 제 속도를 되찾지 못했다.

두근. 두근. 두근.

강렬한 울림이 전신으로 퍼졌다. 온몸이 심장이라도 된 듯이.

아랫입술을 잘근 깨물었다.

'안 돼. 그만해. 그냥 웃는 얼굴 한 번 본 것뿐이잖아. 왜 이래? 그 사람은 애인이 있다고! 임자 있는 몸이란 말이야!'

모질게 질책했지만 울림은 잦아들지 않았다. 오히려 더 거세게 뛰었다. 아픔을 동반한 설렘, 슬픔을 동반한 기쁨. 모순된 감정이 해일처럼 밀려와 소희를 덮쳤다.

'안 돼, 안 돼. 안 돼, 차소희. 너 진짜 태훈이 오빠한테 죽어.'

분노에 찬 태훈의 얼굴이 떠올랐다. 지옥의 왕 같은 그 얼굴을 떠올리자 기분이 좀 가라앉았다. 그 얼굴이 이럴 때는 도움이 된다.

도서관 입구에 선 소희는 크게 심호흡을 했다.

그저 조금 당황했을 뿐이다. 가까이에서 예쁜 얼굴이 짓는 미소를 봤으니까. 게다가 그 사람에 대한 안 좋은 이야기를 너무 많이 들은 후니까. 그러니까 그의 미소에 조금 격하게 당황한 것일 뿐이다.

"벌써부터 도서관 다니는 거야?"

그때, 앞에서 들려온 목소리가 소희의 시선을 이끌었고, 맞은편에 서 있는 예진의 모습을 발견했다. 그 순간 심장이 콱 죄어왔다. 날카로운 가시가 돋은 커다란 손이 사정없이 움켜쥔 듯이 아픈 통증을 가지고.

*　　　*　　　*

어떻게 하루를 마감했는지 모르겠다. 동아리 활동을 끝낸 재현과 연준을 만나 수다를 떨고 저녁을 먹었다. 술을 마시자는 연준의 제안에, 오늘은 패스, 라고 말하고 전철을 탔다. 중간까지 재현과 함께 온 것 같은데, 뭐라고 인사하고 헤어졌는지 기억나지 않는다.

윤성의 미소를 봤을 때 느낀 감정과 예진을 마주쳤을 때 느낀 감정이 범벅되어, 소희의 뇌에 찰싹 들러붙어 있었다. 생각의 방향이 그쪽으로만 향해, 다른 생각을 할 수가 없었다.

고통스러웠다.

심장이 답답하고 옥죄는데, 이걸 어떻게 해야 하는 건지 알 수 없었다. 누구에게도 말할 수 없는 감정을 갖게 되었다.

윤성에게 안 좋은 소문이 따라다닌다거나, 태훈의 경고를 들었다거나. 그런 건 아무래도 좋았다. 문제는 윤성에게 여자 친구가 있다는 사실이었다.

애인이 있는 남자를 좋아하게 되었다.

최악이다.

가장 경멸하는 행동이다. 임자 있는 사람을 좋아하다니.

그런 건 남자 쪽에도, 여자 쪽에도, 그리고 자신에게도 예의가 아니라고 생각해 왔다. 그런데 그 짓을, 최악인 그 행동을 자신이 하게 되었다.

'진짜 어떡하지?'

몇 번이나 생각했다.

아니라고. 그냥 멋진 미소를 봐서 두근거린 거라고. 금방 사라질 감정이라고. 원래 잘생긴 남자가 웃는 걸 보면 설레는 법이라고.

그렇지 않다는 것을, 이제야 깨달았다. 샤워를 하고, 머리를 말리고, 컴퓨터를 켜고, 웹서핑을 하고. 그러는 순간에도 자꾸만 생각나는 윤성의 미소.

오늘 본 미소뿐이 아니다. 잠깐 잊고 있던 윤성과의 첫 만남까지도 생생하게 떠올랐다. 그 어두운 골목, 취해서 괴로울 때 옆에 있어 주었던 사람. 다정한 음성과 옷 너머로 전해지던 체온.

동아리방에서의 일도 기억났다.

그때는 큰 의미가 없었던 그의 행동 하나하나가, 이제는 새로운 떨림으로 채색되었다. 얼마 없는 그와의 추억이 잿빛에서 선명한 원색으로 바뀌었다.

'아, 진짜 미치겠네.'

침대에 벌러덩 드러누워 가슴 위에 두 손을 올렸다.

이러고 있다 보면 이 울림도 좀 가라앉겠지. 자고 일어나면 더 괜찮아질 거고, 일주일쯤 얼굴을 안 보면 완전히 사라지겠지.

반드시 그래야만 했다. 삼각관계라든가, 임자 있는 남자 같은 질척한 관계는 절대로 싫었다. 이제 막 대학생이 됐으니까, 이왕이면 풋풋하고 담백한 사랑을 하고 싶다.

그때, 휴대폰이 울렸다. 문자가 오는 소리였다.

무심코 집어 들어 발신자를 확인했다.

[강윤성 선배님]

쿵—

액정에 뜬 이름을 본 것만으로도 심장이 뛰었다.

'아, 진짜 미치겠네.'

라고 생각하면서도 문자를 확인했다.

[포토샵 안 해도 되겠더라.]

메시지엔 아까 찍은 두 장의 사진이 첨부되어 있었다. 입가에 미소가 묻어 있다는 것을 뒤늦게 깨달았다. 그저 문자 하나 온 것 가지고 이런 기분이 들다니…… 이런 느낌이 계속 반복될까 봐 불안해졌다.

'답장은 보내지 말자.'

라고 생각하고 휴대폰을 도로 내려놨다. 하지만 1분도 지나지 않아 다시 휴대폰을 들어서 문자를 확인했다. 텍스트일 뿐인 문자인데, 윤성을 마주 보는 기분이 들었다.

'답장, 그래도 보내긴 해야겠지?'

일부러 사진을 보내 줬는데 무시하는 건, 후배로서의 도리가 아니다. 아니, 그렇게 생각해서라도 답장을 보내고 싶었다.

[사진 보내 주셔서 감사합니다.]

'아니, 이건 너무 딱딱해.'

[선배님, 사진 감사해용. 제 얼굴은 잘 보이지 않지만.]

'아냐, 이건 너무 경박해.'

[보내 주신 사진에 몸 둘 바를 모르겠나이다.]

'아니, 이건 너무 장난스러워.'

몇 번이나 문자를 쓰고 지웠다. 그리고 마지막으로 선택한 문자는.

[정말로 보내 주실 줄 몰랐는데…… 신경 써 주셔서 감사합니다. 좋은 밤 되세요~!]

그냥 느낌표를 찍을지, 물결을 하나 넣을지 고민하다가 둘 다 넣기로 했다. 너무 가깝지도, 멀지도 않은 적당한 문자처럼 보였다. 띄어쓰기나 맞춤법이 틀린 곳은 없는지 다 확인한 끝에야 전송 버튼을 눌렀다.

목적을 달성했지만, 휴대폰을 내려놓진 않았다. 그에게서 온 문자와 자신이 보낸 문자를 몇 번이나 다시 확인했다.

딩동—

그러고 있는데 문자가 오는 바람에 화들짝 놀랐다. 벌떡 상체를 일으켜 세우고 문자를 확인했다.

[대단한 일을 한 것도 아닌데, 뭐. 너도 편히 쉬어.]

답장이 왔다. 심장이 두근거렸다.

'어떡하지? 또 답장해야 하나? 아니야, 편히 쉬라고 했으니까 더 이상 문자 보내면 안 돼.'

하지만 보내고 싶었다.

'안 돼!'

10분쯤 고민하다가, 사진만 저장해 놓고 문자 내역을 지워 버렸다. 그대로 놔두면 계속해서 볼 것 같았기 때문이다.

'그래, 이거면 된 거야. 받을 거 받고, 인사할 거 인사했으니까 여기서 끝! 내일부터 새로운 마음으로, 더 이상 그 선배한테 신경 쓰지 말고 생활하면 돼. 이제 마주칠 일도 없으니까.'

* * *

마주칠 일이 없을 줄 알았다. 하지만 매일 그와 마주쳤다. 왜 이렇게 자주 마주치는 걸까. 같은 수업을 듣는 것도, 같은 동아리도 아닌데.

며칠이 지나고 나서야 자신의 문제라는 걸 깨달았다. 의식하지도 못한 새에, 두 눈이 그를 찾아 헤매고 있었던 것이다. 학생식당에서도, 강의실 건물에서도, 교정을 거닐다가도. 수시로 그를 찾아 헤매기에, 그를 발견할 수밖에 없었다.

시선의 끝에 그가 있을 때마다, 몇 번씩 기분이 오르내렸다. 혼자 있는 그를 봤을 땐 기분이 좋다가도, 예진과 함께 있는 그를 보면 나락으로 떨어졌다. 수시로 변하는 감정 때문에 멀미가 날 지경이었다.

감정의 방향을 들키지 않기 위해 노력을 하는 것이 버거웠다. 아무렇지도 않은 척, 누구에게도 관심 없는 척하는 것은 많은 에너지를 요구했다.

시간이 지나면 괜찮을 줄 알았는데, 마음은 자꾸만 커져갔다. 그 마음이 부풀어 올라 뻥 터지기 직전이 되었을 때에야, 소희는 더 이상 돌이킬 수 없게 되었다는 걸 깨달았다.

인정할 수밖에 없었다.

어느 한 남자를, 위험할지도 모르는 그 남자를, 애인이 있는 그 남자를, 사랑하게 되었다는 것을.

2장

20살, 사랑의 행방

"첫눈에 반한 게 아니야. 그저…… 모두가 안 된다고 하니까, 보지도 말라고 하니까…… 그러니까 오히려 시선이 가고, 머물고, 찾게 되고…… 어느 틈에 빠져 버린 거야. 이건 첫눈에 반한 사랑이 아니라, 가랑비에 옷 젖는 줄 모르고 젖어 들어간, 그런 사랑이야."

*　　*　　*

알고 있었다.

어느 순간부터인가, 소희의 시선이 늘 강윤성을 향하고 있다는 것을. 그리고 자신이 그 시선의 행방에 집요할 정도로 신경 쓰고 있다는 것을.

그래서 인정할 수밖에 없었다.

강윤성이라는 남자를 사랑하게 된 차소희라는 여자를, 사랑하게 되어 버렸다는 것을.

봄은 점점 깊어져갔고, 교정의 벚나무가 꽃을 피우기 시작했다. 연분홍과 연두색이 조화롭게 섞인 파스텔 톤의 아름다운 대학교 교정이 유독 침울한 이유는, 중간고사 기간이 다가오고 있었기 때문이었다.

평소에 공부를 해 두었던 학생들도, 해 두지 않았던 학생들도 도서관으로 모여들었다. 도서관은 늘 자리가 부족해서, 새벽부터 자리를 차지하기 위한 치열한 암투가 벌어졌다.

일명 '메뚜기 족'이라고 하는 얌체 학생들은, 밤을 새워서 도서관 앞에 진을 치고 있다가 시간이 되면 자리만 맡아 두고 사라졌다. 그 때문에 진짜로 도서관에서 공부를 하려는 학생들이 자리를 잡지 못해 발길을 돌리는 경우가 허다했다.

[자리를 맡아 두고 2시간 내에 돌아오지 않을 경우, 물건들 전부 밖에 내놓겠습니다.]

공지가 붙어도 잠깐 효과가 있을 뿐, 큰 변화는 없었다. 첫 중간고사라 그런 도서관 분위기를 몰랐던 신입생들은, 도서관에 발도 디디지 못하고 다른 곳을 찾아가야 했다.

교내 카페에도, 학교 근처 카페에도, 공부를 하는 학생들로 가득했다.

그럴 때에, 법과 사회 과제가 나왔다.

6명씩 그룹을 지어 법의 맹점을 이용한 사례를 조사하고, 그 법의 개선 방향에 대해 토론한 후 보고서를 제출해야 하는 과제였다. 그룹은 학번과 성별, 학년, 학과로 적절하게 섞어 교수가 발표했다.

먼저 이름이 불린 재현은 소희와 같은 그룹이 아니라는 것을 알고 실망했다. 하지만 어쩔 수 없는 것이, 성별과 학년, 과별로 나누어서 같은 학년, 같은 과인 사람과 그룹이 될 가능성이 적었다.

연준의 그룹에는 한 학년 위인 심리학과 선배가 있었다. 같은 과 선배가 있어서, 연준은 안심하는 눈치였다.

"강윤성. 최지우. 정소라. 민우찬. 하동성. 차소희."

윤성과 소희의 이름이 같은 그룹으로 호명되는 순간, 재현은 반사적으로 소희를 쳐다봤다. 소희의 얼굴에 아주 잠깐 떠오른 기쁨을, 재현은 똑똑히 목격했다. 소희는 누가 볼 새라 얼른 표정을 갈무리했다. 대놓고 좋아하는 티를 내지 않았다는 것이 그나마 다행이었다.

재현은 소희보단 윤성의 표정이 궁금했다.

어떤 표정을 짓고 있을까? 신입생 환영회 때부터 소희에게 관심을 가졌던 그 남자는, 지금 어떤 표정을 짓고 있을까?

손가락 끝이 차갑게 식었다.

'나도 진짜 한심하군.'

재현은 주먹을 움켜쥐며 쓴웃음을 지었다.

이것은 교수가 정한 그룹이고, 과제를 하기 위한 그룹일 뿐이다. 그들이 모여서 할 것이라고는 조사와 토론과 보고서 작성뿐. 그것 이상의 일들이 진행될 리도 없는데, 혼자 멋대로 질투하고 불쾌한 마음을 품었다.

멍청한 짓이다.

'짜증 나.'

키가 크고 훈훈한 외모에 농구부. 이런 스펙은 중, 고등학교 시절 여자아이들의 인기를 끌기에 충분했다. 늘 누군가가 고백을 해 왔고, 늘 누군가가 초콜릿을 건넸다. 먼저 다른 사람을 좋아한 적은 단 한 번도 없었다.

그래서 왈칵 밀려드는 감정이 당혹스러웠다. 좋아한다는 말 한 번 하지 않고 이런 감정을 느끼는 자신이 바보 같았다.

워낙 많은 사람이 수강하는 강의라서, 그룹 호명을 하는 데만도 한참이 걸렸다. 호명이 다 끝나고 교수가 수업을 마무리 지으려 할 때였다.

"교수님."

예진이 손을 들었다. 크진 않지만 조용한 대강당에 퍼질 만한 목소리였다. 교수가 마이크를 든 채로 예진을 쳐다봤다.

"저, 그룹 변경하고 싶은데요."

술렁—

대강당 안이 시끄러워졌다.

"뭐야, 재."

"미친 거 아냐?"

"저 언니, 그 언니 아냐?"

여러 이야기가 들려왔다. 하지만 예진은 달라지지 않은 음성으로 말했다.

"윤성이랑 같은 그룹으로 바꿔 주세요."

교수는 아마도 잘못 들은 줄 알았을 것이다. 하지만 예진이 정확하게 의도를 말하자, 잘못 들은 게 아니라는 것을 깨닫고 표정을 구겼다.

불쾌함이 명백히 드러나는 표정으로, 교수가 말했다.

"자네는 대학 수업이 장난인가?"

"그런 게 아니라……."

"연애질은 강의실 밖에서나 해! 하고 싶은 대로 다 하고 싶으면 이 강의는 포기하고!"

늘 점잖았던 교수가 노기 띤 목소리로 말했다.

"하지만 교수님……."

"예진아."

윤성이 예진의 허벅지 위에 손을 올렸다.

"그만해."

윤성에 대해 좋지 않은 감정을 품은 재현조차도 가슴이 아릿해질 정도로 간절한 목소리였다. 예진도 그걸 느낀 건지 더는 말하지 않았고, 교수는 불쾌한 표정을 지우지 못한 채 수업을 마무리 지었다.

교수가 나가자마자, 재현은 뒤를 돌아봤다.

하지만 윤성과 예진은 이미 대강당 문을 나서고 있었다. 그래서 재현은 윤성의 표정을 확인할 수가 없었다.

'뭐지?'

기분이 가라앉았다.

'강윤성이랑 주예진은 대체 뭐지?'

여러 이야기를 들었다. 농구부 선배들은 두 사람의 이야기를 안줏거리 삼아서 떠들어 댔다. 그들의 말에 따르면 윤성도, 예진도 쓰레기였다.

걸러서 듣는다고 들었지만, 선입견이라는 게 무서웠다. 안 좋은 이야기만 듣다 보니, 윤성에 대한 이미지도 나빠질 수밖에 없었다.

하지만 뭘까.

방금 윤성의 음성은 마치 새장 속의 새가 내보내 달라고 지저귀는 것처럼 들렸다. 간곡하고 애절하게.

'저 사람들은 이 대학에서 뭘 하고 있는 거야?'

* * *

좋아하는 사람과 같은 그룹에서 과제를 하게 되었다. 만약 그 대상이 다른 사람이었다면 순수하게 기뻐할 수 있었을 것이다. 풋풋한 짝사랑을 하는 소녀처럼 설레는 마음.

하지만 소희는 기뻐할 수 없었다. 심장이 두근거렸지만 그건 곧 아픔으로 바뀌었다. 그러다가 다시 두근거려서 화가 나기까지 했다.

'그 언니, 좀 이상해.'

신입생인 소희도 그런 식으로 '그룹을 변경해 주세요.'라는 말을 해서는 안 된다는 걸 알고 있었다. 그것은 기본적인 예의였다. 정 바꾸고 싶다면 따로 교수를 만나 이야기했으면 되는 일이었다.

하지만 예진은 대강당에서, 그 많은 학생들이 있는 곳에서 그룹을 변경해 달라고 요청했다. 마치 '윤성은 내 거야. 넘보지 마.'라고 주입시키려는 듯이.

'그래, 딱 그거였어.'

짝사랑하는 남자의 연인이라서 나쁘게 생각하고 싶은 걸까. 아니, 그런 것은 아니다. 객관적으로 봤을 때도 예진의 행동은 잘못됐다.

그들을 둘러싼 많은 소문들이 있고, 곱지 않은 시선들을 종종 목격했다. 그래도 소희는 그것을 무시하려고 애썼다. 사랑하게 되어 버린 사람을, 그리고 그 사람의 연인을 나쁘게 생각하고 싶지 않았다.

하지만 오늘 대강당에서의 일은 아무리 좋게 생각하려고 해도 그럴 수가 없었다. 주예진은 뭔가 이상하다. 그리고 그런 예진에게 화를 내지 못하는 윤성도 이상하다.

'뭐, 나중에 아무도 없는 데서 싸웠을지도 모르지.'

라고 생각했지만, 그렇지는 않았을 것이다. 윤성은 예진에게 화를 내지 않을 거란, 근거 없는 확신이 있었다.

"오늘도 도서관에 자리 없더라. 난 그냥 기숙사에서 공부해야겠어."

장학금을 노리는 연준은 시험 기간이 되자 얼굴 보기 힘들었다. 연준이 기숙사로 돌아간 후, 재현과 소희는 학생회관으로 향했다.

학생회관 1층에 있는 커피숍도 사람이 많았지만, 두 사람이 앉을 자리를 찾을 수 있었다. 다음 수업까지 2시간이나 남았다. 소희가 자리를 잡았고, 재현이 커피와 샌드위치를 사 왔다.

소희가 지갑에서 돈을 꺼내려 하자, 재현이 말했다.

"매번 돈 나누기도 귀찮다. 오늘은 내가 살게, 내일은 네가 사."

"그래, 그럼."

여자 친구들이 없는 건 아니지만, 정신을 차리고 보면 늘 옆에는 재현이 있었다. 그렇게 붙어 다니다 보니, 몇 년은 알고 지낸 사이처럼 편해졌다. 재현은 늘 무표정했지만, 이제는 그 무표정함 속에 담겨 있는 감정을 대충이나마 짐작할 수 있었다.

"뭐 기분 안 좋은 일 있어?"

대강당에서 나올 때부터 재현은 불쾌해 보였다.

"아니."

"표정이 안 좋아."

"그럴 리가."

재현이 건성으로 대답하며 책을 꺼냈다. 심리학개론 전공서였다.

"왜? 얘기해 봐. 아, 혹시 마음에 드는 여자애라도 생겼어? 걔랑 같은 그룹이 안 돼서 짜증 난 거야?"

반쯤은 농담으로 한 질문이었다. 그래서 재현의 반응에 당황했다.

재현은 대답하지 않고 소희를 지그시 응시했다. 이상하게 생각될 만큼 오랫동안.

오롯이 소희만을 향한 그 시선이, 굳게 다문 입술이, 그동안 봐 온 재현 같지 않았다. 입안이 바싹 말랐다.

그냥 씩 웃으며 '뭘 그렇게 봐?'라고 말하면 되는데, 입술이 떨어지지 않았다. 입을 여는 순간, 재현과 소희 사이에 쌓아 올린 무언가가 와장창 깨질 것만 같았다.

"내가 애냐? 그런 걸로 짜증이 나게."

이윽고 재현이 시선을 떼었고, 이상한 분위기를 조성한 적 없다는 듯 아무렇지도 않게 대꾸했다. 윤성에 대한 생각을 하도 하다 보니, 재현의 눈빛조차 예민하게 받아들이게 됐나 보다.

"공부나 해. 학고는 받지 말아야지."

"출석만 잘해도 학고는 안 나온다더라."

"그래서 간당간당한 성적 받게?"

"3.0만 넘으면 되지 않나?"

"말이 쉽지. 고등학교 때처럼 생각하면 안 돼. 다들 비슷비슷한 수준으로 공부하다가 온 애들이야."

"아, 그건 그러네. 열심히 해야겠다."

학사경고나 재수강이 두려운 건 아니었다. 태훈이 놀려댈 것을 생각하니, 마음을 다잡을 수밖에 없었다. 태훈은 출석도 잘 안 하고, 팽팽 놀러 다니는 것 같지만 3.0 이하를 받아본 적이 없었다.

"고등학교 때랑 달라진 게 없어. 달라진 게 있다면 공부해야 할 것들이 더 많아졌다는 것뿐이야."

빽빽한 글자를 읽다가 중얼거렸다.

"너, 공부하기 싫지?"

재현이 정곡을 찔렀다. 소희는 샌드위치의 포장을 벗기며 말했다.

"엄청. 난 원래 공부하는 거 싫어해."

"응, 그런 것 같다."

"게다가 봄이잖아. 벚꽃도 피기 시작했고, 다들 벚꽃놀이다 뭐다 놀러 다니는데, 우리는 처박혀서 시험공부 해야 하고."

창밖에는 새파란 하늘이 펼쳐져 있었다.

"대학교에 오면 좀 더 반짝반짝할 줄 알았는데, 더 힘들어. 난 수능 공부할 때보다 지금 더 열심히 하는 것 같아."

"이게 열심히 하는 거라고?"

재현이 황당한 표정을 지었다.

"집에 가서도 공부하거든요?"

"아아. 그래? 연준이가 울겠다."

"걘는 좀 특이한 경우고. 예습복습을 진짜로 철저히 하는 애는 처음 봤어. 그런데 시험 기간이라고 더 열심히 공부해. 어떻게 그러고 살지?"

"하긴. 그건 나도 신기하다."

재현이 중얼거리며 창문 쪽으로 시선을 돌렸다. 창밖으로 보이는 벚나무와 그 끝에 걸린 하늘을 물끄러미 응시하던 재현이 말했다.

"잠깐 나갔다가 올까?"

"어? 진짜?"

기다렸던 말이다.

"다음 수업도 있으니 멀리 가긴 그렇고. 교정이나 한 바퀴 돌자."

"에이, 뭐야. 강의실 찾아다닐 때 허구한 날 보는데."

"여유 부리면서 걷는 건 또 다르겠지."

"사진 찍어 줄 거야? 벚꽃이랑 같이?"

기분 탓일까?

재현의 입가에 희미한 미소가 묻어 나오는 것처럼 보였다.

"그래, 찍어 줄게. 얼마든지."

* * *

심장이 쿵 내려앉았다.

저 두 사람이 함께 있는 광경은 아무리 자주 봐도 익숙해지지 않는다.

팔짱을 낀 예진의 존재를 의식하고 있으면서도, 그 둘에게서 눈을 뗄 수가 없었다. 유독 꽃이 만발한 벚나무 아래에 나란히 서 있는 소희와 재현.

소희는 여러 친구들과 어울려 다녔는데, 그중에서도 재현과 특히 잘 붙어 다녔다. 키가 크고 단정한 외모를 가진 재현은 늘 무표정했지만, 소희와 함께 있을 때는 한결 부드러운 표정을 짓곤 했다.

'농구 동아리였지, 아마.'

운동장에서 농구를 하는 재현을 본 적이 있다. 진지한 표정으로 농구에 열중한 재현은, 같은 남자가 봐도 반할 만큼 멋있었다. 앞으로 재현을 좋아하는 여학생들이 점점 늘어날 것이다. 어쩌면 지금도 상당수 있을지도 모르겠다.

무엇 때문인지 소희가 재현을 보며 환하게 웃었다. 윤성의 앞에서는 절대로 짓지 않는, 그리고 앞으로도 짓지 않을 표정. 심장이 쓰렸다.

"재네 잘 어울리더라."

예진의 목소리가 들려왔을 때에야, 정신을 차리고 시선을 거뒀다.

"누구?"

누구를 말하는지 알지만, 모르는 척 되물었다.

"저 애들. 우리 과잖아."

예진이 손가락으로 두 사람을 가리켰다.

"아아."

"쟤네 이름이 아마……."

뒷말을 길게 늘어뜨리며, 예진이 윤성을 올려다봤다. 예진은 분명 저 둘의 이름을 알고 있다. 그저 윤성이 알고 있는지 떠보려는 것이리라.

"뭔데?"

"아마도…… 음…… 김재현이랑 차소희였나? 맞지?"

"글쎄."

"아, 차소희. 너랑 같은 그룹이네."

"그랬던가."

"자기 그룹원 이름 정도는 외워 둬. 욕먹을라."

'그런 걸로는 욕 안 먹어. 오늘 네가 한 행동이 욕먹을 행동이지.'

라는 말은 하지 않았다.

"그래, 노력해 볼게."

"그러고 보니 소희 쟤, 태훈이랑 아는 사이지?"

"아아. 저번 신입생 환영회 때 태훈이가 안고 간 앤가?"

너무 모르는 척하면 일부러 그런다는 것이 티 날 것이다. 이쯤에서 적당히 아는 척해 주는 게 좋다.

"응, 재가 걔야. 어떻게 태훈이 같은 애랑 아는 거지? 쟤도 잘 사는 집 앤가?"

'태훈이 사촌이야.'

라는 정보는, 굳이 알려 줄 필요 없었다. 태훈과 소희는 학교에서 마주쳐도 서로 아는 척을 하는 것 같지 않았다. 아마도 둘의 관계를 숨기기로 작정한 모양이다.

"소희 재, 귀엽게 생기지 않았어?"

"자세히 본 적이 없는데. 자세히 볼까?"

"아니, 꼭 그러라는 건 아니고. 재 되게 인기 많더라. 우리 동기 중에도 재한테 호감 있는 애들 몇 명 있던데. 주책이야, 정말."

예진이 조소를 흘렸다.

"저번에 영훈이가 재 보더니 후다닥 달려가서 밥 사주겠다고 하더라. 되게 없어 보였어."

"영훈이가 좋아하는 타입인가 보지."

"넌 어때? 저런 타입 좋아하지 않아?"

"그럴 리가. 네가 내 타입이야."

윤성의 말에 예진의 입가에 미소가 떠올랐다. 싸늘한 미소였다.

"거짓말이 많이 늘었네."

팔뚝에 소름이 돋았다.

"그래도 모르는 척해 줄게. 기분은 나쁘지 않으니까."

윤성은 티 나지 않게 이를 악물었다. 그러지 않으면 비명이 터져 나올 것 같았다.

알잖아. 내 마음 알잖아. 내가 널 사랑하지 않는다는 거, 오히려 무서워하고 있다는 거, 너도 알잖아. 이런 놈을 왜 옆에 두고 싶어 하는 거야? 널 사랑해 줄 사람, 널 아껴 줄 사람, 세상에 많이 있을 텐데. 왜 하필이면 나인 거야?

밖으로 나오지 못한 절규는 몸 안에서 독이 되어 퍼져갔다. 매일, 매일, 수십 번씩 퍼지는 맹독에, 몸과 마음이 썩어갔다.

이렇게 썩다 보면 언젠가 벗어날 수 있을까? 가루처럼 부서져서 이 여자 곁을 떠날 수 있을까?

"가자."

윤성은 미소를 지으며, 예진의 어깨에 팔을 둘렀다.

"얼른 점심 먹어야 다음 시간 강의 안 늦지."

* * *

시야 가장자리에 머무는 영상만으로도, 그 사람이 누군지 알 수 있다는 것. 그것은 그를 향한 마음이 상당히 크다는 증거이리라.

유독 꽃을 많이 피운 벚나무 아래. 어디서 사진을 찍어야 학교가 아닌 다른 곳에서 찍은 것처럼 보일지 고민을 하고 있을 때였다.

시야 가장자리에 맺힌 윤성을 발견했다. 자의식과잉인 걸까. 윤성이 이쪽을 보고 있다는 느낌을 받았다. 모르는 척하려고 했지만, 자연스럽게 행동할 수가 없었다. 목소리와 행동에서 그를 의식하는 것이 드러났다.

너무 뻣뻣해 보이지 않을까. 목소리가 너무 크진 않을까.

돌아보고 싶었다. 그를 정면으로 마주하고, 그의 하얀 얼굴을 똑바로 보고 싶었다. 하지만 그랬다가는 이 마음, 절대로 알려져선 안 될 이 사랑이 들킬 것만 같아서 꾹 참았다.

"이쪽에 서면 될 것 같은데. 배경에 건물이 안 보여."

재현이 말했다.

"어? 아, 응. 그럼 여기서 찍을까."

재현이 가리킨 곳으로 향하며 은근슬쩍 시선을 돌렸다. 용기 낸 그 행동을, 소희는 곧 후회했다. 그를 정면으로 마주할 수 없었다.

윤성은 혼자가 아니었고, 이쪽을 보고 있지도 않았다. 다정하게 예진의 어깨를 감싸고 걸어가는 윤성의 뒷모습. 심장을 따끔하게 만드는 모습만 한 번 더 확인하게 되었다.

사진 찍을 생각에 들떴던 마음이 순식간에 가라앉았다. 기분이 나빴다.

윤성에게 휘둘리는 것이 바보 같다는 것은 알고 있었다. 하지만 생각과 마음은 그 흐름이 달라서, 생각을 전환한다고 곧바로 마음이 달라지지는 않았다.

작게 한숨을 내쉬며 고개를 들다가, 재현과 눈이 마주쳤다. 재현은 뭘 생각하는지 알 수 없는 표정으로, 소희를 물끄러미 응시하고 있었다.

"왜, 왜 그렇게 봐?"

재현은 대답하지 않았다. 그의 검은 눈동자가 소희의 속을 꿰뚫어 보는 것 같아서 불안했다.

'내가 말했지. 그 남자 쳐다보지 말라고. 그런데 넌 그 남자를 봤고, 결국 그 남자를 사랑하게 됐어. 맞지?'

재현의 눈이 그렇게 말하는 것 같았다.

"우리 같이 사진 찍자."

소희는 애써 아무렇지도 않은 척 재현의 팔에 팔짱을 끼었다. 재현은 말없이 소희가 이끄는 대로 따라왔다.

지나가는 학생 한 명에게 사진을 찍어달라고 부탁하며 휴대폰을 건넸다. 재현과 나란히 서서 찰칵, 한 장을 찍었다.

"김재현, 너 안 웃었지?"

"웃을 일이 있냐?"

"좀 웃으면서 찍자. 응?"

"노력해 보지."

한 장 더 부탁했다. 학생은 귀찮은 기색 없이 한 장 더 찍어 줬다. 소희는 휴대폰을 돌려받은 뒤 사진을 확인했다. 두 장의 사진 모두 재현은 무표정했다.

"이것 봐, 또 안 웃었어. 그러고 보면 너도 진짜 안 웃는 것 같아."

"웃길 땐 웃어."

"언제 웃긴데?"

"음. 네가 술 취해서 노래 부를 때."

"으악! 간신히 잊고 있었는데!"

"원래 상처를 준 사람은 쉽게 잊어도, 상처받은 사람은 잊지 못하는 법이야."

"내 노래가 너한테 상처였어?"

"엄청 충격적이었으니 일종의 상처라고 할 수도 있겠지."

한 차례 불어온 바람이 나뭇가지를 흔들었다. 연분홍 꽃잎이 팔랑팔랑 떨어졌다. 재현의 콧등에 꽃잎이 하나 붙었는데, 재현은 모르는 것 같았다. 그냥 놔둘까 하다가 손을 뻗었다.

덥석—

갑자기 얼굴로 다가드는 손길에 당황한 걸까. 재현이 소희의 손목을 잡고 소희를 내려다봤다.

"아…… 벚꽃이…… 붙어서."

소희도 놀라서 눈을 동그랗게 뜨고 중얼거렸다. 재현의 손에서 힘이 빠졌다.

"미안."

"응? 아냐, 내가 갑자기 얼굴 만지려고 해서 미안하지."

"어디 붙었어?"

"거기. 내가 떼어 줄게."

"아니, 됐다. 내가 할게."

재현의 커다란 손이 그의 얼굴을 한 번 쓸고 지나갔다.

“떨어졌어?”

“응. 말끔해.”

“가자. 공부해야지.”

재현이 먼저 걸음을 옮겼다.

“날씨 좋아서 들어가기 싫다. 햇볕이 완전 따땃해.”

“곧 시험 끝나니까 끝나고 어디 놀러 가든가.”

“그럼 동물원 가자.”

“나랑?”

“응. 연준이도 같이.”

“그래, 그러지, 뭐.”

고개를 숙이고 열심히 재현을 따라 걸었다. 재현은 흰색 농구화를 신고 있었는데, 발이 참 컸다. 역시 키가 크면 발도 크구나, 라는 생각을 했다. 윤성을 떠올리지 않기 위해, 다른 무엇이라도 생각해야만 했다.

성큼성큼 앞으로 나아가던 커다란 농구화가 갑자기 멈췄다. 소희도 걸음을 멈추고 고개를 들었다.

맞은편에서 태훈이 걸어오고 있었다.

“오오. 신입생.”

태훈이 가볍게 아는 척을 했다. 재현은 꾸벅 인사를 했고, 소희도 망설이다가 재현을 따라 인사했다. 태훈은 재미있다는 표정으로 소희를 쳐다봤는데, 그게 얼마나 얄미운지 한 대 때려주고 싶었다.

"데이트 중?"

태훈이 물었다. 재현이 대답하지 않아서, 소희가 대신 대답했다.

"우리 친구 사이예요."

"아하. 그것참 좋은 정보네."

태훈이 비아냥거리자, 소희는 한 대 때려주고 싶은 마음을 억눌러야만 했다. 저 오빤 진짜!

"선배님은 어디 가세요?"

소희가 묻자 태훈이 어깨를 으쓱했다.

"봄이잖아. 벚꽃구경 하러."

"시험 기간인데 팔자가 늘어지셨네요."

"얼씨구. 선배님한테 말버릇이 그게 뭐지?"

소희는 갈등했다.

재현과 오래 안 사이는 아니지만, 믿을 만한 친구라는 것을 알 수 있었다. 그렇다면 재현에게는 태훈과 사촌 관계라는 걸 밝혀도 되지 않을까. 재현이 그 사실을 안다고 해서 여기저기 떠벌리고 다닐 것 같진 않았다.

"죄송합니다, 얘가 좀 바보라서."

갈등하는 소희 대신 재현이 사과했다.

"그래, 딱 봐도 멍청해 보이긴 하네."

"아, 오빠! 좀!"

결국 소희는 참지 못하고 버럭 성질을 냈다. 태훈이 씩 웃었다.

"우리 아직 오빠, 동생 할 만큼 친근한 사이는 아닌 것 같은데."

"그럼 그냥 모르는 척하고 지나가면 되잖아. 왜 친구랑 같이 있는데 굳이 아는 척을 하고 야단이야?"

"분위기 좋아 보여서 고깝더라고. 알잖아. 네가 즐거워하는 모습을 보면 나는 울컥한다는 거."

"알지, 아는데…… 하아."

소희는 한숨을 내쉬며 재현을 돌아봤다. 재현은 무슨 상황인지 설명해달라는 눈으로 소희를 보고 있었다.

"재현아. 저 인간, 내 사촌 오빠야. 이름은 한태훈이고, 우리 큰이모 아들."

"아……."

그제야 납득이 된다는 듯 재현이 고개를 끄덕였다. 소희는 태훈을 한 번 쏘아본 후, 재현의 팔을 잡아끌었다.

"가자."

재현은 태훈에게 꾸벅 고개를 숙여 인사하고 소희를 따라왔다. 태훈이 싱글싱글 웃으며 두 사람의 뒷모습을 응시했다.

소희는 태훈과의 관계를 감춘 이유에 대해 설명을 해야 할 것 같았다.

"집이 잘산다는 이유만으로, 안 받아도 될 비난을 받은 적이 많아. 태훈이 오빠 같은 경우는, 이 대학에 들어온 것도 빽 써서 들어왔다는 얘기를 듣거든. 오빠가 좀 껄렁껄렁해 보이잖아. 그래서 더 그런 것 같아."

"흐음."

"어릴 때부터 부모님한테 제일 많이 들은 소리가, 잘사는 집안에서 태어났으면 그에 걸맞은 행동을 해야 한다는 거였어. 난 좀 평범하게 애들이랑 어울리고 싶고, 용돈 받으면 사고 싶은 것도 사고 싶고 그렇거든. 그런데 내가 좋은 거 사면 꼭, '쟤는 부모 잘 만나서 저런 데다 돈 쓰더라.'라는 소리가 들려오더라고."

그래서 오히려 제약이 심했고, 눈치를 봐야만 했다. 차라리 비슷비슷한 집안이 다니는 학교에 다녔더라면 그런 일은 없었을 것이다. 하지만 소희의 부모님은 사람 앞날이 어떻게 될지 모르니, 제대로 살아가려면 평범한 학교를 다니며 여러 사람들과 어울리는 게 좋다는 방침을 가지고 있었다.

친구들과 사이가 아주 안 좋은 것은 아니지만, 때때로 부자라는 이유만으로 받아야 했던 질투의 시선이 견디기 힘들었다. 그래서 소희의 배경을 아는 사람이 아무도 없는 대학교에서만큼은 평범하게 지내고 싶었다.

소희의 이야기를 다 들은 재현이 고개를 끄덕이며 중얼거렸다.

"그거 다행이네."

"다행이라고?"

"응, 뭐……."

거기까지 말한 재현은 소희의 머리를 툭툭 두드리듯 쓰다듬었다.

"아무튼 네가 알리고 싶어 하지 않는 거니까 나도 말 안 할게. 걱정 마라."

*　　*　　*

[법과 사회] 카페에 첫 번째 조별 모임 공고가 떴다. D관 305호 강의실에서 5시에 모이자는 공지였다. 그 시간에 수업이 있는 사람은 댓글을 달아달라고 했고, 아무도 댓글을 달지 않았다.

'그럼 내일 윤성 선배도 나오는구나.'

이런 식으로 기대하면 안 된다는 것을 머리로는 알고 있지만, 마음이 따라주질 않았다. 6명의 조별 모임. 단둘이 만나는 것은 아니지만, 예진과 함께 있지 않은 윤성을 본다는 사실에 설레었다.

'뭘 입고 갈까?'

첫 데이트를 하는 소녀처럼, 잠을 이룰 수가 없었다.

'아니, 예쁘게 하고 가도 아무 소용없잖아. 어차피 윤성 선배한테는 여자 친구도 있는데.'

애써 예진을 떠올리며 윤성에 대한 생각을 지우려 했다. 예진은 어디를 봐도 소희와 완전히 달랐다. 윤성의 이상형이 예진이라면, 소희가 아무리 예쁘게 꾸며도 그의 시야 안에 들어갈 수 없을 것이다.

그걸 뼈저리게 알면서도 내일의 옷차림에 대해 고민하는 자신을 이해할 수가 없었다. 한심하고 바보 같다.

'아, 내가 어쩌다 이렇게 됐지?'

나름의 철칙이 있었다. 사랑보다는 우정을 선택할 것, 임자 있는 남자는 애초에 좋아하지 말 것, 사랑 때문에 나 자신을 못나게 만들지 말 것.

철칙 같은 건 아무 소용이 없었다. 노력한다고 해서 사랑을 하지 않을 수 있다면, 세상에 짝사랑은 존재하지 않을 것이다.

이런저런 생각들로 뒤척이다가 잠을 설쳤다. 새벽에 까무룩 잠이 들었는데, 윤성이 나오는 꿈을 꿨다.

꿈에서 소희는 윤성의 손을 잡고, 사람들 사이에 서 있었다. 생김새를 구분할 수 없는, 비슷한 얼굴의 사람들이 두 사람에게 손가락질을 하며 침을 뱉고 있었다.

그럼에도 불구하고 소희는 윤성의 손을 놓고 싶지 않았다. 세상 모든 사람들이 욕해도, 그의 손을 잡을 수만 있다면 뭐든 할 수 있을 거란 생각이 들었다.

알람 소리에 잠에서 깬 소희는 깊은 한숨을 내쉬었다. 병에 걸린 것처럼 가슴 부근이 뻐근했다.

'그런 마음인 걸까?'

대학교 학생들 대부분이 윤성과 예진에게 곱지 않은 시선을 보냈고, 대놓고 욕하기도 했다. 하지만 둘은 늘 붙어 다녔다. 이 세상 모두를 적으로 돌려도 된다는 듯이. 서로만 있으면 행복하다는 듯이.

'그 두 사람은 그런 감정을 갖고 있는 걸까?'

조금 울고 싶은데, 눈물이 나오진 않았다. 숨을 토해내면 고통이 사라질까 싶어, 몇 번이나 크게 심호흡을 했다. 하지만 가슴의 답답함은 사라지지 않았다.

샤워를 하고 방에 돌아와 옷을 꺼냈다. 평소에 입던 청바지에 후드 티셔츠, 면바지에 남방. 여러 벌 꺼내다가 결국 원피스를 골라들었다.

바보 같은 건 알지만 어쩔 수 없었다. 예진에게서 윤성을 빼앗겠다는 마음이 있는 건 아니었다. 다만, 윤성에게 예뻐 보이고 싶었다. 잠깐이라도 윤성이,

'음. 오늘은 예쁘네.'

라고 생각해 주면, 그것으로 족했다.

평소에는 즐겨 하지 않는 화장까지 했다. 매일 똑같은 헤어스타일이 유독 마음에 안 들었다. 몇 번이나 나가려다가 되돌아와 거울을 확인하고, 또 확인하고. 그러다 보니 출발 시간이 좀 늦었다.

수업에 집중할 수가 없었다. 얼른 모임 시간이 다가왔으면 했다.

"와, 오늘 화장했네?"

"소희 오늘 정말 예쁘다. 데이트라도 해?"

과 친구들이 와서 재잘거렸다. 뜨끔했다.

조별 모임 공지는 카페에 올라와 있었고, 재현도 오늘 저녁에

모임이 있다는 것을 알 것이다. 가끔 재현은 윤성에 대한 소희의 마음을 아는 것처럼 행동할 때가 있었다. 오늘따라 예쁘게 하고 온 것에 큰 의미를 부여할까 봐(실제로 의미가 있긴 하지만) 걱정이 됐다.

흘끔.

재현의 자리로 시선을 움직였다. 재현의 자리는 소희와 조금 떨어져 있었다. 하지만 친구들의 목소리가 들릴 정도의 거리이기는 했다. 다행히 재현은 엎드려 있었는데, 자고 있으리란 보장은 없었다.

'설마…… 눈치채진 않겠지? 내가 그 선배랑 따로 연락하거나 만나는 건 아니니까.'

그래도 괜히 불안해서, 수업 내내 몇 번이나 재현 쪽을 돌아봤는지 모른다.

평소보다 유독 길게 느껴지는 수업이 끝났다. 원래는 4시 50분에 끝나야 하는 수업인데, 딱 5시에 끝나는 바람에 서둘러야 했다.

"차소희."

교수님이 나가자마자 가방을 들고 강의실 문을 나서는데, 재현이 소희를 불렀다. 움찔, 걸음을 멈췄다. 돌아볼 수가 없었다. 재현이 비난하는 시선을 보내고 있을 것 같았다.

"왜, 왜?"

"너 오늘……."

재현의 말은 거기서 끝났다. 소희는 초조해졌다. 윤성을 보는 걸 떠나서 5시 모임이었다. 신입생인 주제에 늦을 수는 없었다.

"아니, 아무것도 아냐. 내일 보자."

"응. 내일 봐."

돌아보지도 않고 대답한 후 걸음을 서둘렀다.

'나, 방금 되게 이상했겠지? 재현이가 분명 눈치챘을 거야. 서두르는 것도 윤성 선배 빨리 보고 싶어서라고 오해하면 어쩌지? 그런 건 아닌데.'

마음이 심란했다.

D관은 한참을 걸어가야 했다. 거의 달리다시피 해서 D관에 도착했고, 3층까지 단숨에 뛰어올라 갔다. 숨을 몰아쉬며 305호의 강의실 문을 열었다. 다행히 강의실에는 2명이 먼저 와 있었다.

"허억. 허억. 안녕하세요."

여자 선배 한 명이 귀엽다는 듯 웃었다.

"늦을까 봐 달려왔나 보네. 수업이 지금 끝난 거면 너무 서두르지 않아도 됐을 텐데."

"아니에요. 선배님들 기다리시는데, 신입생인 제가 늦을 순 없죠."

"어차피 다른 사람들도 안 왔는걸. 하여간, 내 이럴 줄 알았다니까. 난 영문과 정소라야. 지금 3학년이고."

"난 수학과 민우찬이다. 복학해서 3학년. 네가 차소희지?"

"네? 네. 어떻게 아셨어요?"

"나도 사진 동아리거든. 저번에 한 번 봤었는데."

"아……!"

어렴풋이 얼굴이 기억났다.

"아, 얘가 차소희구나. 나도 사진 동아리야. 모임을 잘 안 나가서 제대로 본 적은 없네."

"요새 동아리 왜 안 와?"

"그러게. 오빠들이 귀여운 신입생 들어왔다고 되게 좋아했었는데."

태훈이 윤성 때문에 동아리 나가지 말라고 했다는 말은 할 수 없었다.

"신입생이다 보니 이것저것 할 게 많더라고요. 아직 학교생활이 적응이 안 돼서."

"하긴. 아직 중간고사도 안 봤구나. 이번 시험 끝나면 동아리 좀 와. 날씨도 좋아지고 해서 출사 나갈 거거든. 오빠, 우리 어디로 간다고 했지?"

"서울숲."

"아, 맞다. 서울숲에 갈 거야. 거기서 사진 찍고, 저녁 먹고 놀다가 오려고. 소희 넌 귀여우니까 선배들이 사진 많이 찍어 주겠다. 그치?"

"그러게. 다들 모델 부족하다고 야단이니까. 한 살이라도 젊을 때 사진 많이 남겨놔야지."

한 사람도 아니고 두 사람이 양쪽에서 권유를 하니, 딱 잘라 거절하기가 힘들었다. 게다가 동아리에 나가지 않는 것은 소희 자신의 선택이 아니었다. 태훈의 강요 때문이었다.

소희는 변명할 말을 찾지 못해 그저 웃기만 했다.

5시 30분쯤 되었을 때, 조원들이 거의 모였고 회의가 시작되었다. 윤성은 오지 않았다.

머뭇거리다가 물었다.

"저…… 한 사람 안 왔는데."

대단한 질문을 던진 것도 아닌데, 조원들이 입을 다물고 서로 눈짓을 주고받았다. 소희는 괜히 얘기를 꺼냈나 싶어 불편해졌다.

"강윤성은…… 아마 안 올걸."

우찬이 말했다.

"일단 공지도 못 봤을 테니까."

"카페 가입 같은 거 안 했겠지?"

"했더라도 무슨 낯으로 나오겠냐?"

"하긴. 주예진도 보통이 아니더라. 그렇게 사람 많은 데서 그룹 바꿔달라고 하고."

"전 진짜 깜짝 놀랐어요. 얘기만 들었지, 정말 그 정도일 줄은……."

"그 정도 낯짝이니까 그런 짓을 해 놓고도 이 대학을 계속 다니는 거 아니겠어요?"

자기들끼리 떠들 뿐, 속 시원한 대답을 해 주지 않았다. 소희는 자세한 사정을 모르기에, 어떻게 반응해야 할지 알 수 없었다. 그런 소희를 눈치챈 소라가 분위기를 전환시켰다.

"어쨌든 우린 그 사람 연락처도 모르고. 자기가 할 생각 있으면 알아서 오겠지. 카페에 공지는 계속 올릴 거니까."

"안 왔으면 좋겠네요."

철학과 2학년이라는 지우가 중얼거렸다.

강윤성 이야기를 꺼낸 적 없다는 듯, 다시 회의가 시작되었다. 하지만 소희는 집중할 수가 없었다.

강윤성을 좋아하고 말고를 떠나서, 대학교는 다를 줄 알았다. 성인이니까, 배움의 전당이니까, 한결 성숙한 사람들이 모인 곳이니까, 어릴 때처럼 마음에 안 든다고 따돌리고 뒤에서 욕하고, 그러는 일은 없을 줄 알았다.

하지만 이건 무엇인가. 대학교 전체가 강윤성과 주예진을 따돌리고 있지 않은가.

그들이 무슨 잘못을 저질렀는지는 모르겠다. 재현까지도 경계할 정도라면 아마도 큰 잘못을 저질렀을 것이다. 하지만 어쨌든 그 두 사람은 이 대학에 다니고 있고, 그들이 살인을 저지르지 않은 이상 이렇게까지 따돌리는 건 잘못된 행동이란 생각이 들었다.

'범죄자도 아닌데…….'

하지만 이 자리에서 그런 말을 꺼내는 게 얼마나 바보 같은 짓인지, 소희는 알고 있었다. 다들 강윤성은 원래 조원이 아닌 것처럼 회의를 했고, 담당을 정했고, 회의를 끝냈다.

친목 도모도 할 겸, 저녁을 먹자는 말을 거절할 수가 없었다. 시험이며, 강윤성이며, 마음에 걸리는 것이 많아 혼자 있고 싶지만, 어쩔 수 없이 저녁을 먹으러 향했다.

선배인 조원들과 함께하는 불편한 저녁 식사. 소희는 이렇게 거절하지 못하는 자신을 볼 때마다, 태훈이 부러웠다. 태훈은 늘 안하무인이었고, 제멋대로였으며, 상대가 당황할 만큼 딱 잘라 거절하곤 했다.

시험 기간이 아니었으면 2차까지 갈 뻔한 모임이었다. 다행히 다들 정신을 차렸고, 아쉬워하며 헤어졌다. 10시밖에 안 됐는데 막노동이라도 한 듯 녹초가 됐다.

기숙사생들은 학교로 돌아가고, 버스를 이용하는 사람들은 버스정류장으로, 소희는 소라와 함께 전철역으로 걸어갔다. 몇 번이나 강윤성, 주예진에 대해 물어보고 싶은 것을 참아야 했다.

지하철 출구로 들어와 계단을 내려왔다. 개찰구까지 이어진 통로를 걸어갈 때였다.

"차소희."

낮은 음성이 소희를 불렀다. 잘못 들은 줄 알고 계속 걷는데, 소라가 소희의 팔을 살짝 두드렸다.

"누가 너 부르는데?"

그제야 걸음을 멈추고 뒤를 돌아봤다. 재현이었다.

재현은 남들보다 머리 하나는 더 커서, 한눈에 알아볼 수가 있었다. 이런 시간에 이런 곳에서 마주칠 줄 몰랐기에 조금 놀랐다.

눈을 동그랗게 뜨고 쳐다보노라니, 재현이 성큼성큼 다가왔다.

"이제 끝난 거냐?"

"응. 넌?"

"나도."

소라가 의미심장한 눈으로 재현과 소희를 번갈아 보다가,

"나 먼저 가야겠다. 친구랑 같이 와, 소희야."

라는 말을 남기고 잡을 새도 없이 가 버렸다. 소희는 괜히 민망한 기분이 들었다. 재현의 눈빛 때문이었다.

기분 탓인지 모르겠지만 소희를 응시하는 그의 눈빛이 평소와 조금 다르게 느껴졌다. 뭐가 다르냐고 묻는다면 콕 집어 대답할 말이 없다. 하지만 왠지 친구가 아닌 남자를 앞에 둔 기분이 들었다.

"갈까?"

먼저 걸음을 떼지 못하는 소희 대신 재현이 말했다.

"으응."

소희는 평소처럼 재현에게 바짝 다가서지 않고 조금 떨어져서 걸었다. 평소엔 팔짱도 끼고, 팔이 부딪쳐도 별생각이 없었는데 이상한 노릇이었다.

"조 모임은 잘했어?"

"응. 너희도 조 모임 한 거야?"

"아니, 난…… 농구 동아리."

"아아."

정말로?

되묻고 싶었다. 재현은 농구를 하고 난 뒤, 체육관에 딸린 샤워실에서 샤워를 하고 나왔다. 늘 귀찮다고 머리를 말리지 않았는데, 지금 재현의 머리는 젖어 있지 않았다.

'하지만 얘가 그런 걸로 거짓말을 할 이유가 없잖아. 나도 참…….'

소희는 자기가 과민반응을 보인다고 생각했다.

"동아리 재미있어?"

"응. 내가 좋아하는 거니까."

"농구해서 키가 그렇게 컸나?"

"글쎄. 키가 커서 농구를 시작하는 경우가 많지."

"원래 컸어? 어릴 때부터?"

"중학교 2학년 때부터. 그전에는 평범했지."

"인기 많았을 것 같아."

"키가 크고 스포츠를 하는 남학생들이 누리는 인기 정도였어."

"잘난 척은."

"사실을 말했을 뿐입니다."

이런저런 이야기를 하며 전철을 탔다. 재현은 소희보다 두 정거장 전에 내리는데, 웬일인지 내릴 생각이 없어 보였다.

"너 이번 역에 내려야 하는 거 아냐?"

"아아. 데려다줄게."

"엑? 왜?"

생각지 못한 제안이라서 너무 과하게 반응한 모양이다. 재현의 미간이 좁아졌다.

"늦었으니까."

"어어어. 아니야, 괜찮아. 늦은 시간엔 너나 나나 위험한 건 똑같은데, 뭐."

"누가 봐도 네가 위험하지, 내가 위험할까?"

소희는 고개를 한껏 올려야 볼 수 있는 재현의 얼굴과 늠름한 어깨를 확인했다.

"그렇긴 하네. 그래도 너무 늦었는데."

"너무 늦었으니까."

네가 걱정돼, 라는 뒷말이 들려오는 듯했다. 기분이 묘했다.

'친구라서 그러는 거겠지? 재현이는 친절하니까.'

소희가 사는 태훈의 집은 고급 주택가에 있었다. 골목마다 방범초소가 있어서 위험한 거리는 아니었다. 깨끗하고 조용한 주택가를 걸어가던 중에 재현이 말했다.

"근사한 곳이네."

"응, 아무래도 좀…… 돈 많은 사람들이 사는 곳이니까. 지금 큰이모네서 같이 살고 있거든."

"원래 너네 집은 어딘데?"

"여기서 멀진 않은데, 부모님이 해외에 가셨어. 난 한국에서 대학 다니고 싶어서 여기 남았고. 여기가 우리 집이야."

척 보기에도 넓은 주택 앞에서 걸음을 멈췄다.

"그래, 들어가 봐."

"응."

그냥 돌아서서 들어가면 되는 일인데, 발길이 떨어지지 않았다. 왜일까?

"안 들어가?"

머뭇거리는 소희에게 재현이 이상하다는 듯 물었다. 소희는 입술을 비쭉 내밀었다가 말했다.

"너 가는 거 보고 들어갈게."

"그럼 데려다준 의미가 없잖아."

"괜찮아. 어디서 누가 확 튀어나올 것도 아닌데."

"하긴. 집이 워낙 넓으니. 그럼 간다."

"응, 잘 가. 데려다줘서 고마워."

"그래."

인사를 했는데도 재현은 떠나지 않았다. 대문에 달린 전구에서 쏟아지는 불빛이 재현의 얼굴을 비추고 있었다. 반듯한 이마와 오뚝한 코가, 바로 위에서 비추는 불빛 덕에 더 선명하게 보였다.

"어…… 안 가?"

조심스레 물었다. 재현은 살짝 미간을 좁혔고 시선을 잠깐 옆으로 돌렸다가 고개를 끄덕였다.

"그래, 갈게. 내일 보자."

"응, 내일 봐."

재현이 돌아섰다.

멀어지는 재현의 뒷모습을 지켜보다가, 완전히 사라졌을 때 집으로 들어왔다. 태훈이 혼자 거실에 누워 TV를 보고 있었다.

"이 계집애야, 지금 몇 시냐?"

"조별 모임 때문에 늦은 거거든?"

"늦으면 늦는다고 말을 해야 할 거 아냐?"

"이모한테는 문자 보내놨었어."

"나한테는 왜 안 보내?"

"오빠가 내 보호자라도 되냐? 정 궁금하면 오빠가 먼저 연락했으면 됐잖아."

"하여간 한 마디도 안 지려고 하는 것 좀 봐라. 이 시간까지 기다려 줬구만."

"기다려 주긴 개뿔. 원래 늦게 자면서."

투덜거리며 방으로 들어갔다.

사실은 아까부터 고민하던 것이 있었다. 재현과 함께 걷는 와중에도 그 고민을 떨쳐 버릴 수가 없었다.

'윤성 선배한테 모임 얘기를 해 두는 게 낫지 않을까?'

조원들은 윤성이 안 오는 걸 당연하게 여기고, 안 왔으면 좋겠다고 생각하는 것 같았다. 하지만 함께 진행해야 하는 과제인데, 한 사람을 아예 배제하는 것은 아무래도 마음에 걸렸다.

문자를 써놓고 한참을 망설였다.

너무 늦은 시간 아닐까. 보내도 괜찮을까. 괜히 오지랖을 부리는 건 아닐까. 조원들이 알게 되면 화내지 않을까.

한 번 시작된 망설임은 꼬리에 꼬리를 물고 이어졌고, 결국 전송 버튼을 눌렀다.

그저 문자를 한 통 보낸 것뿐인데, 고백이라도 한 것처럼 심장이 쿵쿵 뛰었다. 답장이 오지 않을까 싶어 초조한 마음으로 휴대폰을 응시했다. 하지만 5분이 지나도, 10분이 지나도 답장은 오지 않았다.

지끈—

답장을 기대하고 보낸 문자도 아닌데 가슴이 아팠다. 윤성과 자신 사이에 있는 거리를 새삼스럽게 실감했다. 크게 숨을 몰아쉬었지만, 통증이 사라지지 않았다.

소희는 계속 손에 쥐고 있던 휴대폰을 내려놓으며 생각했다.

'아, 문자 괜히 보냈네.'

* * *

휴대폰이 울린 건, 밤 11시쯤이었다. 커피숍에서 예진과 마주 앉아 있었고, 휴대폰은 늘 그렇듯 테이블 위에 올려놓은 상태였다. 그때 휴대폰이 진동했다.

윤성의 손이 휴대폰을 잡기 전, 예진이 그것을 낚아챘다. 자기 휴대폰이라도 된다는 듯 문자를 확인하는 예진을, 윤성은 말릴 수가 없었다.

"이거 누구한테 온 거야?"

예진이 휴대폰 액정을 윤성의 방향으로 돌려서 보여주며 물었다. 윤성이 그걸 잡으려 하자, 예진은 놀리듯 손을 뒤로 뺐다.

"아니, 누군지나 말해."

윤성은 속으로 한숨을 삼키며 문자 내용을 확인했다.

[선배님. 오늘 법과 사회 조별 모임이 있는데 안 나오셨더라고요. 혹시 모르시나 싶어서 문자 드립니다. 다음번 모임은 목요일 오후 5시에 D관 305호에서 있을 예정입니다. 그때 봬요.]

내용상으로는 아무런 문제가 없었다. 사적인 감정은 조금도 들어 있지 않은, 적당한 거리감이 느껴지는 문체. 하지만 보낸 사람이 문제였다.

소희의 번호는 이미 지워 버렸지만, 머릿속에서도 지운 건 아니었다. 그녀의 휴대전화번호를, 윤성은 똑똑히 기억하고 있었다.

소희에게 온 문자라는 걸 아는 순간, 심장이 쿵 내려앉았다. 설렘과 긴장을 동반한 두근거림을, 예진이 눈치채지 못하길 바랐다.

"조원 중 한 명인 것 같은데."

"법사 조원? 걔들이 네 번호를 어떻게 아는 거야?"

"글쎄."

애써 아무렇지도 않은 척 어깨를 으쓱했다.

"선배님……이라고 한 걸 보면 우리 과인 것 같은데."

"다른 과 애들도 선배한테는 선배라고 하잖아."

"그렇긴 하지만…… 흐응. 너네 조원 중에 신입생은 딱 한 명이지 않아?"

"신입생만 날 선배라고 하는 건 아니지."

"하지만 신입생이 아닌 애가 너한테 이렇게 친절하게 연락을 할 리가 없지. 안 그래?"

"그런가?"

"응. 확실히 그렇다고 봐."

예진이 도로 휴대폰을 가져가 문자를 노려봤다.

"소희 맞지? 얘가 네 번호를 어떻게 알았을까?"

그 순간, 등에 소름이 확 돋았다. 꿀꺽. 마른침을 삼키는 것을, 예진이 눈치채지 못했기를 바랐다.

"누군가에게 물어봤겠지."

"응, 뭐…… 그럴 수도 있겠네."

그 전에 연락한 기록을 찾아보려는 듯, 예진이 이것저것 눌러보기 시작했다. 윤성은 조마조마한 마음으로 예진을 지켜봤다. 괜찮다. 소희와 개인적으로 연락한 것은, 번호를 주고받은 그날뿐이다. 그날의 기록은 깨끗하게 지웠다.

"답장, 보낼 거야?"

아무것도 찾지 못한 예진이 휴대폰을 돌려줬다. 아마 문자는 삭제했을 것이다. 다른 여자의 번호와 기록이 남는 걸 싫어하니까.

"보내진 않을 건데, 조별 모임은 나가야겠어."

"왜? 소희가 이상하게 생각할까 봐? 아니면 너 없을 때 조원들이 소희한테 우리 이야기를 할까 봐?"

"재수강하는 과목이잖아. 또 재수강할 순 없어."

조금 강하게 말했다. 예진이 납득한 듯 고개를 끄덕였다.

"그래, 계속 학교에 남아 있을 순 없으니까."

무심코 휴대폰을 주머니에 넣으려 하자, 예진이 피식 웃었다.

"꺼내 놔. 또 문자가 올 수도 있잖아. 아, 그리고 소희한테 말해 둬. 이런 늦은 시간에 연락하는 거, 예의 아니라고."

"그래, 알겠어."

윤성은 휴대폰을 테이블 위에 꺼내 놨다. 답장을 보내고 싶은데 아무 응답을 해 주지 못한 것이 마음에 걸렸다. 하지만 매번 이런 일이 생길 것이 분명하다. 차라리 답을 보내지 않는 편이 나을지도 몰랐다.

커피숍이 문을 닫는 12시가 되어서야 자리에서 일어났다. 늘 그랬듯 예진을 집 앞까지 데려다줬다.

"엄마, 윤성이 왔어."

예진은 절대 그냥 들어가는 법이 없었다. 그 시간까지 예진의 부모님은 항상 깨어 있었고, 일부러 현관문까지 나와 윤성과 인사를 나눴다. 남들이 보면 딸을 아끼고, 딸의 애인을 아들처럼 생각하는 훈훈한 모습일지도 모르겠다.

하지만 윤성은 그것이 '벌'이라는 것을 알고 있었다. 그들의 눈에 담긴 저주, 원망, 증오를, 언제나 담담한 척 받아들여야만 하는 형벌.

"그럼 가보겠습니다."

꾸벅 인사를 하고 돌아섰다. 그들의 시선이 등 뒤로 따라붙는 것이 느껴졌다.

숨이 막혔다.

언제까지 이 일이 지속될까?

'영원히?'

아주 불가능한 일은 아니었다. 예진이 윤성을 놔주지 않는 한, 이 일은 계속될 것이다. 그리고 예진은 평생 윤성을 놔줄 생각이 없는 듯 보였다.

'난 평생 이러고 살아야 하나?'

쓴웃음조차 나오지 않았다. 무심코 바지 주머니에 손을 찔러 넣었는데, 휴대폰이 만져졌다. 소희의 문자가 떠올라 휴대폰을 꺼냈다.

예진이 다 지워 버려서 문자 내역은 남아 있지 않았다. 하지만 윤성은 아까 읽었던 문자를 똑똑히 기억하고 있었다.

소희는 어떤 마음으로 그 문자를 보낸 걸까?

바보가 아닌 이상 윤성과 예진이 학교에서 어떤 취급을 받는지 알고 있을 것이다. 게다가 법과 사회 수업 시간에 예진이 한 짓도 있었다. 연인 사이에 한쪽이 이상한 짓을 하고, 다른 한쪽이 그것을 말리지 않으면, 둘 다 같은 취급을 받기 마련이다.

그런데도 소희는 윤성을 신경 써서 일부러 문자를 보내 줬다.

"다음에 봬요."

동시에 구원과도 같았던 그 말이 떠올라 심장이 욱신거렸다. '다음에'라는 말은 참으로 매혹적이고 달콤하다.

예진의 집에서 윤성의 집까지는 걸어서 30분이 걸렸다. 걸어가는 내내 고민했다. 답을 보내야 하나 말아야 하나.

보내지 말아야 한다는 건 알고 있었다. 소희에게 답을 보낸다는 것은, 앞으로도 그녀와 연락을 주고받을 용의가 있다는 뜻이 된다. 24시간 중 12시간 이상을 예진과 붙어 있는 상황에서, 소희에게 연락이 오면 좋을 것이 없었다.

하지만 보내고 싶다.

문자를 무시하는 몰상식한 사람으로 보이고 싶지 않다. 적어도 예의는 아는 사람으로 비치고 싶었다.

그런다고 소희와의 관계가 달라질 것도 아닌데, 이런 생각을 하는 자신이 우스웠다. 어찌나 우스운지, 불쌍하다는 생각이 들 정도였다.

자기 자신을 동정하는 남자라니, 정말 멋없다.

집에 도착할 무렵, 윤성은 마음을 정했다. 답장을 하기엔 너무 늦은 시간이지만, 그래도 보내자.

[응, 그래. 알려 줘서 고마워.]

*　　*　　*

"악!"

기쁜 마음에 하마터면 크게 비명을 지를 뻔했다. 소희는 얼른 목소리를 죽이고 휴대폰을 확인했다.

[응, 그래. 알려 줘서 고마워.]

긴 문장은 아니었지만, 답장이 온 것으로 충분했다. 늦게라도 답장이 오지 않을까 싶어서 손에 꼭 쥔 채 잠이 들었는데, 그러길 잘했다.

[네, 좋은 밤 되세요.]

이번 문자는 망설이지 않고 보냈다. 답장은 바로 왔다.

[응, 너도. 좋은 꿈 꿔.]

이대로 문자를 끊기가 아쉬웠다. 문자만이라도 좋으니까 좀 더 대화를 하고 싶었다.

'하지만 그러면 안 되겠지? 내 마음을 들킬 거야.'

아쉽지만 거기서 끝내기로 했다. 소희는 윤성에게 온 문자를 몇 번이나 다시 읽어보다가, 기분 좋게 잠이 들었다.

*　　*　　*

컴퓨터를 켜고 내 문서에 들어갔다. 거기서 숨김파일 표시를 클릭하자, 폴더가 하나 나타났다. 폴더 안에는 사진 두 장이 들어 있었다. 노천극장에서 찍은 소희의 사진이었다.

소희에게 사진을 보낸 후 지우려고 했었다. 남겨두면 보고 싶으니까. 보다 보면 실제로 만나고 싶으니까. 하지만 도저히 지울 수가 없었다.

매일 밤 집에 돌아와 그녀의 사진을 꺼내보는 것이 습관이 되었다. 자신이 생각하기에도 스토커 같았지만 어쩔 수가 없었다. 커다란 모니터는 강아지를 닮은 그녀의 얼굴을, 똘망똘망한 눈동자를 선명하게 담아냈다. 그것을 보고 있노라면 아릿하면서도 즐거워졌다.

어릴 때와 조금도 달라지지 않은 그녀의 순수한 모습은, 사진 속에 담겨 있는데도 절로 미소를 짓게 만들었다. 볼 때마다 생각한다. 어쩌면 이렇게 사랑스러울까.

사랑스러운 한 소녀를 순수하게 사랑했던 나날이 떠올랐다. 말 한 번 건넬 수 없는데도, 매일 생각하고 그리워했다. 그때도 짝사랑이기는 했지만, 오롯이 사랑할 수 있기에 이처럼 아프진 않았다.

처음부터 자유를 모르는 짐승은 자유를 갈망하지도 않는다. 하지만 자유가 없던 짐승이 한 번이라도 자유를 누리고 나면, 끊임없이 그것을 갈망하다가 병들게 된다. 그처럼 다시 시작된, 한 여자를 향한 두 번째 짝사랑이 무디게 굳어 있던 윤성의 심장을 까맣게 태우기 시작했다.

*　*　*

'어떡할까?'

수요일 오후 3시, 공강 시간. 소희는 고민했다.

'동방에 가 볼까?'

시험 기간이라 다들 공부를 하러 여기저기로 흩어졌다. 재현과 같이 공부를 하는 방법도 있지만 혼자 있고 싶었다. 어제 윤성과 주고받은 문자 때문에 마음의 술렁임이 가라앉지 않았다. 자꾸만 문자를 다시 보게 되고, 그의 얼굴을 떠올리게 됐다.

'마음 좀 가라앉히고 싶은데.'

정착하지 못할 사랑이라는 것을 알면서도 쉬이 없앨 수 없는 것이 짝사랑이었다. 애써 부정적인 생각들로 마음을 가라앉혀 놓아도, 어느새 그를 생각하고 있는 자신을 깨닫게 되었다.

그런 상황에서 재현과 아무렇지도 않은 척 공부할 자신이 없었다.

"난 동방에 가 볼게."

재현에게 말했다.

"동방? 어디?"

"사진."

"안 한다고 하지 않았어?"

"조 모임에 사진 동아리 선배들이 있었거든. 오라고 하더라고."

"아아. 그래, 그럼."

이상하게 생각하지 않을까 싶어서 재현의 얼굴을 확인했다.

재현의 얼굴에 수상쩍어하는 기색이 없어서, 안심하고 동아리 건물로 걸음을 옮겼다.

가는 내내 주위를 살핀 이유는, 태훈 때문이었다. 어디선가 태훈이 보고 있지 않을지 걱정됐다.

'사진 동아리 말고 딴 동아리면 괜찮긴 할 텐데.'

선배들 때문에 간다는 이야기는 다 거짓말이다. 어쩌면 윤성이 동아리방에 있을지도 모른다는 생각 때문이라는 것을, 소희는 알고 있었다. 알고 있지만 인정하고 싶지 않을 뿐이었다.

'없을 거야. 다들 선배 싫어하고, 그러니까 선배도 동아리방에 자주 오진 않겠지. 게다가 시험 기간이기도 하고.'

푸릇푸릇 싹트는 희망을 잘라 버리려고 애썼다.

'그래, 없을 거야. 그냥 동방에서 조용히 생각 좀 정리하다가 나가자.'

마음을 다잡고 사진 동아리방 문을 열었다. 그리고 시간이 멈췄다.

윤성이 있었다.

윤성은 동아리방 구들장 위에서 벽에 등을 기대고 다리를 쭉 편 상태로 앉아 있었다. 그 역시 누군가 올 줄 몰랐는지, 놀란 눈으로 이쪽을 보고 있었다.

눈이 마주쳤고, 시선을 피해야 한다고 생각하면서도 움직일 수가 없었다. 그의 시선에 사로잡혀, 손가락 끝 하나 움직이지 못했다.

기대는 했지만 예상은 못 한 그의 존재에, 호흡까지도 버거워졌다. 멍하니 그를 바라보다가 한참이 지나서야 동아리방 안으로 한 발을 내디뎠다. 어째서인지 윤성이 안도하는 듯 보였다.

"안녕하세요, 선배님."

목소리가 떨렸다. 윤성이 눈치채지 않았기를 바랐다.

"응, 안녕. 오랜만이네."

"네."

"어제 문자 줘서 고마워."

"네. 저도…… 답장 감사해요."

그가 빙그레 웃었다. 얼굴 전면으로 퍼지는 미소가 근사했다.

동아리방은, 반은 신발을 신고 돌아다니고, 반은 구들장으로 되어 있어서 신발을 벗고 들어가야 하는 구조였다. 소희는 직사각형 테이블 위에 가방을 올려놓으며 물었다.

"선배님은 시험공부 안 하세요? 다들 도서관 다니던데."

"응, 난 이 시간엔 여기서 공부해. 아무도 안 오거든."

"아아. 이 시간엔 다들 수업이 있으신가?"

"아니. 이 시간엔 내가 여기에 있으니까."

농담인 줄 알고 웃으며 그를 돌아봤는데, 그의 얼굴엔 웃음기가 없었다. 그제야 소희는 그가 모두에게 따돌림을 당하는 중이라는 걸 떠올렸다.

"아……."

적당한 말을 찾을 수가 없어서 바보 같은 소리를 냈다. 그는 아무래도 상관없다는 듯 말했다.

"중간고사 기간은 늘 벚꽃이 피는 기간이랑 겹쳐. 공부 좀 한다는 대학생들은 벚꽃놀이를 즐기지 못하지."

"시험 끝나고 가면 되지 않을까요?"

"우리 대학엔 무슨 저주라도 걸린 건지, 시험이 다 끝날 무렵에 꼭 비가 내리거든. 그래서 꽃이 거의 다 떨어져."

"그렇구나."

소희는 어떻게 할까 고민하다가, 용기를 내서 신발을 벗고 구들장 위로 올라갔다. 윤성이 조금 놀란 표정을 지어서 민망해졌다.

'너무 격이 없었나?'

다시 내려가면 더 이상해 보일 것 같았다.

"막 올라와서 죄송해요."

민망한 마음을 감추기 위해 사과를 했더니, 그가 재미있다는 듯 웃었다. 환하게 웃으면, 그의 눈은 반달 모양으로 접혔다. 예쁜 눈이었다.

"그게 왜 죄송해? 앉으라고 있는 바닥인데. 여기 앉아."

그렇게 말하며, 그가 자기 옆자리를 두어 번 두드렸다. 소희는 얼른 그 옆에 가서 앉아 벽에 등을 기댔다. 벽은 조금 차가웠다.

그렇게 나란히 앉아 있노라니, 윤성과 처음 만났을 때가 떠올랐다. 그때는 벽에 기대서 나란히 서 있었고, 불어오는 바람이 무척 차가웠다. 입학하고 얼마 지난 것 같지도 않은데, 벌써 따뜻한 바람이 부는 계절이 되었다는 게 신기했다. 중간고사가 끝나면 곧 기말고사, 그 후엔 더워질 것이다.

"대학 생활은 많이 익숙해졌어?"

그가 물었다.

"네, 익숙해졌어요."

대화를 이어 나갈 수 있게 재미있는 대답을 하고 싶은데, 긴장해서 아무것도 떠오르지 않았다.

"그래. 다행이네. 노천극장 옆에 있는 길을 쭉 걸어가면 데이트 로드가 나와."

"데이트 로드요?"

"응. 가을에 단풍이 들어서 예쁜 곳이야. 사진 찍기 좋지."

"아아, 그렇구나."

"나중에 남자 친구랑 한 번 같이 가 봐."

"저, 남자 친구 없는데요."

오해할까 싶어 얼른 대답했지만 이내 후회했다. 너무 빨리 대답한 것 같다. 게다가 윤성은 소희에게 애인이 있는지, 없는지 신경도 쓰지 않을 것이다.

"아아, 그래?"

"네, 없어요."

"그렇구나."

역시나 그는 심드렁한 반응을 보였다. 지끈. 알고 있으면서도 새삼 가슴이 아팠다.

같이 있으니까 좋고, 대화를 할 수 있어서 좋은데, 수시로 가슴이 아프다. 이게 짝사랑의 증상인 걸까? 도망치고 싶으면서도 그의 옆에 있고 싶은 마음이 커서, 결국은 고통을 느끼는 쪽을 선택하게 된다. 바보 같다.

분위기를, 아니, 마음을 바꿔보기 위해 다른 주제를 꺼냈다.

"시험 끝나고 동아리에서 출사 나간대요."

"응, 그렇다더라."

"선배님도 가세요?"

"응. 가야지. 너도 가게?"

"네, 그러려고요."

그의 대답이 의외였다.

사진 동아리 사람들은 대놓고 윤성을 무시했다. 그런데도 윤성은 동아리방을 찾아 왔고, 출사까지 함께 간다고 했다. 동아리 사람들이 자기를 싫어한다는 걸 모르는 건 아닐 텐데.

익숙해진 걸까? 그래서 포기한 걸까?

어떤 사정이 있는지, 그에게 묻고 싶었다. 다른 사람들이 말하는 '강윤성'을 듣고 싶은 게 아니었다. 강윤성 본인이 말하는 강윤성을 알고 싶었다.

하지만 물어볼 수 있을 리 없다. 이제 막 안면을 튼, 친하지도 않은 후배가 '과거에 무슨 일이 있었어요?'라고 물어보면 이상하게 생각할 것이다. 어쩌면 화를 낼지도 모른다. 윤성에게 미움을 받고 싶지 않았다.

입술 안쪽 살을 잘근잘근 씹으며, 흘긋 그의 옆모습을 훔쳐봤다. 이마에서부터 부드럽게 내려오는 코, 그 아래에 자리 잡은 새빨간 입술. 문득 어딘가에서 본 것 같다는 생각이 들었다.

'아니, 어디에서 봤을 리가 없잖아.'

하지만 침묵을 깨고 싶었기에, 대수롭잖다는 듯 물었다.

"선배님, 우리 전에 어디서 뵌 적 있나요?"

대답은 바로 들려오지 않았다. 지금껏 묻는 말에는 바로바로 대답해 주었기에 이상하게 생각됐다. 그래서 고개를 돌려 그를 쳐다봤고, 마침 고개를 이쪽으로 돌리는 그와 눈이 마주쳤다.

아주 가까운 거리에 앉아 있는 것은 아니었다. 그래서 그의 얼굴과도 두 뼘 이상 떨어져 있었다. 하지만……

입안이 바싹 말랐다.

가깝게 느껴졌다. 그의 예쁜 얼굴이 너무나 가까이 있는 느낌에, 숨도 쉴 수가 없었다. 밝은 곳에서, 이렇게 가까이에 있는 그의 얼굴을 보는 것은 처음이었다. 짙은 눈썹 아래에 자리 잡은 아몬드 형의 눈매. 그 안에 갇힌 검은 눈동자는 맑고 깨끗하고 우울했다.

금방이라도 눈물이 떨어질 듯 촉촉하게 젖은 그의 눈동자를 정신없이 응시했다. 기분 탓일까. 그의 얼굴이 조금씩 가까워지는 느낌을 받았다.

두근. 두근.

심장박동이 거칠어졌다. 소리가 그의 귀에까지 들릴까 봐 무서웠다.

꿀꺽.

입안이 말라 있었지만 침을 삼켰다.

"아니."

그가 대답한 것은, 소희가 막 눈을 감으려 했을 때였다.

"본 적 없는데."

그의 얼굴이 다시 정면으로 돌아갔다. 아무 일도 없었다는 듯이.

아니, 실제로 아무 일도 없었다. 그는 그저 이쪽을 돌아봤을 뿐인데, 소희 혼자 착각했을 뿐이었다.

어찌나 민망한지 울음을 터뜨릴 뻔했다.

소희는 그가 눈치채지 못하도록 주먹을 꽉 쥐었다.

"그래요."

"응. 본 적 없을 거야."

"네에."

목이 메었다.

잠시라도 그와의 키스를 꿈꾼 자신의 미련함에 몸이 떨렸다. 애인이 있는데, 그것도 굉장히 예쁜 애인이 있는데 소희에게 키스를 할 리가 없다. 애인이 있는데도 후배에게 키스를 한다면, 그건 그저 발정 난 짐승이 아니겠는가.

마음을 달래기 위해 찾아온 동아리방에서, 소희는 더 큰 괴로움을 느꼈다. 바보 같은 기대가 돌덩어리가 되어 심장에 떨어졌고, 술렁이기만 했던 심장은 요동치기 시작했다.

소희는 정말이지, 울고 싶었다.

울고 싶다, 고 윤성은 생각했다.

정말이지 울고 싶다.

하마터면 소희에게 키스를 할 뻔했다. 미쳤다.

3시부터 5시까지의 자유. 그 시간에 소희가 동아리방을 찾아올 줄은 몰랐다. 윤성이 있는 걸 봤으면서도 경계심 없이 들어와 옆에 앉을 거라고는, 꿈에도 생각하지 않았다.

하지만 소희는 그렇게 했고, 윤성은 잠시나마 현실을 잊었다.

차라리 다시 만나지 않았더라면 이런 마음이 생기지도 않았을 텐데. 희망 따위 알지 못한 채, 현실에 순응하며 살아갔을 텐데.

바로 옆에 있으니까, 손만 뻗으면 닿을 곳에 있으니까, 마음이 걷잡을 수 없이 부풀었다. 이러다가 펑 터져 버릴 것 같아서 두렵다.

아니, 방금은 정말로 터질 뻔했다.

참아서 다행이다. 이 상태에서 키스를 했다면, 그나마 받고 있던 선배 대접조차 잃게 되었을 것이다.

손가락 끝이 차게 식었다. 심장은 쿵쿵 날뛰는데, 혈액은 혈관 속에서 멈춘 것 같다. 울고 싶다.

'미안해, 태훈아.'

그저 함께 있는 것만으로도 죄짓는 기분이 들었다.

‘정말 미안하다, 태훈아. 난 정말…….’

흘끔, 눈동자만 움직여 소희를 훔쳐봤다. 소희는 무슨 생각을 하는지 눈을 동그랗게 뜨고 정면을 보고 있었다.

‘난 정말 이 애가 너무 사랑스러워서…… 어떻게 해야 될지 모르겠어.’

*　　*　　*

태훈은 한 시간 후에 강의가 하나 더 남아 있기는 하지만 과감하게 재끼기로 했다. 집에 가서 잠이나 자야겠다는 생각으로 걸어가다가, 맞은편에서 걸어오는 재현을 발견했다. 재현은 혼자였다.

“어이.”

아는 척을 했다.

“안녕하세요.”

재현이 꾸벅 인사했다.

“소희는?”

“동아리 간다고 하던데요.”

“동아리? 무슨 동아리?”

“사진 동아리요.”

“아, 그래?”

짜증이 확 밀려올라왔다. 그렇게 말을 해 뒀는데 또 사진 동아리에 가다니. 감시인이라도 붙여야 하는 걸까?

"그래, 나중에 보자."

건성으로 인사하고 휙 돌아섰다.

자기가 하고 싶은 동아리에 들어가서 대학 생활을 즐기고 싶은 소희의 마음을 모르는 건 아니었다. 게다가 소희와 윤성이 자주 마주친다고 해서 소희가 윤성을 좋아하라는 법은 없었다.

'하지만 그 형은…….'

윤성의 얼굴을 떠올렸다. 작고 하얀 얼굴, 갸름하고 매혹적인 눈매와 빨간 입술. 곱상한 외모와 달리 큰 키와 넓은 어깨. 다정다감한 말투와 눈웃음. 여자들이 딱 반하기 좋은 외모와 성격이었다.

다들 과거의 사건을 알고 있어서 윤성을 따돌리다시피 하지만, 그래도 남몰래 윤성을 좋아하는 여자들이 상당히 많을 것이다. 아무리 윤성을 좋아해도 가질 수 없다는 것을 알기에, 오히려 더 심하게 욕하는 여학생들. 사랑의 감정을 미움으로 바꾸는 여학생들.

소희도 그렇게 될까 봐 걱정스러웠다.

'이 계집애는 남의 속도 모르고.'

걸음이 빨라졌다.

사람 마음을 멋대로 휘두를 수 없다는 건, 태훈도 알고 있었다. 단 한 번을 봐도 사랑에 빠질 사람은 빠지고, 매일 봐도 사랑하지 않을 사람은 사랑하지 않는다.

'분명 소희는 윤성이 형을 좋아하게 될 거야.'

윤성은 소희를 사랑하고 있었다. 심지어 그 사랑은 애틋한 첫사랑이자 짝사랑. 윤성이 아무리 감추려 해도, 함께 있으면 그 마음이 드러날 것이 분명했다. 가만히 있어도 상대를 매혹시키는 남자가 사랑하는 마음을 드러내는데, 버틸 수 있는 여자가 있을까?

'차라리 가벼운 놈이었으면 쉬웠을 텐데.'

윤성은 결코 가볍지 않았다. 가볍지 않은 남자는 사랑을 감춰야만 할 때 절절함이 흘러나오고, 그 애절함은 그 남자를 더욱 매력적으로 만든다.

'멍청한 형.'

윤성에게 애인이 있는 건 문제가 아니었다. 그 애인이 평범한 여자였다면, 태훈은 소희를 말리기는커녕 등을 떠밀어 줬을 것이다. 이렇게 해 봐라, 저렇게 해 봐라, 그래도 안 되면 돈이라도 뿌려봐라. 어떻게든 소희의 사랑을 이루어 주기 위해 노력했을 것이다.

하지만 예진은 그럴 수 있는 상대가 아니었다. 주예진 자체는 아무래도 좋았다. 주예진을 향한 윤성의 마음이 문제였다.

'윤성이 형은 절대로 주예진이랑 헤어지지 못할 거야.'

윤성은 자기 발로 주예진이란 감옥 안에서 살아가기를 택했다. 윤성이 소희를 아무리 사랑해도, 어쩌다가 소희 역시 윤성을 사랑하게 되더라도, 그래서 둘의 마음이 짝사랑이 아닌 서로를 향한 사랑으로 완성되더라도. 그래도 윤성은 예진을 떠나지 못

한다. 예진이 이 세상에 존재하는 한은.

그것을 알기에 소희가 윤성과 가까워지는 것이 불안했다. 소희가 강윤성이란 사람에게 호감이든, 사랑이든, 동정이든, 그 어떤 감정이라도 품게 되는 것이 싫었다.

'미안해, 윤성이 형. 내가 그때 형한테 그런 말만 안 했어도 많은 게 달라졌을 텐데…… 그거 아는데…… 그래도 안 돼. 소희는 상처받으면 안 돼.'

*　*　*

쾅!

거칠게 문이 열렸다.

불벼락을 맞아도 지금처럼 놀라지는 않을 것이다. 갑자기 등장한 태훈의 모습에 소희는 화들짝 놀랐다. 나쁜 짓을 하고 있었던 것도 아닌데 심장이 철렁 내려앉았다.

태훈은 무표정하게 안으로 들어와 소희의 손목을 잡았다.

"가자."

"저기……."

"가자고."

"저, 태훈 선배님."

윤성이 신경 쓰여서 조심스럽게 태훈을 불렀다. 지금 이 상황, 굉장히 이상해 보일 것이다.

이런 와중에도 윤성이 태훈과 자신의 사이를 오해할 것 같아서 걱정됐다.

“선배는 얼어 죽을 놈의 선배! 얼른 신발 신어!”

“왜, 왜 이러세요?”

“왜 이래? 몰라서 물어?”

태훈의 눈이 형형하게 빛났다. 해서는 안 될 말을 할 것 같았고, 태훈은 소희가 말릴 새도 없이 그 말을 했다.

“내가 저 인간 있는 곳에 가지 말랬지?”

소희는 믿을 수가 없다는 표정으로 태훈을 올려다봤다.

이렇게 지독한 인간이었나?

윤성을 둘러싼 수많은 적의를 알고 있다. 하지만 그걸 이렇게 사람 면전에서 대놓고 말하다니. 태훈답지 않다. 태훈은 거칠지만, 해서는 안 될 행동은 구분할 줄 알았다.

“당장 신발 신고 나와.”

“오빠, 대체 왜 이래?”

태훈과의 사이를 들키는 게 문제가 아니었다. 윤성이 상처받았을까 봐 신경 쓰였다.

“왜 이래? 한 번 더 말해 줘? 내가 저 인간 있는 곳에 가지 말라고 했잖아. 저 인간이랑 마주치지 말라고. 저 인간이 있는 사진 동아리, 이거 하지 말라고!”

“오빠!”

“신발 신어!”

상처를 받은 건 윤성일 것이다. 하지만 소희는 자기가 욕을 듣는 것처럼 가슴이 아팠다. 울음이 터질 것 같았다.

"당장 신어!"

머뭇거리다가는 태훈이 더 심한 말을 할 것 같았다. 소희는 터져 나오려는 울음을 참기 위해 이를 악물고 신발을 신었다.

신발을 다 신자마자 태훈이 소희의 손목을 잡았다. 윤성과 인사할 틈도 주지 않겠다는 듯이.

하지만 소희는 그대로 끌려나갈 수 없었다. 휙 뒤를 돌아보자, 아까와 똑같은 자세로 앉아 있는 윤성이 보였다. 그는 울지도, 상처를 받지도 않은 표정으로 이곳을 보고 있었다. 그의 입가에는 은은한 미소까지 감돌았다.

"괜찮아."

소희가 미안하다고 하기 전, 그가 말했다.

"괜찮으니까 가 봐. 잘 가."

"죄송……."

"시끄러워!"

소희의 사과를, 태훈이 끊었다. 소희가 동아리방 밖으로 나가자마자, 태훈은 거칠게 문을 닫았다.

쾅!

시끄러운 소리가 울리자, 복도에 있던 학생들이 무슨 일인가 싶어 돌아봤다. 하지만 소희는 이제 그들의 시선을 의식할 힘도 없었다.

태훈은 소희를 끌고 걸어가며 전화를 걸었다.

"김 기사님. 접니다. 죄송하지만 지금 바로 교문 앞으로 좀 와 주세요. 네, 부탁드립니다."

태훈에게 끌려 교문으로 향하는 내내, 소희는 태훈의 행동을 이해하기 위해 계속 노력해야만 했다. 그러지 않으면 악을 쓰며 태훈을 때리게 될 것 같았다.

교문 앞에는 차가 와 있었다. 태훈은 뒷문을 열고 던지듯 소희를 밀어 넣었다. 차가 출발했다. 집에 도착할 때까지 자동차 안엔 무거운 침묵이 감돌았다.

집에 들어가자마자, 소희는 비명처럼 외쳤다.

"오빠, 진짜 미쳤어?"

"미친 건 너겠지."

"아니, 오빠가 미쳤어. 진짜 미친 거야? 어떻게 사람을 앞에 두고 그런 식으로 말을 해? 그 선배, 오빠보다도 나이 많아. 아무리 사람들이 그 선배에 대해 안 좋게 말을 해도 그렇지, 어쩌면 면전에서 그런 식으로 말을 해?"

"그럼 네가 똑바로 행동했어야지. 난 분명 너한테 경고했다. 강윤성이랑 엮이지 말라고."

"엮이긴 뭘 엮어? 같은 과 선배고, 같은 동아리야. 그러면 얼굴 마주치는 게 당연하잖아."

"얼굴 마주쳐?"

태훈의 얼굴에 조소가 떠올랐다. 그걸 보는 순간, 소희는 깨달았다. 태훈이 소희의 마음을 알고 있다는 것을. 자신조차도 부정하고 싶은 이 마음을, 태훈이 알게 되었다는 것을.

"그래, 네 말대로 오가며 얼굴 마주칠 순 있겠지. 같은 과 선배니까 같이 밥을 먹을 수도 있을 거고. 그런데 아까 그건 그냥 얼굴 마주치는 분위기는 아니던데?"

"……뭐, 뭐가 아니란 거야?"

"아, 내 입으로 듣고 싶어?"

"……."

"너, 강윤성한테 홀라당 넘어갔더라?"

"아니야!"

"아니긴. 홀딱 빠진 눈이더만."

"내, 내가 언제? 난 그런 적 없어. 그 선배한테 여자 친구 있는 것도 알고! 그런데 내가 왜 그 선배를 좋아하겠어?"

"사람 마음이라는 게 자기 마음대로 움직일 수 있는 게 아니니까."

의식하지 못했는데 눈물이 흐르고 있었다. 소희는 손등으로 눈물을 쓱 닦았다.

"애인 있는 남자 좋아하는 거, 있을 수 있다고 봐. 강윤성, 그 인간. 남자가 봐도 매력적이니까 빠질 수도 있다고 봐. 그런데 차소희, 넌 잘못했어. 내가 분명 가까이하지 말라고 경고했는데, 넌 가까이했고 결국 홀라당 넘어간 거야."

"그게 문제였다는 거 모르겠어?"

"뭐?"

"오빠가…… 오빠가 그런 말만 안 했어도, 내가 그 선배 쳐다볼 일 없었어. 오빠가 그런 말 안 했으면 나 그 선배한테 눈길도 안 줬을 거야. 그런데 오빠가 그렇게 강경하게 그 선배랑 어울리지 말라고 하니까, 그게 너무 이상하니까…… 그러니까 신경 쓰이고, 보게 되고…… 그렇게 보다 보니까…… 읏……."

가슴이 찢어질 것 같았다.

태훈의 표정이 변했다. 태훈은 눈을 크게 떴다가, 곧 난감하다는 듯 인상을 구겼다. 한 손으로 입가를 가린 태훈이 나직하게 욕설을 내뱉었다.

"제기랄. 난 또……."

뒷말은 잘 들리지 않았다. 분명한 것은, 태훈도 그 감정의 흐름을 이해하고 있다는 점이었다.

"어차피 고백하지 않을 거야."

울음을 삼키며 말했다. 목소리가 불쌍할 정도로 떨렸다.

"그냥 좀 좋아하다가 말 거야. 원래 짝사랑이라는 게 그렇잖아. 좋아하다가, 아파하다가, 다른 좋은 사람 생기면 끝나는 게 짝사랑이잖아. 그러니까…… 그냥 나 좀 내버려 둬."

마지막은 애원에 가까웠다. 태훈은 어깨가 들썩일 정도로 크게 한숨을 내뱉더니, 소희의 어깨를 잡았다. 진지한 눈으로 소희를 내려다보며, 태훈이 말했다.

"소희야. 너, 내가 한 말 제대로 안 들었냐?"

"제대로 들었어. 그러니까……."

"아니, 넌 제대로 안 들었어. 내가 말했잖아. 애인 있는 사람 좋아할 수 있다고. 그런데 내가 왜 애초에 너랑 강윤성이 마주치는 일 없게 하려고 이랬겠냐? 심심해서? 널 괴롭히려고?"

그러고 보니, 앞뒤가 맞지 않았다. 멍하니 태훈을 쳐다보고 있자 태훈이 말했다.

"나는 강윤성이라서 안 된다고 말하는 거야. 네가 누굴 짝사랑하든 상관없어. 막말로 유부남 교수님을 짝사랑해도, 난 너한테 화 안 내. 그런데 강윤성은, 안 돼. 짝사랑이라는 그 마음도 안돼."

역시 무언가 있다. 안하무인인 태훈조차도 예민하게 나오는 무언가. 학교 내에 다 퍼져 있지만, 소희만 알지 않으려고 노력한 무언가.

알고 싶지 않았다. 하지만 이제는 알아야만 한다는 것을, 소희는 깨달았다. 그러지 않으면 이 마음은 사라지지도, 커지지도 않은 채 이대로 머무를 것이다.

소희는 태훈의 손목을 잡고 간절하게 말했다.

"말해 줘, 대체…… 무슨 일인 건지."

긴 침묵이 흘렀다.

"하아."

태훈이 한숨을 토해 내며 거실로 향했다. 소희는 발을 질질 끌며 그 뒤를 따라갔다. 태훈이 소파에 앉았고, 소희도 그 옆에 앉았다. 소희가 앉자마자 태훈이 이야기를 시작했다.

“강윤성은 2학년 2학기를 마치고 군대에 갔어. 이건 그 선배가 휴학하기 전에 있었던 일이야.”

윤성과 예진은 1학년 때부터 사귀었다고 했다. 선남선녀 커플이라고 부러움이 자자했단다. 그때만 해도 둘은 평범하게 사랑하고, 평범하게 지냈다. 둘을 미워하는 사람도 없었다.

문제가 생긴 것은 2학년 때였다.

“심리학과 동기 중에, 그러니까, 그 두 사람 동기 중에 한 여자가 있었어.”

“설마…… 문지영?”

“그래, 그 이름은 여기저기서 들렸겠지. 문지영. 사실 그 누나가 1학년 때부터 쭉 강윤성을 짝사랑했던 모양이야. 그 누나도 강윤성이 주예진이랑 사귀는 걸 알고 나서 포기하려고 했겠지. 그런데 그 마음이 쉽냐? 짝사랑을 그렇게 쉽게 포기할 수 있으면, 누가 가슴앓이 하겠냐.”

자기를 얘기하는 것 같아서 가슴이 욱신욱신 쑤셔왔다. 소희는 가만히 주먹을 쥐며 이야기를 들었다.

“마음이 점점 커진 거야. 참을 수 없었겠지. 그래서 강윤성한테 자꾸 말을 걸었고, 문자를 했고, 가끔 너무 취했을 때 술기운을 빌려서 전화를 하고…… 그랬던 거야. 짝사랑하는 사람들이 다 그렇듯이. 게다가 사소한 기념일 때마다 주예진 몰래 강윤성한테 선물도 줬고.”

"용기 있네. 나 같으면 절대 그렇게 못 할 거야."

"그래, 용기 있지. 이런 식으로 말해서 그렇지, 멋진 여자였어. 활발하고 사교성 있고 인기도 좋았지. 다만 사랑할 상대를 잘못 찾은 거야."

예진이 바로 행동에 나서진 않았다. 그렇다고 윤성에게 자제하라는 말을 한 것도 아니었다. 예진은 가만히 지켜봤다. 아무것도 모른다는 듯이. 혹은 여유가 있다는 듯이.

"소희야. 너도 알 거다. 세상에는 돈 100만 원만 찔러줘도 무슨 짓이든 하는 사람들이 어마어마하게 많다는 거."

"……알지."

심장이 쿵쿵 뛰었다. 설렘 때문이 아니었다. 태훈이 무슨 소리를 하려는지 알 것 같았다. 문지영이라는 한 여자가 어떻게 되었는지, 아주 잘 알 것 같았다.

'듣고 싶지 않아.'

두 귀를 틀어막고 싶었다.

'듣기 싫어.'

이런 쪽으로 머리 회전이 빠른 게 화가 났다. 아니, 머리 회전이 빠른 게 아니라 보고 듣고 경험해 왔다.

권력자의 집안에서 태어난 소희였다. 돈과 권력이 할 수 있는, 그 믿어지지 않는 작태들을 수없이 많이 봐 왔다. 다만 그런 일들이 평범한 대학교에서, 평범한 대학생에게도 일어난다는 것을 알고 싶지 않았다.

"주예진은 사람들을 고용했어. 남자 셋. 그리고 그 셋은 문지영에게…… 그래, 끔찍한 짓을 했지."

소희를 배려해서인지, 태훈은 자세하게 말하지 않았다. 하지만 소희는 알 수 있었다.

"그 일이 있고 나서 문지영은 유서를 쓰고 기숙사에서 자살시도를 했어. 거기엔 주예진 이름이 또렷하게 박혀 있었고, 그녀가 무슨 짓을 했는지도 자세히 적혀 있었어."

죽어 가는 지영을 발견한 것은 그날따라 일찍 돌아온 룸메이트였다. 룸메이트는 119와 112에 신고했고, 유서를 발견했다. 경찰과 학교는 쉬쉬하려 했지만, 유서 내용은 룸메이트가 찍은 사진을 통해 빠르게 퍼져 나갔다.

"경찰이 조사를 했어. 하지만 주예진이 정말로 그런 짓을 했다는 증거가 없었지. 그 남자들도 찾을 수 없었고. 주예진은 무사히 풀려났고, 계속 학교에 나왔어. 하지만 법으로 처벌받지 않았더라도, 알고 있었던 거야. 주예진이 정말로 그런 짓을 했다는 것."

전교생이 예진을 비난했지만 예진은 뻔뻔했다.

"난 그런 일 한 적 없어. 걔가 우리 윤성이한테 집적거리는 거 못 봤니? 걘 원래 남자를 좋아하는 애였던 거야. 그러다가 내가 고까워서 그런 짓을 벌인 거고."

예진은 반성은커녕 지영을 비난하기까지 했다.

"문지영은 자퇴했어. 하지만 그 일의 원인이 된 주예진은 계속 학교를 다녔지. 그리고 강윤성은…… 그런 일이 있었는데도 주예진과 헤어지지 않았어."

믿을 수 없는 얘기였다. 다른 건 다 믿을 수 있는데, 그런 짓을 한 여자와 헤어지지 않는다는 점을 믿을 수가 없었다.

"강윤성은 군대 때문에 2년 휴학을 했고, 주예진도 강윤성 따라서 휴학을 했어. 다들 두 사람이 다시 학교로 돌아올 거라는 생각은 꿈에도 못했지. 그런데 작년에 그놈들이 복학을 한 거야. 요샌 1, 2년씩 휴학하는 사람들이 많아서, 그 당시에 함께 학교 다녔던 선배들 중 남아 있는 사람도 꽤 많았거든. 그 사건은 다시 전교로 퍼졌고, 또 그 두 사람은 그런 상황이 된 거지."

힘든 일 하나를 끝낸 사람처럼, 태훈이 숨을 훅 뱉어 냈다.

"왜일까?"

"뭐가?"

"왜 윤성 선배는 그런 여자랑 계속 사귀는 거지? 윤성 선배도 그런 일이 있었다는 거, 알 거 아냐."

"당연히 알겠지."

"그런데 왜! 왜 안 헤어지는 거야?"

태훈의 눈동자가 흔들렸다. 태훈은 시선을 옆으로 피하며 말했다.

"그런데도 주예진을 사랑하니까."

지끈—

“그러니까 못 헤어지는 거야. 알잖아. 가끔 사랑이 사람을 미치게 한다는 거.”

밤새 울었다.

고백했다가 차인 것도 아닌데, 윤성과 사귀었다가 헤어진 것도 아닌데, 이별을 경험한 사람처럼 울고 또 울었다. 윤성이 그런 여자랑 계속 사귀는데도 싫어지지 않아서 괴로웠다. 그런 짓을 한 걸 알면서도 헤어지지 않을 만큼, 주예진을 사랑한다는 사실 또한 심장을 갈가리 찢어 놨다.

새벽빛이 창문으로 들어올 때쯤엔 심장이 조각조각 찢어져서, 통증조차 느낄 수 없었다. 눈이 팅팅 부어서 앞을 보기 힘들었다.

이런 와중에도, 오늘 있을 조별 모임에 어떻게 가야 하나 고민하는 자신이 환멸스러웠다. 욕지거리가 치밀었다.

방문을 벌컥 열고 나가 욕실로 뛰어들어 갔다.

“웩…… 우웩…….”

빈속이라 신물만 올라왔다. 변기를 붙잡고 흐느끼는데 등을 두드리는 손길이 느껴졌다.

“안 잤어?”

“응.”

“왜?”

“걱정돼서.”

안 그러던 사람이 친절하게 대하니까 더 눈물이 나왔다. 으헝,

으헝, 바보처럼 울었다. 태훈은 옆에 쭈그리고 앉아 소희가 울음을 그칠 때까지 등을 쓰다듬어 주었다.

울지 말자, 울지 말자. 어차피 이 사랑이 정착하지 못하리라는 건 알고 있었으니까. 이 사랑의 행방이 막다른 골목이라는 것도 알고 있었으니까. 그러니까 울지 말자. 울지 말자. 소중한 사람들에게 걱정 끼치지 말자.

주문을 걸듯 계속 생각했고, 울었고, 그러다가 그날은 학교를 쉬었다.

*　　*　　*

소희는 조별 모임에 나오지 않았다. 조원들의 적대감 충만한 시선을 받으며, 어제의 일을 떠올렸다.

태훈은 무척 화가 나 있었고, 저에게 거침없는 비난의 시선을 쏘아 보냈다. 사실은 태훈이 얼마나 착하고 다정한지 알기에, 그를 그렇게 변하게 만든 자신에게 화가 났다.

자제했어야 했다. 소희가 동아리방에 들어왔을 때, 자리를 피했어야만 했다.

집에 돌아와 컴퓨터를 켰다. 숨김파일 안에 들어 있는 두 장의 사진. 사진 안의 소희는 여전히 사랑스러웠다.

'용기를 냈었어야 했는데.'

그 어린 날 사랑에 빠졌을 때, 용기를 냈어야만 했다. 과감하게 사랑한다고 고백했으면 이토록 후회가 남진 않았을 것이다.

하지만 사춘기의 소년에게 있어서, 짝사랑하는 상대에게 고백하는 것보다 어려운 일은 없다. 짝사랑하는 사람의 눈도 제대로 못 마주치겠는데 고백이라니.

바보처럼 그렇게 놓아 버린 여자가 이런 식으로 돌아올 줄은 몰랐다. 그리고 그 멍청하고 용기없는 행동이 이렇게 날카로운 칼날이 되어 되돌아올 줄도 몰랐다.

딩동—

초인종이 울렸다.

새벽 1시가 넘은 시간이었다.

'예진인가?'

이런 시간에 찾아올 사람은 예진밖에 없었다. 예진은 가끔 깜짝 방문이라고 포장한 감시를 위해 찾아오곤 했다.

당연히 예진이라고 생각하고 문을 열었기에, 문밖에 서 있는 태훈을 보고 놀랄 수밖에 없었다.

'아아. 한 대 때리려고 왔구나.'

날아올 주먹을 기다렸다. 하지만 태훈은 때리는 대신 질문을 던졌다.

"딱 한 번만 더 물어볼게."

"응."

"주예진이랑 헤어질 생각, 없어?"

"응."

생각할 것도 없다는 듯 바로 대답했다. 태훈의 미간에 깊은 주름이 생겼다.

"그럼 평생 그러고 살 거야?"

"예진이가 날 봐줄 때까진."

"그 여자는 형 안 봐줄걸."

"그렇다면 평생이겠지."

괜찮아, 라는 의미로 미소를 지었다. 그게 태훈의 심기를 건드린 듯, 태훈이 윤성의 멱살을 잡았다.

"이 멍청아. 웃지 마."

"응, 그래."

"죽여줄까?"

아아. 결국 이 이야기가 나오게 만들었다. 태훈이 이 말을 꺼내는 것만큼은 막고 싶었는데.

"말만 해, 형. 형도 알잖아. 이 세상엔 돈만 주면 뭐든 하는 사람들이 있다는 거. 내가 죽여줄까?"

태훈의 진지한 눈동자가 가까운 곳에 있었다. '응.'이라고 대답하면, 태훈은 그렇게 해 줄 것이다. 하지만 윤성은 자신의 미래를 위해, 또 다른 생명을 죽일 수가 없었다. 그런 짓은 한 번으로 족했다.

"아니야, 태훈아."

윤성은 멱살을 쥔 태훈의 주먹 위에 손을 얹었다.

"정말로 괜찮아."

태훈이 아랫입술을 질끈 깨물었다. 어찌나 세게 깨물었는지 피가 배어 나왔다.

"알겠어."

태훈이 멱살을 놔주고 떨어졌다.

"형 마음 잘 알겠어. 이번엔 형이 선택한 거고, 나도 이젠 신경 안 쓸게."

"그래."

"두 번 다시 어제 같은 일 있게 하지 마. 가는 곳에 소희가 있으면 돌아서. 앉은 곳에 소희가 찾아오면 그곳을 떠나. 그렇게 소희한테 없는 사람으로 지내다가 조용히 졸업해. 안 그러면."

태훈이 돌아섰다.

"형이 그러지 말래도, 내가 죽일 거니까."

3장

20살, 사라지지 않는

“내가 사랑하는 사람이 정말로 이상한 사람이라는 걸 알게 됐을 때, 사랑이 사라지는 게 아니더라. 그저 그 마음 억지로라도 거둬들여야 한다는 압박 때문에, 괴로워질 뿐이더라.”

* * *

그날 이후, 소희는 윤성과 마주치는 일을 만들지 않기 위해 노력했다. 사진 동아리는 아예 나가지 않았고, 법과 사회의 조별 모임엔 윤성이 나오질 않았다. 아마 윤성 쪽에서도 소희를 배려한 것이리라.

그것을 알게 되었을 때 잠깐 흔들렸지만, 곧 마음을 다잡았다. 예진은 해서는 안 될 짓을 했다. 그리고 윤성은 그런 여자를 여전히 사랑한다. 그런 남자는 좋은 남자가 아니다. 그래, 좋은 남자가 아니다.

그렇게 생각하려 노력했다.

찾기 위해 노력하지 않아서인지, 아니면 윤성도 소희를 피해서인지. 전처럼 윤성이 자주 눈에 띄지 않았다. 이렇게 마주치지 않고, 보지 않다 보면 이 마음도 언젠가 사라지리라 생각했다.

하지만 몇 개월이 지나도, 가끔 시야 끝에 스치는 그의 모습을 볼 때마다 심장이 철렁 내려앉는 것은 어쩔 수 없었다. 그렇게 그를 피하며, 마음을 죽이며 2학기도 중반에 들어섰다.

이번 학기에는 윤성과 함께 듣는 과목이 없어서 다행이었다. 지난 학기엔 법과 사회 수업 시간 내내, 윤성을 찾아보고 싶은 마음을 억누르느라 곤욕스러웠기 때문이다.

"나 다음 달에 군대 간다."

과 친구들과 함께 따스한 가을 햇살을 맞으며 바나나 우유를 먹고 있는데, 연준이 느닷없이 말했다.

"뭐?"

"야, 다음 달까지 일주일 남았잖아."

"벌써 군대 간다고? 내년에 안 가고?"

"최연준, 뭐야, 갑자기!"

친구들이 난리가 났다. 소희는 멍하니 연준을 쳐다봤다.

아직 같은 과 동기 중에는 군대에 간 친구들이 없었기에, 군대에 대해서는 막연한 생각만 품고 있었다. 그래서 가깝게 지내던 연준이 갑자기 군대 간다는 말에 깜짝 놀랐다.

"왜 학기 중에 가냐?"

재현이 물었다.

"과를 잘못 선택한 것 같아서 고민 좀 하려고. 어차피 지금 휴학하면 다음번엔 등록금 안 내도 되니까."

"그래도 이렇게 갑작스럽게……?"

소희가 입술을 달싹거렸다. 연준이 피식 웃었다.

"군대는 언제 가도 갑작스러워. 그래도 일주일 전에 통보했잖아. 그동안 내 얼굴 실컷 봐둬라."

중간고사도 끝난 후였기에, 매일 연준과 술을 마시고 놀러 다녔다. 입대하는 날에는 훈련소까지 가서 배웅을 해 주고 왔다. 처음으로 군대에 보내는 친구.

"편지 쓸게."

"건강하게 있다가 와."

"다치면 안 돼."

"면회 올게."

엉엉 울며 연준을 들여보내고, 다 같이 서울로 돌아왔다. 마음이 싱숭생숭해서 집에 들어가고 싶지 않았는데, 재현이 말했다.

"커피 한잔 하고 갈래?"

"술, 술 마실래."

"잘 마시지도 못하면서."

"그래도 오늘은 마셔야 되는 날이야. 친구를 떠나보냈잖아."

"남들이 들으면 누구 하나 죽은 줄 알겠다."

그렇게 말하면서도 재현은 술집으로 걸어갔다. 자그마한 선술집에 들어가 바(bar)형 테이블에 나란히 앉았다. 간단한 안주를 시키고 정종을 시켜 한 잔씩 마셨다.

"재현아, 넌 군대 언제 갈 거야?"

"난 내년에."

"내년에? 정말?"

"응. 올해까지 다니고 휴학할 거야."

"뭐야, 너도 가는 거야?"

연준을 떠나보낸 직후라 감정이 격해져서, 또 눈물이 나왔다. 막을 새도 없이 볼을 타고 눈물이 흘러내렸다. 무심코 돌아본 재현이 놀란 듯 눈을 크게 떴다.

"왜…… 울고 그러냐?"

재현이 엄지로 조심스레 눈물을 닦아 줬지만, 눈물은 계속 흘렀다.

"야, 야. 나 지금 군대 가는 거 아니거든."

"하지만 곧 가잖아."

"곧은 무슨. 기말고사도 봐야 하고, 겨울 방학도 있어."

"그래도 가긴 가잖아."

"하아."

"으응. 연준이도 가고, 너도 가고…… 다 가버리네. 그래, 다

가버려라!"

"정종 한 잔에 취했냐?"

"안 취했어."

손등으로 쓱쓱 눈물을 문질러 닦았다.

"너까지 군대 가면 진짜 허전하겠다."

"2년도 안 돼서 돌아올 텐데."

"말이 2년이지, 그게 짧진 않잖아. 너 2학년 휴학하고 2년 있다가 돌아오면, 난 4학년이 되어 있겠네."

"그렇겠지."

"바로 돌아올 거야?"

"응. 바로 복학해서 최대한 빨리 졸업할 거야."

"왜? 다른 애들은 1년 정도 더 휴학하고 어학연수 다녀온다던데."

"난 빨리 직장을 갖고."

재현이 흘끔 소희를 쳐다보며 덧붙였다.

"자리를 잡고 싶거든."

"돈에 대한 욕심이 크구나."

"그럴지도."

매일 붙어 다니던 재현이 내년에는 없다고 생각하니, 마음이 산득산득했다. 아직 일어나지도 않은 일인데 가슴이 뻥 뚫린 기분이었다.

새삼 김재현이라는 친구가 얼마나 큰 자리를 차지하고 있었는지 깨달았다. 알고 지낸 기간이 얼마나 됐느냐가 중요한 게 아니었다. 재현은 쾌활하지도 않고 말이 많지도 않았지만, 늘 조용히 소희의 옆을 지켜주었다.

'돌아보면 항상 재현이가 있었구나.'

정종을 홀짝거리며 곁눈질로 재현의 얼굴을 훔쳐봤다. 조금 차가워 보이긴 하지만 잘생긴 얼굴이었다. 과 여자 동기들과 선배들 중에 재현을 마음에 품고 있는 사람들이 꽤나 있었다. 몇 번인가 고백을 받았다는 이야기도 들었다.

하지만 재현은 누구도 사귀지 않았다.

"재현아."

"응?"

"너 고백 많이 받았지?"

재현은 어깨를 으쓱했다.

"채영이한테도 고백받지 않았어?"

"흐응."

"채영이 예쁜데……."

"예쁘지."

"그런데 왜 안 받아 줬어?"

"예쁜 거랑 고백을 받아 주는 게 무슨 상관인지 모르겠는데?"

"예쁘면 좋지 않아?"

"예쁜 거 하나로 사람을 좋아하진 않지."

"그럼 넌 어떤 걸로 사람을 좋아해?"

재현이 손바닥에 턱을 괴고 비스듬히 소희를 돌아봤다.

"넌 어떤데?"

"응?"

"넌 어떤 걸로 사람을 좋아하는데?"

그 순간 소희는 그 질문이,

'넌 왜 강윤성을 좋아하게 됐는데? 잘생겨서? 그게 아니라면 그 이상한 남자의 어느 부분이 좋은 건데?'

라는 의미를 내포한 것으로 들렸다. 재현이 그런 질문을 할 리 없다는 것을 알면서도, 그의 시선을 똑바로 받아 낼 수가 없었다.

"나는 그냥…… 느낌?"

시선을 피하며 되는 대로 중얼거렸다. 재현이 고개를 끄덕였다.

"그럼 나도 그거."

"그게 뭐야? 따라쟁이."

"따라쟁이라니. 보통은 느낌으로 사람을 좋아하지. 모두가 잘생기고 예쁘다고 좋아하면, 못생긴 사람들은 평생 연애 한 번 못하는 거잖아."

"그건 그러네."

"게다가 나 같은 경우엔 군대 문제도 있고."

"아……."

"누굴 사귀는 건, 군대 다녀와서. 2년이나 기다려달라고 하는 건, 여자한테도 나한테도 못할 짓이잖아."

무심한 듯 보이지만 마음이 깊었다. 재현을 만나고 처음으로 생각했다. 이 애를 좋아했더라면 좋았을 텐데.

똑같은 짝사랑이라도 재현을 사랑했더라면 적어도 마음껏 볼 수는 있었을 것이다. 대화도 나눌 수 있고, 억지로 이 마음 죽이기 위해 노력하지 않아도 괜찮았겠지.

물론 좋은 친구를 잃게 되기는 하겠지만.

'내가 별생각을 다 하네.'

좋아하는 마음을 품지 않았기에, 재현과 함께일 수 있는 거다. 만약 재현을 좋아했더라면, 재현이 얼마나 다정한지, 생각이 깊은지 알 수 없었을지도 모르겠다. 때때로 보여 주는 재현의 배려는, 소희가 친구이기에 누릴 수 있는 것이 분명했다.

10시쯤에 일어났다. 재현은 최근에 늘 그랬듯 소희를 집 앞까지 데려다줬다.

"잘 가, 재현아."

"그래. 들어가라."

재현은 소희가 들어가는 것을 확인한 후에야 돌아서곤 했다. 대문에 달린 전구의 불빛 때문인지 모르겠지만, 헤어지기 전 재현의 눈동자는 늘 오묘한 빛을 뿜었다. 깊고 다정하고 애틋한 눈빛.

가끔씩 그 눈빛이 유독 강하게 느껴져서 두근거릴 때가 있었다. 윤성을 향한 마음이 아니었더라면, 재현에게 사랑을 느꼈을지도 모르겠다.

'그 선배를 먼저 좋아하게 된 걸 다행이라고 생각해야 하나?'

윤성과 재현 중 소중한 사람을 고르라면, 당연히 재현이었다.

윤성을 포기함으로써 재현이라는 친구를 잃지 않을 수 있다면, 그래, 이 사랑과 이 아픔은 김재현이란 친구를 갖기 위한 대가로 생각하면 그만이다.

집에는 아무도 없었다.

이모와 이모부는 무슨 파티에 간다고 했고, 태훈은 종종 말없이 늦을 때가 있었다.

"내가 말없이 늦으면 엄청 뭐라고 하면서."

투덜거리며 방으로 들어갔다.

처음으로 친구를 군대에 보낸 허전함과 적당히 오른 술기운, 그리고 텅 빈 집. 그 세 가지가 마음을 공허하게 만들었다. 가슴에 커다란 구멍이 뚫린 기분이었다.

뭔가에 집중을 하면 나아질 텐데, 딱히 하고 싶은 게 없었다. 수험생일 때는 게임도, 만화도, 책도 과하게 재미있었다. 하지만 지금은 그 무엇도 소희의 마음을 끌지 못했다.

소희는 부정하고 싶었지만, 그것이 윤성에 대한 마음 때문이라는 것을 알고 있었다. 이 마음의 행방을 잃은 그때부터, 즐거운 것이 사라졌다.

'그 선배, 빨리 졸업했으면 좋겠다. 내년 초면 졸업하겠지? 아예 못 보게 되면 괜찮아질 텐데.'

혼자 있어서 그런지 점점 더 우울해졌다. 이럴 줄 알았으면 재현과 좀 더 같이 있다가 들어올 걸 그랬다.

어쩔까 고민하다가 다시 일어났다. 30분 정도 걸어가면 근린공원이 있는데, 거기에 가서 시간이라도 때우다가 들어와야겠다.

* * *

"요새는 너랑 같이 있어도 외로워."

영화를 보고 나오는 길에, 예진이 말했다. 윤성은 머리를 뒤로 쓸어 넘기며 예진을 내려다봤다.

"왜 그럴까?"

"글쎄. 그건 네가 더 잘 알지 않을까?"

"난 똑같은데."

"아니야. 언제부턴가 달라졌어. 아주 많이."

역시 여자의 감은 무섭다.

달라지지 않은 척하기 위해 노력했다. 지난 학기 초, 동아리 방에서의 그 일 이후. 태훈이 진짜로 윤성을 포기하고 돌아선 그 날 이후. 윤성도 몰랐던 작은 희망이 산산이 부서진 그 후. 윤성은 평소와 똑같이 행동하기 위해 노력했다.

"너한테서 뭔가가 빠져나간 느낌이야."

"네가 예민하게 생각하는 거야."

"그래?"

"응."

예진이 윤성에게 팔짱을 끼었다.

"키스해 줘."

"길거리잖아."

"얼른."

윤성은 고개를 옆으로 숙여 예진의 입술에 가볍게 입을 맞췄다.

"왜 이럴까? 이렇게 가까이 있는데. 왜 이렇게 네가 멀게 느껴지지?"

예진이 불안한 듯 중얼거렸다. 윤성은 한숨을 속으로 삼켰다. 윤성의 팔을 잡은 예진의 손이 가늘게 떨리는 것이 느껴졌다.

"난 늘 네 옆에 있어."

"아니야. 넌…… 어딘가 다른 곳에 있는 것 같아. 누구, 좋아하는 사람이라도 생긴 거야?"

철렁했다. 다행히 마음의 동요를 드러내지 않을 수 있을 만큼 금방 담담해졌다. 담담해졌다기보다는 감정을 제대로 표현할 수 없는 생활에 진절머리가 났다는 표현이 옳을 것이다.

"좋아하는 사람이 생길 틈이 있어야 말이지. 늘 너랑 붙어 있는데."

"그 말은…… 늘 나랑 붙어 있지 않았으면 다른 사람을 좋아하게 됐을 거란 말이야?"

"말꼬리 잡지 마. 그런 뜻 아니라는 거 알면서."

예진이 이렇게 된 것이 자신 때문이라는 것을 알고 있었다. 다 받아 줘야 한다고 생각하지만, 윤성도 인간이었다. 가끔은 이유 없는 칭얼거림에 짜증이 치솟을 때도 있었다.

그럴 때면 충동적으로 헤어지자는 말을 하고 싶었다. 앞으로 어떻게 되어도 좋으니, 네 삶, 네 가족, 어떻게 돼도 상관없으니 헤어지자. 그런 말을 토해 내고 싶었다.

"희주가."

철컥.

"보고 싶어."

하지만 윤성의 짜증이 느껴질 때마다, 예진은 그 이름을 꺼냈다. 주희주. 윤성의 족쇄.

풀리려던 족쇄가 다시 발목을 움켜쥐었다.

"그래."

"희주가 너무 보고 싶어, 윤성아. 보고 싶어서 죽을 것 같아. 우리 엄마는 아직도 맨날 울어. 자려고 누워 있으면 희주 방에서 우는 소리가 들려. 그럴 때마다 나도 같이 희주랑 죽어버렸으면 좋았을 거란 생각이 들어."

예진의 눈에서 눈물이 주르륵 흘러내렸다. 윤성은 예진을 보듬어 안으며 생각했다.

'이 눈물, 진짜일까?'

이런 식으로 생각해서는 안 된다는 것을 알고 있다. 희주는 예진의 동생이었다. 친동생의 죽음을 거론하며 가짜 눈물을 흘릴 리 없다.

'아니, 흘릴 수 있어.'

예진과 희주는 무척 친한 남매였다. 애착 형성이 잘못된 건지 다른 남매들보다 유독 친했고, '저건 아닌데.'라는 생각까지 들

때도 있었다.

그런 희주의 갑작스러운 죽음이 예진을 변하게 만들었다. 예진의 뇌에 있던 나사 하나가 빠져 버렸고, 예진은 서서히 미쳐가기 시작했다.

"자네의 방식은 잘못됐어."

어느 날엔가, 보다 못한 임상심리학 교수가 윤성을 불러 말했다.

"자네는 예진이를 더 병들게 할 뿐이야."

하지만 윤성은 다른 선택을 할 수 없었다.

손을 놓고 있었던 건 아니었다. 문지영 사건 후, 더는 안 되겠다 싶었다. 그래서 이별을 고했다.

"그래? 알겠어."

뜻밖에도 예진은 담백하게 받아들였다. 사실 그때 윤성은 미안함보다 자유를 느꼈다. 새장 밖으로 나온 새가 된 기분이었다. 하지만 그 자유는 몇 시간 만에 깨졌다.

그날 저녁 전화가 왔는데, 예진의 어머니에게서 온 전화였다.

예진의 어머니는 다급한 목소리로 윤성에게 와달라고 했다. 윤성은 망설이다가 예진의 집으로 찾아갔다. 집안은 휘발유 냄새로 가득했다. 예진이 집안에 휘발유를 뿌리고 불을 붙이려고 하고 있었던 것이다.

"희주가 없잖아. 그리고 너도 없고. 그럼 우리 가족은 완전하지 못해. 완전하지 못한 건, 싹 다 불태워버리는 게 나아."

예진은 그렇게 말하며 라이터를 들고 웃었다. 윤성은 다시 새장 안으로 들어가는 수밖에 없었다. 이제는 두 번 다시 열리지 않을, 작은 새장 안으로.

"그 여자는 절대로 불을 붙이지 않았을걸. 그냥 형을 협박하고 싶었을 뿐이야. 형은 멍청하게 거기에 걸려든 거고."

태훈은 그렇게 말했다. 윤성도 그럴 거라고 생각했다. 하지만 만에 하나라는 경우가 있었다. 혹시라도 붙였다면? 만약에라도 예진이 독한 마음을 먹고 진짜로 불을 붙였다면?

그렇다면 윤성은 세 명의 죽음을 어깨에 짊어진 채 살아가야만 했을 것이다.

윤성을 잡아두기 위해서라면 무슨 짓이든 할 수 있는 예진이었다. 그러니까 동생의 이름을 꺼내며 거짓 눈물을 흘리는 것은 일도 아닐 것이다.

"병원에서 치료를 받게 해야 하네."

교수와 상담하자, 교수는 딱 잘라 말했다.

"여러 가지 정신적 병이 겹쳤어. 전문가가 장기적으로 치료를 해야만 고쳐질 거야. 내가 좋은 병원을 소개해 주지. 자네가 말하기 부담스러우면, 내가 찾아가서 직접 알리겠네."

며칠을 고민한 끝에, 예진의 집을 찾아갔다. 예진의 부모님은 환하게 웃으며 윤성을 반겼고, 윤성은 그들에게 차마 말할 수 없었다. 당신들과 당신들의 딸은 병에 걸렸다고. 정신병원에 들어가 치료를 받아야 한다고. 특히 당신들 딸은 범죄자가 되어 버렸다고.

윤성은 자꾸만 흘러나오는 한숨을 삼키며, 예진을 달랬다. 인도 한복판에서 안고 있는 연인에게, 행인들은 곱지 않은 시선을 던졌다. 하지만 타인의 시선 따위, 아무래도 상관없었다. 윤성은 얼른 예진이 울음을 그치고 집으로 돌아가길 바랄 뿐이었다.

이윽고 울음을 그친 예진이 눈가를 비비며 중얼거렸다.

"미안해, 징징거려서."

"아니야. 그게 왜 미안해. 희주 보고 싶어서 그러는 건데."

"내가 너무 징징거리는 여자라서 싫어?"

윤성은 가볍게 웃으며 예진의 볼을 살짝 꼬집었다.

"그럴 리가."

예진을 집까지 데려다주고 버스를 탔다. 뒷자리에 앉아 창가에 팔을 대고, 반짝거리는 밤거리를 응시했다.

이번 학기가 끝나면 졸업이다. 끔찍한 기억이 묻어 있는 대학에서 벗어날 수 있다는 사실이 기뻤다. 그리고 더는 소희와 마주칠 일이 없어서 좋았다.

그녀와 마주칠 일이 아예 사라지면, 희망의 부스러기조차 남지 않을 것이다. 그러면 그녀를 다시 만나기 전처럼, 현실에 순응하고 살아갈 수 있다.

버스에서 내려 집 근처에 있는 근린공원으로 향했다. 중, 고등학교 태훈과 근린공원에서 저녁에 만나 농구를 하고 놀았던 기억이 났다. 고민이라 봐야 성적에 대한 고민뿐이던, 행복한 시절이었다. 한 번만 더 그때로 돌아갈 수 있다면 무어라도 할 수 있을 텐데.

바보 같은 생각에 쓴웃음이 나왔다. 입안 가득 찬 쓴 알갱이가 사라지지 않아서, 억지로 웃는 것도 힘이 들었다. 그 쓴 알갱이의 이름은 아마도 미련한 사랑, 혹은 어리석은 희망일 것이다.

늦은 시간이지만 날씨가 좋아서인지 공원에 나와 있는 사람들이 꽤 많았다. 혼자서 산책을 즐기는 사람, 손을 잡고 걷는 연인, 배드민턴을 치는 사람들.

이런 시간이라 사람이 없을 줄 알고 온 건데, 잘못 판단했다.

윤성은 아랫입술을 지그시 깨물고 인적이 드문 곳으로 걸음을 옮겼다. 예전에는 자주 찾던 공원이라, 어디로 가면 사람이 별로 없는지 알고 있었다. 화장실에서 조금 떨어진 곳에 있는 산책로. 가끔 불량학생들이 담배를 피울 때를 빼면, 외져서인지 사람이 별로 찾질 않았다.

드문드문 빛나는 가로등 불빛조차 버거웠다. 그 어떤 빛도 없는 어두운 곳을 원했다. 우주처럼 소음도, 빛도 없는 곳. 단 몇 분 만이라도 그런 곳에서 쉬고 싶었다.

인적 드문 길에서 눈에 익은 실루엣을 발견한 것은, 크게 한숨을 내뱉으며 고개를 들었을 때였다.

맞은편에서 걸어오는 한 소녀, 아니, 한 여자가 보였다. 어깨까지 내려오는 웨이브 머리, 작고 마른 체형, 그리고 '자박자박'이라는 표현이 어울리는 걸음걸이.

주먹을 꽉 쥐고 멈춰 섰다.

'어째서?'

소희가 이런 시간에 이런 곳에 있을 리 없었다.

'왜?'

그래서 착각인 줄 알았다. 하지만 다른 사람을 소희와 착각할 리가 없다. 소희의 눈에 띄지 않으려고 그녀를 피해 다니면서도, 윤성의 시선은 늘 소희를 향해 있었다. 소희가 없는 곳으로 피해야 했기에, 더욱더 소희를 찾아 헤맸다.

그래서 오래전 짝사랑할 때보다 더 많이 소희에 대해 알게 되었다. 그녀의 걸음걸이, 곤란할 때 하는 행동, 웃을 때 고개를 갸웃하는 버릇까지.

이곳은 학교가 아니기에, 소희와의 만남을 대비하고 있지 않았다. 갑작스러운 마주침이 이성을 끊고 감정을 이끌어내는 바람에, 충동적으로 달려가 그녀를 끌어안을 뻔했다.

꿀꺽.

마른침을 삼켰다.

'날 보지 마. 아니, 보더라도 다가오지 마.'

윤성은 속으로 외쳤다.

'그냥 돌아서서 가버려. 나 같은 남자를 경멸하는 그 마음 다 드러내고, 인상을 찌푸리고, 그러고 가버려. 그래서 제발 내게 남은 이 미련한 희망, 깨끗이 없애 줘.'

윤성을 발견한 소희가 우뚝 걸음을 멈췄다.

'그래, 그렇게 가버려. 더 이상 다가오지 말고, 돌아서서 가버려.'

하지만 소희는 윤성의 바람을 들어주지 않았다. 멈췄던 소희가 다시 움직이기 시작했을 때, 그녀는 아까보다 빠른 걸음으로, 아니, 달리듯이 윤성을 향해 다가왔다. 가까워지는 그녀의 모습을 보며, 윤성은 깨달았다.

사실은 그녀가 돌아서지 않기를, 간절히 바라고 또 바라고 있었음을. 자신조차 자각하지 못한 그 소망이 이루어진 지금, 세상을 다 가진 기분임을.

달리고 있다는 걸 뒤늦게 자각했다. 맞은편에 서 있는 남자가 윤성이라는 것을 확인하는 순간, 저도 모르게 그를 향해 달리고 말았다. 그리웠던 사람을 만나면 끌어안듯, 그를 끌어안을 뻔했다. 그래선 안 되는 사이라는 것을 떠올리고, 서둘러 걸음을 멈췄다. 하지만 너무 늦었다.

그와 너무 가까운 곳에서 멈췄고, 갑자기 멈추는 바람에 상체가 앞으로 기울었다. 넘어질 듯 쓰러지는 소희의 허리를, 그의 팔이 가볍게 감쌌다.

두근—

예상치 못한 접촉에 심장이 내려앉았다.

그는 소희의 허리를 단단히 감싸 조심스레 일으켜 세웠다. 그리고 머뭇거리다가 팔을 떼어 냈다.

"조심해야지."

그의 음성은, 처음 들었을 때와 마찬가지로 나직하고 부드러웠다. 소희는 눈물이 날 것 같아서 입술을 앙다물었다.

"여자아이가 혼자 다니기엔 너무 늦은 시간인데, 얼른 들어가 봐. 난 그만 가 볼게."

윤성은 자기 볼일을 다 끝냈다는 듯 미련 없이 걸음을 뗐다.

"여자아이 아니에요."

소희의 옆을 지나가려던 그가 걸음을 멈췄다.

"저, 여자아이 아니에요. 저…… 민증도 나왔어요!"

"풉……."

그가 작게 웃었다. 소희의 얼굴이 빨갛게 달아올랐다. 민증도 나왔다니. 이게 무슨 바보 같은 소리란 말인가.

"그래, 내가 실례했네. 하지만 성숙한 여인이 다니기에도 좋은 시간은 아냐."

"집에 아무도 없어서요."

"그래."

"저…… 이 시간은 성숙한 남성이 다니기에도 좋은 시간은 아닌 것 같아요."

윤성이 가버리는 게 싫어서 되는 대로 내뱉었다. 그의 얼굴에 옅은 미소가 번졌다.

"그런가?"

"네. 그러니까 선배님도 일찍 들어가셔야죠."

"그래, 그래야지. 그럼 가 볼게."

"아……!"

제 무덤을 팠다. 일찍 들어가라는 말을 하다니.

그는 매정하게도 다시 걷기 시작했고, 이대로라면 정말로 붙잡을 수가 없을 것 같았다. 어째서인지 지금 기회를 놓치면 두 번 다시 그를 볼 수 없을 거란 생각이 들었다. 그를 못 보는 것이 모두가 바라는 일이지만, 차라리 그게 낫지만, 그래도 소희는 그와 조금 더 같이 있고 싶었다.

"선배님."

무시할까 봐 무서웠지만, 그래도 불렀다. 다행히 그는 걸음을 멈췄다. 다만 돌아보지 않았을 뿐이다.

소희는 망설이다가 그의 앞으로 달려가 마주 보고 섰다. 그는 소희의 행동에 놀란 듯 눈을 크게 떴다.

"음료수…… 마시고 싶지 않으세요?"

"응, 난 안 마시고 싶은데."

지끈―

그의 거절에 가슴이 아팠다. 자존심을 생각한다면 이대로 그를 보내는 것이 맞다.

"전 마시고 싶어요."

"그럼 들어가는 길에 사 가면 되겠네."

"선배님이랑 같이 마시고 싶어요."

윤성의 눈동자가 흔들렸다. 그는 곤란한 듯 미간을 좁히고 시선을 옆으로 피했다. 한 손으로 입가를 가린 그는, 일생일대의 선택을 앞에 둔 사람처럼 한참 동안 움직이지 않았다.

그동안 소희에게도 서서히 이성이 돌아오기 시작했다. 자신이 무슨 짓을 했는지 깨달은 소희는 비명을 지르고 싶어졌다.

'나, 왜 이래?'

싫다고 거절하는 사람을 잡고 늘어지다니. 그것도 애인이 있는 남자에게 치근거리다니.

'나 왜 이렇게 값싸게 구니? 응?'

적어도 윤성에게 나쁜 이미지로 남고 싶진 않았는데, 이래서야 애인 있는 남자를 어떻게 해 보려는 못된 여자로 기억될 것이다.

“그래, 그럼.”

이윽고 손을 내린 그가 말했다.

“같이 마시자.”

벤치를 찾아 걸어가는 동안, 오만 가지 생각이 들었다.

어쩔까. 도망칠까. 무슨 말을 하려고 붙잡은 걸까. 내가 왜 그런 짓을 했을까.

고민을 하는 틈에 자판기 옆에 있는 벤치에 도착했다.

윤성은 자판기 앞에서 지갑을 꺼냈다. 돈을 자판기에 넣으려는 그의 손을 황급히 잡았다.

“제가 살게요.”

그는 대답 없이 시선을 아래로 내렸다. 그제야 그의 손을 잡았다는 것을 깨닫고, 만세를 하듯 두 손을 뗴었다. 그런데도 그는 자기 손을 물끄러미 내려다보다가 곧 미소를 지었다.

“만져도 괜찮아. 나 전염병 없어.”

“죄, 죄송해요.”

“음료수 정도는 내가 사 줄게. 선배잖아.”

“제가 마시자고 한 건데…….”

“앉아 있어.”

윤성이 벤치를 가리켰다. 소희는 벤치로 걸어가며 두 손을 앞에서 꼭 마주 쥐었다. 아주 잠깐 닿았던 그의 손. 그 느낌이 손바닥 안에 고스란히 남아 있었다. 따뜻하고 부드러운 손이었다.

"뭐 마실래?"

"콜라요."

"그래."

윤성이 콜라 두 개를 뽑았다. 어쩜 자판기에서 음료수를 꺼내는 모습도 저렇게 근사할까. 양손에 음료수를 하나씩 들고 걸어오는 모습도, 어쩜 저리 모델처럼 멋있을까.

짝사랑을 하는 사람들이 흔히 그렇듯, 소희의 눈에도 콩깍지가 씌어 있었다. 윤성이 하는 평범한 행동들조차, 소희의 눈에는 그저 멋있게만 보였다.

윤성이 콜라 하나를 소희에게 건네고 옆에 앉았다. '난 네게 딴마음 없어.'라는 걸 증명하듯, 상당히 떨어진 거리였다.

"선배님이 이 근처에 사시는지 몰랐어요."

"응. 나도 네가 이 근처에 사는지 몰랐어."

"아, 저는 학교 때문에 친척 집에서 살게 됐거든요. 이 동네에 온 지 얼마 안 됐어요. 선배님은 쭉 이 동네 사신 거예요?"

"응. 초등학생 때부터."

"아아, 그렇구나."

대화가 끊겼다. 소희는 무슨 말을 해야 좋을지 알 수 없었다. 이런 상황에서 친구들이랑 하는 연예인 얘기, 학교 공부 얘기를 할 수는 없다.

"중고등학교 땐 여기서 항상 농구를 했어."
안절부절못하는 소희를 배려해서인지, 그가 말문을 열었다.
"농구부였거든. 뭐, 시합에 나갈 만큼 대단한 부는 아니고 동아리 수준이었지만."
"농구 좋아하세요?"
"운동은 거의 좋아해. 축구도 좋아하고."
"아아. 운동 별로 안 좋아하게 생기셨는데."
"그래?"
"네. 선배님은 좀 더 동적이고, 섬세한…… 아, 죄송해요. 남자한테 섬세하다는 건 좀 그렇죠?"
그가 비스듬히 고개를 돌려 소희를 응시했다.
"아니, 괜찮아. 계속해도 돼."
"아네요. 제가 좀 거르지 않고 내뱉는 나쁜 습관이 있어서 고치려고 노력 중인데. 선배님이 여성스럽다거나, 그런 건 절대로 아닙니다."
"그래."
그는 마치 걸음마를 시작한 어린 딸을 보듯, 은은한 미소를 머금고 있었다. 그의 미소를 볼 수 있어서 좋은데도 가슴이 욱신거리는 건, 아마도 저 미소가 내 것이 아니기 때문일 것이다. 저 미소를 가질 수 없다는 것을 알기에 이토록 아픈 거겠지.
"사진 찍는 건 원래 좋아하셨어요?"
아픔을 감추고 물었다.

"아니. 나이 들면서 좋아졌어. 사진을 찍는 순간만큼은 혼자라는 생각이 들거든."

무슨 의미인지 알 수 없었다. 그래서 열심히 다른 질문을 짜냈다.

"선배님 고등학교 땐 어떠셨어요? 모범생이셨어요?"

그가 빙그레 웃었다.

"모난 행동을 한 적은 없는 것 같은데. 그렇다고 열심히 공부만 하지도 않았고."

"하긴. 운동도 많이 하셨다고 했지."

"응."

"여자 친구도 많이 사귀셨고요?"

그의 눈이 가늘어졌다. 윤성은 소희를 향하고 있던 시선을 거두고 정면을 응시했다.

"한 번도 사귄 적은 없지만, 사랑은 해봤어. 짝사랑."

"짝사랑이요? 왜요? 선배님 잘생기셔서 고백하셨으면 잘 됐을 텐데."

"글쎄. 상대도 워낙 거물이라서."

"거물이요?"

"친한 후배의 사촌 동생이었어."

"아……."

"어느 날 후배 집에 놀러 갔는데 그 아이가 와 있더라고. 후배가 소개를 시켜주니까 생글생글 웃으면서 인사를 하는데, 반해버렸어. 정말 나도 깜짝 놀랄 정도로 훅 빨려 들어가는 기분이었어."

그는 그립다는 듯 잔잔한 음성으로 말했다.

"대화도 제대로 못 해봤는데 너무 좋아져 버려서, 후배한테 그 아이에 대해 물어보기도 하고, 그 아이 온다는 날에 괜히 근처를 어슬렁거리기도 하고, 그러다가 저 멀리 그 아이가 오고 있으면 얼른 숨고…… 그렇게 바보처럼 굴었어."

"……."

"내 마음을 눈치챈 후배가 그러더라. 자기 사촌 동생은 돈 많고 번듯한 남자한테 시집보낼 거니까 절대로 눈독 들이지 말라고. 그래서 난 눈독을 들일 수가 없었지."

"하지만……."

"그 후배가 나쁜 건 아냐. 이제 와서 생각해 보면, 그 후배는 반쯤 농담이었을 거야. 그리고 난 평범한 사춘기 소년이었고. 사춘기 소년은 첫사랑 앞에서 작아지는 법이지. 그 아이를 보기 전까지는 나도 참 잘났다 생각하면서 살았었는데, 그 아이 앞에선 나란 존재가 터무니없이 못나서 말도 못 걸겠더라. 그래서 그렇게 바보처럼 놓쳐버렸어."

아련하게 말하는 윤성을 보노라니, 알지도 못하는 윤성의 첫사랑 상대에게 질투가 생겼다. 지금 옆에 있는 주예진이라는 여자보다 그 첫사랑이 더 얄밉고 부러웠다.

누굴까. 저 마음을 다 가져갔던 여자는.

"지금도 좋아해요?"

윤성이 고개를 돌려 소희를 응시했다.

"아, 여자 친구 있으신 건 아는데…… 그, 남자들은 평……."

"사랑해."

"……네?"

"지금도 사랑해."

두근—

첫사랑인 '그 아이'에게 하는 말이라는 것을 알면서도 심장이 내려앉았다. 윤성의 눈이 오롯이 소희를 향해 있었기 때문이었다. 마치 소희에게 말하듯이.

소희는 숨도 쉬지 못하고 멍하니 윤성을 바라봤다. 윤성도 가만히 소희를 응시하다가, 소희가 호흡곤란이 올 때쯤 되어서야 시선을 돌렸다.

"평생 마음에 품고 가게 되겠지."

"아……."

의미불명의 감탄사 외에 그 어떤 말도 할 수 없었다. 침묵이 길게 이어졌다.

또 무슨 이야기를 해야 할까. 어떻게 해야 좀 더 같이 있을 수 있을까.

상당히 늦은 시간이라는 것은 알지만, 그래도 집에 들어가고 싶지 않았다. 가능하기만 하다면 이렇게 밤새도록 함께 있고 싶었다. 내일 아침까지, 아니, 일주일이라도, 한 달이라도…… 그렇게 시간이 지나 평생이라도.

이것이 얼마나 바보 같은 소망인지 알기에 비참했다. 어째서 이 남자를 사랑하게 된 걸까. 왜 하필이면 이 사람을 사랑하게 되었을까.

"묻고 싶은 게……."

그가 침묵을 깨뜨렸다.

"있는 거 아니었어?"

윤성이 소희의 속을 꿰뚫어 보고 있었다는 듯 물었다.

사실은 대화를 이어갈 만한 질문들이 아주 많이 있었다. 하지만 그 질문들은 애써 피하는 중이었다. 이 분위기를 망치고 싶지 않아서. '네가 상관할 일 아냐.'라는 차가운 대답이 돌아올까 무서워서.

하지만 그는 이제 그만 본론으로 들어가자는 듯 이야기를 꺼냈고, 소희는 말하는 수밖에 없었다.

"얘기, 들었어요."

그를 보며 말할 수가 없었다. 고개가 저절로 아래로 떨어졌다. 얼마 전에 산 깨끗한 스니커즈를 응시하며 말했다.

"그분이 한 일."

말하기 힘들었다. 혹시라도 질투하는 것처럼 들릴까 봐. 그래서 말을 고르고 골라야 했다.

"주예진 선배님이 문지영이라는 분한테 한 일. 그거, 들었어요."

"그래. 들었구나."

"정말인가요, 그거? 정말로 그런 일이 있었던 거예요?"

"응, 정말로 그런 일이 있었어."

소희는 어렵게 꺼낸 질문을, 그는 쉽게 답했다. 소희는 고개를 돌려 그를 쳐다봤다.

"그런 일……이라는 게 뭔지, 왜 안 물어보세요?"

"응?"

"여기저기 퍼진 소문이잖아요. 제가 들은 게 너무 과장되거나 왜곡된 사실일지도 모르잖아요. 그런데 왜…… 어떤 걸 들었냐고 안 물어보세요?"

"뭘 들었든, 그게 진실일 테니까."

윤성이 가볍게 답했다.

"네가 뭘 들었든, 거기엔 과장도, 왜곡도 없을 거야. 네가 들은 그 일이 벌어졌었고, 그게 사실이야."

별일 아니라는 듯 말하는 그의 태도를 믿을 수가 없었다. 한 여자의 인생을 망쳤다. 물론 윤성이 한 짓은 아니지만, 그의 연인이 한 짓이다. 단지 윤성을 짝사랑했다는 이유만으로 한 여자를 망가뜨렸다.

그런데 어떻게 저렇게 아무렇지도 않게 말할 수 있을까. 그 여자는 자살시도도 하고, 그 때문에 대학까지 자퇴를 했는데.

소희의 표정이 일그러지는 것을, 윤성은 가만히 지켜봤다. 소희가 무슨 생각을 하는지, 윤성은 알고 있었다. 그래, 차라리 이러는 것이 낫다.

오늘은 밤이라서, 너무 그리워서, 저도 모르게 소희를 받아들이고 말았다. 하마터면 옛이야기를 하며, 소희에게 고백을 해버릴 뻔했다. 그 첫사랑이 너라고, 어린 마음에 고백조차 못 했던 그 간절하고 풋풋한 첫사랑이 바로 너라고. 그렇게 말해버릴 뻔했다.

'네가 너무 착해서야.'

윤성은 소희의 탓으로 돌리기로 했다.

'네가 날 그런 눈으로 보니까. 태훈이한테 다 들었을 텐데도, 날 경멸하지 않으니까. 내 앞으로 달려와 줬으니까. 내가 또다시 희망을 품게 했으니까. 그래서야. 그래서 자꾸만 널 갖고 싶어지는 거야.'

저 착하고 사랑스러운 얼굴에 경멸이 깃들면, 포기하는 것이 좀 더 쉬워지리라.

'쉬워졌으면 좋겠다.'

그렇게 간절히 바라며, 소희를 응시했다. 소희의 도톰한 입술이 달싹거리다가, 신음과도 같은 질문을 만들어 냈다.

"그럼 왜…… 왜 주예진 선배랑 헤어지지 않은 거예요? 그런 짓까지 했는데."

윤성은 소희가 눈치채지 못하도록 주먹을 꽉 쥐고, 부드럽게 웃으며 말했다.

"주예진을 사랑하니까."

* * *

태훈이 집에 돌아왔을 때, 소희는 어둠 속에 앉아 있었다. 불을 켠 태훈은 소파에 웅크리고 앉아 있는 소희를 발견하곤 미간을 좁혔다.

"뭔 궁상이야? 불도 안 켜고. 아직 다들 안 들어오셨어?"

"거짓말쟁이들이야."

"뭐?"

"다들 거짓말쟁이들이라고."

"얼씨구? 술이라도 마셨냐, 너?"

"강윤성은 주예진을 사랑하지 않아."

우뚝.

소파를 향해 걸어가던 태훈이 걸음을 멈췄다. 움직임을 멈춘 태훈 대신 소희가 몸을 일으켰다. 소희는 태훈의 앞으로 걸어와 그를 똑바로 올려다봤다.

"강윤성은 주예진을 사랑하지 않아. 맞지?"

강아지를 닮은 동그란 눈이 확신을 가지고 빛났다. 태훈은 인상을 찌푸렸다.

"뭔 소리를 하나 했더니…… 너 아직도 그 선배 못 잊은 거냐?"

"……."

"그래, 그런 식으로 생각하고 싶은 네 마음을 모르는 건 아냐. 자기가 짝사랑하는 남자가 애인을 사랑하지 않는다고 믿고 싶겠지. 하지만 받아들여, 이 계집애야. 강윤성은 그런 일이 있었는데도 헤어지지 않을 만큼 주예진을 사랑하고 있어."

소희가 아무 말도 하지 않으니 태훈의 말이 빨라졌다. 소희는 묵묵히 태훈의 말이 끝나기를 기다렸다가 입을 열었다.

"강윤성은 주예진을 사랑하지 않아."

"야, 이 계집애야! 아주 주문을 외워라, 외워. 그런다고 그 인간이 널 사랑하게 될 것 같냐? 절대 그런 일 없으니까……."

"아까 윤성 선배를 만났어."

"……."

"사랑한대."

"뭐?"

태훈은 거칠게 소희의 양어깨를 붙잡았다. 그의 손이 마른 어깨를 파고들어 와 아팠지만, 소희는 표정을 바꾸지 않았다.

"그 형이 너한테 사랑한다고 했다고?"

소희의 입가에 옅은 미소가 떠올랐다가 사라졌다.

"그 형……."

태훈은 아차 싶었다. 윤성이 고백했다는 것에 놀라는 바람에, 윤성의 호칭을 평소처럼 사용해 버렸다.

"그 형……이구나, 오빠."

"아니, 선배라고도 하고, 형이라고도 하고 그런 거지."

"나한테 사랑한다고 한 게 아니야. 내가 물어봤어. 왜 그런 일이 있었는데도 주예진이랑 사귀는 거냐고. 그랬더니 그러더라. 사랑해서라고."

"아아, 그런 거였냐?"

태훈이 소희의 어깨를 놔주며 중얼거렸다. 자신이 안도하고 있는 건지, 아쉬워하고 있는 건지 알 수 없었다.

"나한테 사랑한다고 할 리가 없잖아."

라고 말하며, 소희가 쓴웃음을 지었다. 귀여운 사촌 동생과는 어울리지 않는 미소에, 태훈은 조금 화가 났다.

'그 인간은 왜 소희랑 마주쳐서는!'

그리고 자신이 한 생각을 경멸했다.

'어떻게 보면 내 탓이기도 한데.'

친한 형이었다. 한 학년 선배이면서도 텃세를 부리지 않고, 늘 다정한 사람이었다.

태훈의 배경을 아는 학생들은 두 부류로 나뉘었다. 알랑방귀를 뀌며 친해지려는 부류. 아예 부딪치는 일이 없도록 피하는 부류.

윤성은 그 두 개의 부류 중 어디에도 속하지 않았다. 태훈을 다른 아이들과 똑같이 대했고, 농담으로라도,

'아, 넌 부자라서 좋겠다.'

따위의 한탄을 내뱉지 않았다. 윤성과 함께 있으면 편하고 즐거웠다. 그래서 윤성을 아주 많이 좋아했다.

"내 사촌 동생한테 딴마음 품지 마. 걘 곱게 키워서 집안 빵빵하고 잘난 놈한테 시집보낼 거니까. 아무 남자 손이나 타게 할 순 없어."

소희를 향한 윤성의 사랑을 알게 된 후, 반쯤은 농담으로 한 말이었다.

그땐 너무 어렸다. 어려서, 예쁜 내 사촌 동생을 누구에게도 주고 싶지 않았고, 뺏기고 싶지 않았다. 내 귀여운 사촌 동생은 좀 더 자랄 때까지 남자라고는 모르고 살았으면 했다. 그래서 반 농담, 반 진심으로 던진 말이었다.

'형도 어렸지.'

차라리 20대였더라면 달랐을지도 모르겠다. 20대 중반, 그때쯤에 윤성이 소희를 사랑하게 되었더라면, 태훈이 무슨 말을 해도 피식 웃어넘겼을 것이다. 그리고 소희에게 다가가 대화를 하고, 눈이 맞고, 서로 사랑을 했겠지.

그러나 사춘기의 소년은, 여자보다는 우정이 중요하다고 믿는 그 나이의 수줍은 소년은, 어린 동생의 바보 같은 선포를 고스란히 받아들였다.

'내가 그 말만 안 했어도.'

달라졌을 것이다. 윤성과 소희는 분명 사랑에 빠졌을 거고, 사귀었을 거고, 대학에 입학한 윤성이 예진의 꼬임에 넘어가는 일도 없었을 것이다. 그러면 그때의 사건도 일어나지 않았을 테고, 예진도 그렇게까지 변하지 않았을 것이다. 서로 좋은 동기로 남아, 나중에 소희가 입학했을 때 소희의 좋은 언니가 되어 주었을지도 모르겠다. 충분히 가능한 미래였다.

나비효과.

어린 마음에 무심코 날린 한 마디가 너무 많은 것을 바꾸어 버렸다. 그 한 마디 때문에 모든 것이 뒤틀리고 일그러져, 많은 사람이 상처받았다.

"그런데 있잖아."

소희의 목소리에 상념에서 벗어났다.

"윤성 선배는 행복하게 보이려고 애썼는데, 있지. 난 윤성 선배를 사랑하고 있어서, 그래서 내 눈에는 보였어. 윤성 선배가 울고 싶어 하는 게."

태훈은 소희의 맑은 눈동자를 똑바로 마주하기 힘들었다.

그래, 소희는 이런 아이였다.

애인 있는 남자를 사랑하게 되어 혼란스러울 때는 그저 도망치려고만 해서 잊고 있었다. 소희가 원래는 당돌하고 강하다는 걸. 자기가 원하는 것이 있으면 반드시 손에 넣기 위해 노력하는 아이라는 걸.

그래서 더 막으려고 했던 건데. 얽히는 일 없이 조용히 지나가기를 바랐던 건데.

"그런 표정으로 애인을 사랑한다고 하는 남자가 있을 리 없어."

"있을 수도 있지."

태훈이 눈을 피한 채 중얼거렸다.

"없어. 게다가 오빠는 윤성 선배를 형이라고 불렀어. 오빤 절대 친하지도 않은 사람을 형이라고 부를 사람이 아니야. 늘 사람들과 거리를 유지하려고 하니까."

뭔가를 갖고 싶어 하는 소희는 골치 아프다. 태훈은 늘 소희를 귀찮게 하고 괴롭혔지만, 가장 중요한 순간에 소희를 이겨본 적은 단 한 번도 없었다.

"도대체 뭐야, 오빠. 왜 다들 거짓말을 하고 있는 거야? 강윤성이랑 주예진은 어떤 관계고, 오빠랑 강윤성은 또 어떤 관계인 거야?"

태훈은 더 이상 소희를 속일 수 없다는 것을 깨달았다. 지금 이 순간을 모면하더라도 원하는 답을 얻을 때까지 태훈을 괴롭힐 것이다. 아니, 어쩌면 직접 예진을 찾아갈지도 모른다.

"말해 주는 건 어렵지 않아."

태훈은 마음을 정했다.

"하지만 차소희, 이건 알아 둬. 네가 무슨 짓을 해도, 윤성이 형은 널 선택하지 않을 거야."

"강윤성 선배가 누구를 선택하고, 선택하지 않고는 중요한 게 아니야. 모르겠어, 오빠? 난 그냥 진실을 알고 싶은 거야. 거짓말이 아닌 진실."

* * *

20살의 봄, 예진은 사랑을 했다.

대기업 과장인 아버지, 대학병원 간호사인 어머니, 2살 터울의 귀여운 남동생. 맞벌이하는 부모님 덕분에 돈에 있어서는 부족한 것 없이 자라 온, 평범한 여학생이었다.

설레는 첫사랑도 해 보고, 옆 학교 오빠와 사귀기도 하고, 짝사랑하는 옆 반 남학생에게 남몰래 초콜릿도 주고. 그렇게 평범한 중, 고등학교 시절을 보냈다.

그러다가 20살의 봄, 대학교 첫 수업을 받는 날. 예진은 사랑에 빠졌다.

오리엔테이션에서는 보지 못한 남자였다. 큰 키, 넓은 어깨, 약간은 마른 체구. 자그마한 얼굴과 하얀 피부, 짙은 눈썹 아래에 자리 잡은 아몬드 형의 눈매, 오뚝한 코와 붉은 입술. 아이돌 가수처럼 곱상하게 생긴 남자의 이름은 강윤성이었다.

윤성에게 관심을 보인 것은 예진만이 아니었다. 윤성은 눈에 띄게 잘생겼고, 그럼에도 잘난 체하는 기색 없이 누구에게나 친절했다. 다정한 미소와 조곤조곤한 말투, 상냥한 행동이 모두의 마음을 잡아끌었다.

이제 막 사춘기에서 벗어났기에, 사랑에 노련한 여자들은 없었다. 다들 여전히 풋풋했고, 수줍었고, 그래서 대놓고 윤성에게 고백하지 못했다. 그저 술자리에서 취한 척 윤성에게 기대거나, 터치를 하거나, 전화를 거는 것이 전부였다.

자존심이 강한 몇몇 여자들은 일부러 윤성에게 관심 없는 척 차갑게 굴었고, 활발한 여자들은 '네 팬클럽이나 만들까?'라는 바보 같은 소리를 지껄여댔다.

예진은 수많은 라이벌들 사이에서 윤성의 눈에 띄는 방법을 찾아야만 했다. 그러나 마땅한 방법이 없었기에, 그냥 솔직하게 윤성에게 접근하기로 했다.

20살의 봄이 깊어갈 무렵, 눈이 맞아 사귀는 커플들이 생기기 시작했다. 그럴 때에 예진은 윤성에게 조심스럽지만 분명하게 마음을 표현했다.

"나는 너의 웃는 얼굴이 참 좋아."

"어깨 정말 넓다. 난 어깨 넓은 사람, 참 좋더라."

"네 말투, 정말 다정한 거 알아? 가끔 설레."

풋풋한 첫사랑이자 짝사랑을 가슴에 품고 있는 윤성이었다. 하지만 모든 것이 설레는 20살의 봄, 솔직하게 부딪쳐 오는 예진을 무심하게 받아들일 수만은 없었다. 고백도 못 한 짝사랑 위에 주예진이라는 여자가 소록소록 내려앉기 시작했다.

어리둥절해 하다가 끝난 첫 번째 중간고사 기간의 주말에는 비가 내렸다.

"우리 고생했으니까 영화 보자."

라고 제안한 것은 예진이었다. 오후 2시에 만나 영화를 보고, 점심 겸 저녁을 먹고, 같은 우산을 쓰고 대학교로 향했다. 벚꽃과 함께 떨어지는 빗방울 속에서, 예진이 말했다.

"윤성아. 나 널 좋아해. 넌 어때?"

얼굴을 발갛게 물들이고 올려다보는 예진을 보며, 윤성은 미소 지었다.

"나도 좋아해."

예진은 한동안 머뭇거렸고, 윤성의 가슴에 얼굴을 묻었다가 떼었다가, 그렇게 안절부절못하다가 말했다.

"윤성아, 우리…… 사귈래?"

친구가 좋아서, 노는 게 좋아서, 애인 한 번 사귀어본 적 없이 살아온 윤성이었다. 고백은 자주 받아봤고, 짝사랑도 해 보았지만, 한 여자와 마음을 주고받으며 연애를 하는 것은 처음인지라 설레고 즐거웠다.

예진은 가끔 집착하고, 가끔 친구보다 자기를 선택해 주기를 강요했지만, 그래도 좋은 여자 친구였다. 윤성에게 헌신적이었고, 과하게 징징거리지 않았고, 애교가 많았다.

"내 동생한테 네 얘기 했더니 만나 보고 싶대."

예진이 두 살 터울의 남동생인 희주와 유독 사이가 좋다는 것은 이미 알고 있었다. 동생 이야기를 자주 했기 때문이었다.

"그래, 이번 주 주말에 같이 저녁 먹자."

희주는 활발하고 유쾌해서 윤성과 금방 친해졌다. 희주를 시작으로 예진의 부모님과도 만나게 되었고, 때때로 같이 식사를 했다. 남들이 보기에는 조금 빠르다 싶은 가족과의 만남이지만, 첫 연애인 윤성은 그게 당연한 줄 알았다.

"그 형도 순진한 구석이 있어."

라고, 태훈이 중얼거렸다. 소희는 고개를 끄덕였다.

"그러게."

윤성과 예진에게 그런 시기가 있었다는 게 신기했다. 특이할 것 없는 평범한 연애. 그것이 오히려 소희의 심장을 아프게 찔렀다. 하지만 소희는 내색하지 않고, 태훈이 말을 이어가기를 기다렸다.

"윤성이 형은 그 집 가족들이랑 정말 친해졌어. 자주 놀러 가고 주희주와도 자주 만나고, 주예진 없이 주희주랑 따로 만나서 놀기도 하고, 그랬을 거야."

그렇게 여름방학이 되었다.

"8월 초에 그 집 가족이랑 윤성이 형이랑 다 같이 휴가를 가기로 했대. 윤성이 형이 곤란해 하면서 전화를 했었지. 어릴 적에 물에 빠진 적이 있어서 물을 별로 안 좋아하거든."

사귀는 여자에게 '난 물이 무서워.'라는 말을 쉽게 할 수 있는 남자는 드물 것이다. 윤성도 그랬다. 태훈은 윤성에게 솔직하게 말하고 가지 말라고 했다. 하지만 윤성은 결국 말하지 못하고 예진의 가족과 함께 계곡으로 휴가를 떠났다.

윤성이 평생 후회할 선택이었다.

"물에 들어가서 놀자, 뭐하자. 그런 얘기가 당연히 나왔겠지. 윤성이 형은 너무 깊은 곳까지는 들어가지 않을 생각이었을 거야. 그런데 가지고 온 수박이 떠내려가서, 윤성이 형은 아무 생각 없이 그걸 잡으러 갔고, 예상보다 깊은 곳에 발을 디뎠고, 물에 빠졌어."

허우적거리는 윤성을 발견한 것은 그 근처에 있던 희주였다.

희주는 윤성을 구하려고 했다. 허우적거리는 희주와 윤성이 물장난을 치는 것으로 오해한 예진은, 물가에서 그들을 배경으로 셀카를 찍었다.

"윤성이 형은 겁에 질려 있었어. 물에 빠진 사람들은 패닉에 빠져서 구하러온 사람을 누르고 수면 위로 올라가려고 해. 그래서 물에 빠진 사람 구할 땐 힘이 다 빠졌을 때 구하라고 하잖아."

하지만 희주는 그걸 몰랐다. 다급한 마음에 윤성을 끄집어 올렸고, 패닉에 빠진 윤성은 희주를 자꾸만 눌렀다. 희주는 물을 먹으면서도 윤성을 근처에 있는 바위 쪽으로 밀었다.

"둘 다 허우적거리다가 상당히 깊은 곳까지 흘러들어 간 모양이야. 어찌어찌 윤성이 형은 바위 위로 올라갔는데, 주희주는 힘이 빠졌어. 한 사람을 구하고 헤엄을 치기엔 물살이 너무 빨랐고."

두 사람이 장난을 치고 있다고 생각한 예진과 부모님은 그쪽에 별로 신경을 쓰지 않고 있었다. 윤성은 도움을 청하려고 했지만 물을 너무 많이 마셔서 목소리가 나오지 않았다. 콜록콜록, 허파에 찬물을 뱉어 내고 간신히 도움을 요청했을 때.

"주희주는 죽었어. 한참 떠내려간 곳에서 시체가 발견됐지."

소희는 팔에 소름이 돋는 것을 느꼈지만 움직이지 않았다.

"누구 잘못도 아니야. 한 사람이 물에 빠졌고, 한 사람이 그걸 구하려다가 죽은 거야. 잘못은 없고, 고마워할 일만 있는 문제지. 하지만 주희주 가족의 입장에선 그런 생각이 쉽지 않겠지.

널 구하다가 내 아들이 죽었어, 널 구하다가 내 동생이 죽었어. 그렇게 누구라도 원망하지 않으면 버틸 수 없는 거야."

"응, 그래. 그게 당연해."

냉정하지만 사실이었다. 원망할 것이 있으면 그 힘으로라도 살아갈 수가 있다.

"문제는 그들이 원망만 하지 않는다는 거야. 내 아들이 살린 목숨이니, 널 내 아들처럼 생각하마. 우리 아들 대신 살아가다오. 우리가 원하는 대로. 그게 족쇄가 된 거지."

태훈이 소희를 돌아봤다.

"윤성이 형은 주예진이 놔주지 않는 한, 주예진을 떠나지 못해. 주예진이 그렇게 변해 버린 거, 전부 자기 때문이라고 생각하거든. 주예진도 처음부터 그렇게 미친 여자는 아니었어. 어디에나 있는, 평범하게 질투하고 사랑하는 그런 여자였지. 단지 동생을 잃으면서 뭔가 하나 끊어진 거야."

"……."

"주예진의 부모도 마찬가지고. 윤성이 형을 구하다가 자기 아들이 죽었으니, 자기들이 윤성이 형한테 무슨 짓을 해도 된다고 생각해. 주예진 때문에 윤성이 형이 고통스러워도, 참고 견디는 게 당연하다고 생각하고 있어. 그리고 문제는, 윤성이 형 역시 그렇게 생각한다는 거고."

허벅지 위에 있는 소희의 손 위에, 태훈의 손이 겹쳐졌다. 소희는 그제야 자신이 주먹을 꽉 쥐고 있다는 것을 깨달았다. 손가락 마디가 아팠다.

"차소희, 네가 윤성이 형을 갖고 싶어 하는 마음 알아. 하지만 넌 절대로 그 형을 가질 수 없을 거야."

태훈의 걱정스러운 말에 소희는 피식 웃으며 중얼거렸다.

"사람을 어떻게 가져? 난 그저 내가 사랑하게 된 사람이 생각처럼 이상한 사람이 아니라는 사실에 안심하고 있을 뿐이야."

"소희야……."

"윤성 선배가 주예진이 한 짓에도 불구하고 사귀는 데는 어쩔 수 없는 이유가 있는 거잖아. 그걸로 됐어. 그거면 돼."

"너, 그 마음 접어. 네가 아무리 깊이 사랑해도 그 사랑 이루어지는 일 없어."

"응, 알아. 하지만 오빠야. 오빠도 알잖아. 사랑하는 마음, 그렇게 쉽게 사라지지 않는다는 거. 그냥 좋아할래. 좋아하고 좋아하다가, 언젠가 지치고 다른 사람이 눈에 들어오고, 그러다 보면 자연스럽게 사라지겠지."

"……."

"억지로 죽이려고 하면 더 커져 버리니까, 그냥 놔둘래."

태훈은 깊은 한숨을 내쉬었다. 소희가 이렇게까지 분명하게 말한다면 더는 말릴 수 없다.

"내가 널 24시간 지켜볼 수 있는 게 아니야. 주예진은 조심해. 그 여자는 미쳐 있어. 그 여자가 너한테 무슨 짓을 하면……."

소희는 태훈의 손을 꼭 잡고 그와 눈을 맞췄다.

"걱정 마, 오빠. 오빠가 이 손 더럽히는 일 없도록 조심할게."

*　　*　　*

"아이스크림 먹으러 가자."

교수님이 30분 정도 수업을 일찍 끝냈다. 비는 시간에 뭘 할까 고민하는데, 소희가 말했다. 재현은 가방을 어깨에 메며 소희의 얼굴을 빤히 응시했다.

"너, 기분 좋아 보인다?"

다른 사람이라면 몰랐을 것이다. 하지만 매일 소희를 보는 재현은 알 수 있었다. 어젯밤을 기점으로 소희가 미묘하게 달라졌다. 눈동자에 생기가 넘쳤다.

직감적으로 윤성과 관계된 일일 거란 생각을 했다.

"응, 아이스크림 먹으면서 말해 줄게."

딱히 듣고 싶은 건 아니었다. 사랑하는 여자의 입에서 나오는 다른 남자 이야기는, 그게 어떤 내용이든 듣고 싶지 않은 법이다. 하지만 재현은 소희의 말을 거절할 수가 없었다. 사랑에 빠진 남자는 사랑하는 여자의 말을 무시할 수 없는 법이니까.

햇빛이 잘 들어오는 카페 창가에 앉아 아포카토와 아이스 아메리카노를 시켰다. 아이스크림이 담긴 예쁜 그릇에 조심조심 에스프레소를 뿌리는 소희의 모습이 사랑스러워서, 지끈, 가슴이 아팠다.

이 마음이 언제 이렇게나 커졌을까.

군대를 다녀오기 전까지는 누구도 사귀지 않겠다고 결심했다. 2년이라는 기간은 여자에게도, 남자에게도 커다란 짐이 된다. 그래서 소희에게 이 마음을 고백하지 않고 조용히 곁에 있었다.

숨겨 둔 마음이 점점 더 부풀어 통증까지 동반하게 될 줄은 몰랐다. 사랑이라는 것은 서로 통했을 때에 점점 더 깊어지는 거라고 생각했다. 말하지 못한 외사랑이 깊어지는 일은 없을 줄 알았다.

'그렇다면…….'

이라고 생각한다.

그렇다면 윤성에 대한 소희의 짝사랑도 이와 같을지도 모른다. 말하지 못하고, 말할 수 없어도 점점 커지는 마음. 그렇기에 더욱 부푸는 마음.

"이건 너만 알고 있어야 돼."

에스프레소에 녹아드는 아이스크림을 담뿍 떠서 입에 넣으며, 소희가 은밀한 목소리로 말했다. '너만 알고 있어야 돼.'라는 말의 상대가 되는 것으로 만족해야 하는 걸까? 재현은 쓴웃음을 감추며 고개를 끄덕였다.

"응."

"어제 있잖아. 우연히 윤성 선배랑 마주쳤어. 알고 보니까 같은 동네에 살더라고."

"아, 그래."

앞으로 매일 소희를 데려다줘야겠다. 윤성과 우연히 마주치는 일 없도록.

"얘기를 들었어. 윤성 선배가 왜 그 여자랑 헤어지지 못하는 건지."

소희는 작은 목소리로 천천히 윤성이 받고 있는 지독한 형벌에 대해 이야기했다.

차소희라는 여자를 빼고 본다면, 재현은 윤성을 싫어하지 않았을 것이다. 아니, 어쩌면 좋아했을지도 모르겠다. 악의에 가득 찬 시선을 받으면서도 담담히 학교생활을 유지하는 윤성에게 존경스러운 마음이 들 정도니까.

하지만 지금은 둘 사이에 차소희가 존재했다. 그의 안타까운 사정보다는, 헤어지지도 못할 거면서 소희에게 그런 사실을 털어놓은 그의 경솔함에 짜증이 났다. 기분이 얼굴에 드러났는지, 소희가 덧붙였다.

"이 얘기, 윤성 선배가 해 준 거 아냐. 태훈이 오빠가 해 준 거지."

유독 밝은 가을의 햇살이 버거웠다. 창문으로 들어오는 햇빛 때문에 표정을 감출 수가 없다. 재현은 표정을 갈무리하려고 애쓰며 고개를 끄덕였다.

"그래."

"기분이…… 안 좋아 보여."

소희가 조심스레 말했다. 재현은 피식 웃으며 시선을 옆으로 돌렸다. 저 멀리, 윤성과 예진이 팔짱을 끼고 걸어가는 모습이 보였다. 그들을 둘러싼 기이한 상황만 아니라면, 둘은 참 잘 어울리는 커플이었다. 만약 그들에게 아무런 문제가 없었다면, 그저 저 두 사람이 서로를 사랑해서 사귀는 거라면, 소희는 윤성에 대한 마음을 쉽게 접었을까?

바보 같은 생각을 하며 다시 소희 쪽으로 시선을 돌렸을 때, 이번에는 소희가 창밖을 보고 있었다. 윤성과 예진을 발견한 것이리라.

윤성이 예진을 사랑해서 사귀는 게 아니라는 걸 알면서도, 두 사람이 함께 있는 모습이 그녀에게는 달갑지 않은 듯했다. 소희는 살짝 미간을 좁히고 그들을 응시했다. 소희의 가슴을 아프게 하는 윤성이 몹시도 싫었다.

"좋아하냐?"

"어?"

소희는 대답하면서도 윤성과 예진에게서 시선을 떼지 못했다. 재현과 함께 있다는 사실조차 잊은 것 같아서, 울컥, 화가 났다.

"너, 강윤성 선배 좋아하냐?"

그제야 소희가 눈을 크게 뜨고 재현을 돌아봤다.

모를 거라고 생각한 걸까? 그렇게 티가 나는데. 매일 윤성을 찾아 헤매는 시선, 윤성에게 아무 문제가 없다는 이야기를 하며 다행이라는 듯 웃는 얼굴. 누가 봐도 사랑에 빠진 여자인데, 아무도 모를 거라 생각한 걸까?

"아, 아, 아냐. 그런 건 아냐. 그냥…… 난 그냥…… 그러니까…… 선배잖아. 싫지 않은 선배인데, 안 좋은 소문에 휘둘리는 게 걱정돼서…… 좀 왕따 시키는 것 같기도 하고…… 그런 거 싫어서…… 그래서 그런 거야."

"흐응."

"정말이야. 그런 거 아냐."

소희는 금방이라도 울음을 터뜨릴 것 같았다.

"그래, 알겠어. 그냥 던져본 말이니까 너무 마음에 두지 마라."

소희가 다른 남자 때문에 우는 모습은 보고 싶지 않았다.

"얼른 먹어. 곧 수업 시작하겠다."

그래서 아무 일도 없었다는 듯 소희를 채근했다. 소희는 재현의 눈치를 한 번 살피고는, 작게 한숨을 내쉬며 거의 다 녹은 아포카토를 먹어치웠다.

*　　*　　*

수업 내내 자꾸만 시간을 확인했다. 오후 3시가 다가오고 있었다. 오후 3시. 소희에게는 의미가 깊은 시간이었다.

'동방에 가면 윤성 선배 혼자 있겠지?'

윤성과 예진에게 그런 과거가 있다고 해서 달라지는 건 아무것도 없다는 것을 알고 있었다. 하지만 괜히 윤성과 조금 가까워진 기분이 들었다. 윤성을 만나 이야기하고 싶었다. 알게 되었다고, 나는 당신의 편이라고 말해 주고 싶었다. 그러면 윤성의 눈가에 묻어 있는 쓸쓸함이 조금은 가시지 않을까.

'선배의 힘이 되어 주고 싶어.'

이 정도의 생각은 괜찮지 않을까 싶다. 사랑하는 마음 고백할 순 없지만, 사랑하는 이의 힘이 되어 주고 싶다는 이 정도의 욕심은 괜찮을 것이다.

2시간 강의 중간에 주어지는 10분의 휴식 시간. 소희는 조용히 가방을 챙겼다. 출석체크는 수업 시작 때 했으니까 지금 나가면 괜찮을 것이다.

"어디 가?"

옆자리의 재현이 엎드린 상태로 고개만 돌려 소희를 보며 물었다. 자고 있는 줄 알았는데. 소희는 움찔했지만, 애써 아무렇지도 않은 척 말했다.

"나…… 몸이 좀 안 좋아서."

"집에 가게?"

"집은 무슨. 그냥 좀 쉬다가 오려고."

"어디서?"

얼른 나가야 하는데, 재현이 꼬치꼬치 캐물어서 짜증이 났다.

"그냥 좀. 상관할 거 없잖아."

재현의 표정이 굳어지는 걸 보고 나서야 아차 싶었다. 재현은 걱정되는 마음에 물어봤을 텐데. 짜증 낼 일이 아니었다.

"이따 봐."

하지만 사과하기도 애매해서 소희는 휙 돌아섰다.

윤성과 관계된 일이 있을 때는 재현을 대하는 게 힘들었다. 재현은 소희의 마음을 다 알고 있는 것 같았고, 그것을 비난하는 것처럼 느껴졌다. 그럴 리 없는데도.

강의실 밖으로 나올 때까지 재현의 시선이 따라붙었다. 소희는 그것을 떼어 내기라도 하려는 듯 황급히 강의실 문을 닫았다.

닫힌 문 때문에 소희의 모습이 보이지 않게 되자, 재현은 다시 얼굴을 팔에 파묻고 한숨을 내쉬었다. 꼬치꼬치 캐물을 생각이 아니었는데, 멍청한 짓을 했다. 소희는 애인이 아닌데. 아직은 그저 친구일 뿐인데.

'강윤성을 만나러 가나 보군.'

아마도 그러리라. 그렇지 않았다면 소희가 그렇게 예민한 반응을 보일 리 없으니까.

'제기랄.'

가지 말라고 붙잡고 싶었다. 하지만 그럴 수 있는 사이가 아니기에, 재현은 답답한 마음을 저 혼자 삭힐 수밖에 없었다.

* * *

건물에 들어가기 전에 주위를 살펴봤다. 어디선가 태훈이 나타날 것 같았기 때문이다. 태훈이 없다는 것을 확인한 후에야 건물 안으로 들어갔다.

건물 안에서도 안심하진 않았다. 태훈의 눈이 어디에나 존재하고 있을 것 같다. 임무를 수행하는 스파이처럼 여기저기 둘러보며 사진 동아리방으로 향했다. 동아리방 앞에 서서도 복도를 살펴본 후에야 문고리에 손을 댔다.

잠시 망설였다.

괜찮을까? 이 문을 열어도 괜찮은 걸까?

자신이 무슨 짓을 하려고 하는 건지 깨닫는 순간, 손가락 끝이 차게 식었다. 한참을 고민한 끝에야 문고리를 살며시 돌렸다.

찰칵—

가벼운 울림과 함께 문이 열렸다.

망설임을 떨쳐내기 위해 힘차게 문을 열었다. 맞은편 구들장 위에 다리를 쭉 펴고 앉아 있는 윤성이 보였다. 카메라를 만지작거리고 있던 윤성은, 느닷없는 방문객에 놀랐는지 눈을 휘둥그레 뜨고 이쪽을 보고 있었다.

가까이 가서는 안 되는 사람. 지켜봐서도 안 되는 사람. 그래서 너무나 멀리에, 다른 세상에 있는 듯 느껴졌던 사람. 그런 사람의 놀란 모습은 무척이나 인간적으로 다가왔다. 비밀스럽기만 했던 윤성의 놀란 모습이 신선했다.

멍하니 올려다보는 윤성을 똑바로 응시하며 물었다.

"저, 옆에 가서 앉아도 돼요?"

소희가 환상이라고 생각했던 걸까. 소희의 목소리에 윤성이 총소리라도 들은 사람처럼 움찔했다. 들고 있던 카메라가 옆으로 툭 떨어졌다.

"어, 그래."

늘 여유가 있어 보였던 윤성인데, 오늘은 조금 긴장한 것 같다. 소희가 동아리방에 찾아올 줄은 몰랐던 모양이다.

윤성이 옆으로 떨어진 카메라를 집어 든 소희는, 신발을 벗고 그 옆에 가서 앉았다. 저번처럼 나란히 앉았지만, 그때와는 다른 기분이었다. 윤성은 여전히 예진의 남자였지만, 한결 가까워진 기분이 들었다. 물론 소희 혼자만의 생각이었지만.

동아리방 복도엔 늘 학생들이 오가는 소리가 들려왔다. 하지만 사진 동아리방은 그곳과 완전히 차단된 세계인 듯, 아무 소리도 들려오지 않았다. 아니, 소희와 윤성이 둘만의 공간을 외부로부터 차단시키고 있었다.

느껴지는 것이라고는 상대의 체온과 숨소리뿐. 그 숨 막히는 고요 속에 앉아 있는 것이, 소희는 좋았다. 윤성과 단둘이 있을 수만 있다면, 그곳이 가시방석 위일지라도 견딜 수 있었다.

"얘기, 들었어요."

이윽고 소희가 입을 열었다. 정면을 응시하고 있던 윤성의 시선이 아래로 떨어졌다. 하지만 소희는 그가 카메라를 보고 있는 것이 아니라는 것을 알 수 있었다. 그는 그저 시선을 옮겼을 뿐이다.

"얘기?"

"네. 선배님이랑 주예진…… 선배님 사이에 있었던 일에 대해서요."

"아아, 그래."

그는 어디서 그 이야기를 들었냐고 묻지 않았다. 소희는 태훈과 자신의 관계를 이야기해야 하는 건지에 대해 고민했다. 하지만 곧 윤성이 이미 알고 있을 거란 생각이 들었다.

"저는……."

거기까지 말하고 소희는 입을 다물었다. 망설여졌다. 괜찮은 걸까. 이런 식으로 아는 체를 하며 끼어들어도 되는 걸까.

생각해 보면, 윤성과 소희는 아무 사이가 아니었다. 태훈과 윤성은 원래 친했던 사이니까, 태훈이 윤성의 일에 분노하거나 걱정해도 이상하지 않다. 하지만 윤성과 소희 사이에는 아무것도 없었다. 그저 소희가 윤성을 짝사랑하고 있을 뿐, 윤성에게 있어서 소희는 오가며 인사나 하는 후배일 뿐이었다.

"저는요, 선배님."

하지만 말하고 싶었다. 당신의 상황을 이해한다고, 그러니까 남들처럼 당신을 비난하지 않겠다고, 당신의 편이라고. 그렇게 말해 주고 싶었다.

"오해를 하고 있는 것 같아."

소희보다 먼저 윤성이 말했다. 무슨 말인가 싶어 윤성을 돌아봤다. 윤성은 여전히 시선을 아래로 떨어뜨린 채 말을 이었다.

"네가 무슨 말을 들었는지 모르겠지만, 네가 오해를 하고 있는 걸 거야. 나는 예진이를 사랑해. 그래서 예진이가 무슨 짓을 해도 그 애랑 함께 있고 싶은 거야. 그 애만 옆에 있으면 세상을 적으로 돌려도 상관없으니까, 그 애 곁에 있는 걸 선택한 거야."

예전에 들었다면 심장 부근이 욱신욱신 쑤셨을 것이다. 하지만 지금은 아무렇지도 않았다. 그건 아마 옆모습만으로도 느껴지는, 그의 괴로움 때문일 것이다.

"저는 어려서 제대로 사랑을 해본 적도 없고, 사랑에 대해서 잘은 모르는데요. 그런데 그건 알아요, 선배님."

"……."

"정말로 사랑을 하는 사람은, 그렇게 주문을 외우듯이 사랑한다는 말을 하지 않는다는 거."

카메라를 잡은 그의 손에 힘이 들어갔다.

"지금 선배님은 꼭 자기최면을 거는 사람 같아요. 저한테 하는 말이 아니라, 선배님 자신에게 들려주고 싶어 하는 것 같아요. 나는 주예진을 사랑한다, 나는 주예진을 사랑한다, 그렇게."

"설령 그렇다 해도, 네가 상관할 문제는 아닐 텐데."

그의 음성이 차가워졌다. 이번에는 욱신, 가슴이 아파왔다. 그가 던진 말은 사실이었기 때문이다.

"맞아요, 제가 상관할 문제는 아니죠."

침묵이 내려앉았다.

비참하게도, 무거운 침묵조차 그와 함께여서 좋은 마음을 앗아가지 못했다.

"사진 동아리, 그만둔 거 아니었어?"

그가 침묵을 깨뜨렸다.

"네, 그만됐어요."

"그럼 나가 봐."

그는 온 힘을 다해 소희를 밀어내려 하고 있었다. 소희는 미동도 하지 않았고, 그는 조금 더 세게 카메라를 움켜쥐었다.

"그만 나가 봐."

그가 한 번 더 말했다. 비명이 나오려는 걸 참는 듯, 억눌린 목소리였다. 그래서 소희는 다시 한 번, 그에게 자신이 얼마나 아무것도 아닌 존재인지를 깨달았다.

강윤성이 어떠한 상황에 빠져 있든, 소희가 아무것도 아닌, 타인이란 사실은 변하지 않았다. 그저 귀찮게 접근하는, 얘기 좋아하는 후배일 뿐이었다.

소희는 부끄러웠다. 그의 편이 되어 주겠다고, 그의 힘이 되어 주겠다고 들떠 있었던 자신이 어찌나 처량하고 한심한지, 웃음이 나올 지경이었다. 소희가 그의 편이 되어 주겠다고 해 봐야, 그에겐 아무런 가치도 없을 것이다. 그는 소희보다 태훈의 한 마디를 더 바랄지도 모른다.

아랫입술 안쪽의 살을 잘근잘근 깨물었다. 자신의 안일한 생각이 비참해서 눈물이 나올 것 같았다.

"깨물지 마."

그가 말했다.

"피나겠다."

소희는 홱 고개를 돌려 윤성을 쳐다봤다. 윤성의 시선은 여전히 아래를 향하고 있었다.

"왜 걱정해 주세요?"

"응?"

이번엔 윤성이 고개를 들어 소희를 쳐다봤다.

"나가라고 절 밀어내시면서, 제가 살을 깨무는 건 왜 걱정하세요? 귀찮은 후배가 피를 흘리든 말든 상관하지 마시지."

"아……."

"……죄송해요."

소희는 두 손으로 얼굴을 가렸다.

윤성에게 투정부릴 일이 아니었다. 그걸 아는데 마음이 제멋대로 움직여서 자제하기가 힘들었다.

"죄송해요, 선배님. 선배님한테 화낼 일이 아닌데."

윤성을 똑바로 볼 수가 없었다. 주예진보단 자신이 미치광이가 된 기분이다. 왜 이렇게 감정을 억제할 수가 없는 건지 모르겠다.

윤성은 난감한 표정을 감추며 소희를 응시했다. 자그마한 두 손안에 가려진 저 얼굴은 어떤 표정을 짓고 있을까. 울고 있을까. 화를 내고 있을까.

궁금했다. 가능하기만 하다면 그녀의 두 손을 잡아 옆으로 내리고, 그 귀여운 얼굴을 가까이서 들여다보고 싶었다. 그 얼굴을 똑바로 마주볼 수만 있다면, 이 마음 감추지 않고 바라볼 수만 있다면, 그 무슨 짓이라도 할 수 있을 것 같은 기분이었다.

'소희야. 제발…….'

소희를 어떻게 대해야 좋을지 알 수 없었다. 매정하게 대해야 한다는 것은 알고 있었다. 예진의 질투는 도를 넘어섰다. 눈인사만 하는 어색한 사이인 여자들조차도 질투하는 예진이었다. 그러니까 아예 말도 안 거는 사이가 되는 것이 소희를 위하는 방법이었다.

하지만 도저히 매몰차게 대할 수가 없었다. 있는 힘을 다해 매정하게 밀어낸 후에도, 걱정스러운 마음을 털어 낼 수가 없었다.

"이상한 관계라고 생각해요."

얼굴을 가린 채로 소희가 웅얼웅얼 말했다. 아까 하려다가 멈춘 말을 하기로 결심한 모양이다.

윤성은 듣고 싶으면서도 듣고 싶지 않았다.

아까처럼 차갑게 그만하고 나가라는 말을 하면 되는데, 입술이 떨어지지 않았다. 아까의 그 말도 굉장히 힘겹게 뱉어낸 말이었고, 그래서 진이 빠진 상태였다.

"선배님이랑 주예진 선배님 관계, 정말 이상한 관계라고 생각해요. 너무너무 이상한 관계고요, 그거 제가 상관할 일이 아니라는 것도 알아요. 그런데요. 그래도요, 저는…… 신경이 쓰여요. 오지랖이 넓거든요."

그녀의 솔직한 말에 하마터면 미소를 지을 뻔했다.

"너무 신경이 쓰이고, 그래서…… 선배님이 얼마나 고통스러울까, 그게 걱정이 돼서…… 그래서…….”

촘촘하게 붙어 있던 소희의 손가락이 벌어졌다. 그 사이로 소희의 동그란 눈이 드러났다. 소희는 손가락 사이로 빼꼼 윤성의 얼굴을 보며 말했다.

“전 선배님 편이에요.”

어떡하지?

역시 듣지 말았어야 했다.

소희의 말은 너무나 달콤했다. 밤도 없이 지독한 열기를 내뿜는 사막을 헤매다가 발견한 오아시스의 다디단 물. 마셔도, 마셔도 부족하게만 느껴지는 차가운 생명수처럼 달콤해서, 충동을 억제하기가 힘들었다.

안고 싶었다.

저 작고 가녀린 몸을 끌어안고, 그녀의 체온을 마음껏 느끼고 싶었다. 사랑한다고, 네가 얼마나 사랑스러운지 모른다고, 그렇게 속삭이고 싶었다. 오래전, 어리고 수줍어서 하지 못했던 이야기를, 잔뜩 해 주고 싶었다.

생각보다 먼저 뻗어 나가는 손을, 소희의 어깨에 닿기 전에 멈췄다. 그래도 나아가고 싶어 하는 손을 간신히 거둔 후, 크게 심호흡했다.

요동치는 마음을 가라앉혀야 했다. 반짝거리는 희망 때문에 술렁이는 마음을 짓밟아야 했다.

“난 내 편…….”

"가끔 문자해도 돼요?"

윤성의 말을 끊으며, 소희가 물었다. 소희는 이제 얼굴을 가리고 있던 손을 내리고, 윤성을 빤히 응시하고 있었다. 동그란 눈매 안에 갇힌 새까만 눈동자가 반짝반짝 빛났다.

"응."

그 눈동자에 매혹당해, 저도 모르게 대답했다.

"해도 돼."

뒤늦게 자신이 무슨 짓을 한 건지 깨달았다. 하지만 취소하기엔 늦었다.

"우와, 진짜요? 다행이다. 안 된다고 할까 봐 되게 걱정했는데. 고맙습니다."

고마울 일도 아닌데 순수하게 기뻐하며 감사 인사를 하는 소희에게, 이제 와서 안 된다는 말을 할 수가 없었다.

예진과의 삶이 너무 지독해서, 소희가 어떤 아이였는지 잠시 잊고 있었다. 소희는 그 거친 태훈에게도 눈을 동그랗게 뜨고 따박따박 대들 수 있는 당돌한 아이였다. 태훈도 어쩌질 못하는 소희를, 윤성이 이길 수 있을 리 없었다.

사랑하는 여자가 기뻐하는 모습을 무참히 짓밟을 수 있는 남자는 없다. 윤성 역시 마찬가지였다. 이러면 안 된다는 걸 알지만, 어떻게든 매정해져야 한다는 걸 알지만. 소희의 맑은 미소를 짓밟는 짓만큼은, 도저히 할 수 없었다.

"새벽 1시 이후에."

한숨 섞인 목소리로 소희에게 말했다.

"그 이후라면 문자해도 괜찮아."

새벽 1시 이후에만 가능하다는 것은, 그전까지는 계속 예진과의 시간이기 때문일 것이다. 그래도 상관없었다. 윤성에게 허락을 받았다는 것이 중요했다.

'내 마음, 들켰을까? 들켰겠지?'

대놓고 관심을 드러냈다. 윤성이 바보가 아닌 이상, 소희가 그에게 마음이 있다는 것을 눈치챘을 것이다.

'에이, 뭐…… 상관없어, 이젠.'

신경을 쓴다고 감출 수 있는 마음이 아니었다. 감출 수 있는 마음이었다면, 애초에 동아리방에 찾아오지도 않았을 것이다.

윤성이 예진을 사랑해서 사귀는 게 아니라는 걸 알게 되자, 그나마 억누를 수 있던 마음이 고삐 풀린 망아지처럼 날뛰었다. 어쩌면 '가능성'이 있을지도 모른다는 생각 때문일 것이다.

'너무 큰 기대는 하면 안 돼.'

들뜬 마음을 자제시키기 위해, 소희는 속으로 자신을 나무랐다.

'강윤성 선배가 주예진이랑 헤어질 리도 없고, 설사 헤어진다고 해도 날 좋아하게 되리란 법은 없어. 그러니까 혼자 북 치고, 장구 치고, 그러지 마. 딱 여기서 멈춰.'

4장

20살, 멈추지 않는

"멈춰, 라고 말한다고 멈춰진다면, 세상 어느 누구도 사랑 때문에 괴로워하지 않겠지."

*　　*　　*

허락을 받았다고 해서 선불리 문자를 보내진 않았다. 그렇게 쉬운 마음이 아니었다. '들켜도 상관없어.'라고 생각했지만, 진짜로 들키고 싶지는 않았다. 감출 수 있다면 끝까지 감추고 싶었다.

'짝사랑은 정말 힘들다.'

짝사랑은 감정의 소모가 너무 컸다. 진정해야지, 라고 생각하지만 하루에도 수십 번씩 감정이 오르락내리락했다. 윤성과 단

둘이 있었던 시간을 생각하면 기분이 좋다가도, 그를 가질 수 없다는 것을 생각하면 우울해졌다.

'아, 진짜 싫다.'

이럴 거면 차라리 화끈하게 고백해 버리고 차일까 싶기도 했다. 확실하게 차이고 나면 마음만큼은 편할지도 모른다.

'아니야. 주예진이랑 사귀는 게 어쩔 수 없이 사귀는 거라는 걸 알아버렸으니까, 그렇게 쉽게 마음이 접히진 않을 거야. 분명 난 또 기대하게 될 거야. 윤성 선배가 주예진이랑 헤어지고 나서 날 선택할지도 모른다고.'

어려운 관계였다.

차라리 태훈이 되고 싶었다. 태훈과 윤성의 관계 정도만 되었더라도, 그의 일에 팔 걷어붙이고 나설 수 있었을 것이다. 하지만 '상관없는' 사이인 소희가 그렇게까지 나설 수는 없었다.

'아, 진짜 누군가랑 의논할 수 있으면 좋겠는데.'

의논할 상대가 없었다. 태훈은 말할 것도 없고, 재현에게도 하기 어려운 이야기였다. 이상하게 재현에게는 윤성의 이야기를 꺼내기가 힘들었다. 윤성의 이야기를 꺼낼 때마다, 기이하게 빛나는 그의 눈빛 때문일지도 모르겠다.

'내가 너무 예민하게 생각하는 건가?'

재현은 아무 생각 없는데 지레 찔리는 마음에 과하게 받아들이는 것일지도 모르겠다.

"이따 과 모임 갈 거야?"

심리통계 수업 시간 내내 딴생각을 하고 있는데, 옆에 앉아 있던 성희가 물었다.

"과 모임?"

"응. 카페 확인 안 했어? 오늘 6시에 전 학년 모이라던데. MT랑 과 티 얘기한다고."

"으응, 그럼 가야겠네."

전 학년이 모인다는 이야기에, 윤성이 올까, 라는 생각을 먼저 했다. 4학년은 대부분 과 모임에 참석하지 않지만, 어쩌면 올지도 모르겠다는 생각을 했다. 아마 예진도 함께 올 것이다.

윤성을 봐서 좋은 것과 예진과 함께인 그를 봐야 해서 싫은 것. 둘 중 어느 마음이 더 큰지 모르겠다. 아마도 딱 반반일 것이다. 우울하지도, 너무 기쁘지도 않은 마음으로, 수업을 들었다.

수업이 끝나자마자 화장실로 향한 이유는, 오늘의 옷차림을 점검하기 위해서였다. 너무 추레하지는 않을까. 예진과 비교가 되진 않을까.

성숙한 외모의 예진은 늘 단정하지만 세련된 옷차림으로 다녔다. 블라우스에 정장 바지, 혹은 딱 달라붙는 H라인 스커트. 그에 비해 소희는 여전히 고등학생 때의 옷차림에서 벗어나질 못했다.

'아, 치마 입고 올걸.'

청바지에 후드 티셔츠 차림인 모습이 유독 어려 보였다. 안 그래도 키가 작아서 중학생이냐는 오해를 사는데, 오늘은 더 심하다.

'태훈이 오빠도 오려나?'

윤성과 예진의 이야기를 했던 그날 밤 이후, 태훈은 그 일에 대해 꺼내지 않았다. 사실 태훈을 볼 기회도 거의 없었다. 졸업을 앞둔 태훈은 취직 전에 더 즐겨야 한다며, 여기저기 놀러 다니느라 집에도 잘 안 들어왔다.

강의가 다 끝난 시간은 4시였다. 2시간의 비는 시간 동안 뭘 할까 하다가, 과 친구들 몇 명과 근처에 있는 중고서점에 가서 책을 사고 저녁을 먹기로 했다. 재현도 거기에 끼어 있었다.

"근데 있잖아."

자연스럽게 남자들은 남자들끼리, 여자들은 여자들끼리 걷게 되었다. 소희의 팔짱을 끼고 걷던 성희가 문득 생각났다는 듯 말을 꺼냈다.

"너, 재현이랑 사귀지?"

"엥?"

생각지도 못한 질문에 바보 같은 소리를 내며 성희를 쳐다봤다. 성희의 옆에 있던 다영이 끼어들었다.

"그래, 맞아. 나도 그거 진짜 물어보고 싶었어. 솔직하게 말해봐, 차소희. 너 재현이랑 사귀지?"

뒤에서 걷고 있는 남자들에게 들릴까 봐 걱정이 됐다. 소희는 흘긋 뒤를 확인했다. 재현은 늘 그렇듯 무뚝뚝한 표정으로 친구들과 대화를 하며 걸어오고 있었다. 이쪽의 이야기는 듣지 못한 것 같았다.

"아니, 안 사귀는데."

"안 사귀긴. 너네 진짜 매일 붙어 다니잖아. 다른 과 애들은 너랑 재현이랑 사귄다고 알고 있던데."

"나랑 재현이가? 아냐, 우리 그냥 친구야."

"말도 안 돼. 여자랑 남자 사이에 친구가 어디 있어?"

"어디 있긴. 연준이도 그렇고, 주혁이도 그렇고. 니들도 다 걔들이랑 친구로 지내잖아."

"그래, 친구로야 지내지. 하지만 우리가 걔네랑 매일 붙어 다니는 건 아니잖아. 그런데 너랑 재현이는 공강 시간에도 같이 있고, 저녁도 같이 먹고, 집에도 거의 매일 같이 가고."

"그거야 그냥 친하니까."

"에이, 아무리 친해도 그렇지. 야, 야. 솔직하게 말해 봐. 사귀는데 비밀로 하고 있는 거 아냐?"

"아니야, 절대."

소희가 딱 잘라 말했지만 다들 믿지 않는 눈치였다.

"정말이야. 진짜 사귀는 거 아냐. 재현이 혼삿길 막는 소리 하지 마."

"재현이 혼삿길이 막힐 일은 없겠지. 키도 크고 잘생겼는데, 애인 있다고 해도 고백하는 여자들 많을걸."

"그런 얘기가 있더라."

다영이 말했다.

“남자랑 여자랑 유독 친하게 지낼 수 있는 건, 어느 한쪽이 좋아하기 때문에 가능한 거래.”

“에이, 그런 거 아냐.”

소희는 과장되게 두 손을 휘저었다. 어느 한쪽이 좋아하기에 가능한 일이라니. 소희가 재현을 그런 의미로 좋아하지 않는 건 분명했다. 이미 짝사랑하는 사람이 있으니까. 그렇다는 건, 재현이 소희를 좋아하고 있다는 뜻인데.

‘아냐, 절대.’

아니라고 생각하고 싶었다.

소희는 재현을 이성으로 생각할 수가 없었다. 그럼 재현이 소희에게 품은 마음은 짝사랑이 되는 거고, 그 짝사랑이라는 게 얼마나 괴롭고 아픈지, 소희는 알고 있었다. 자신이 재현에게 그런 고통을 주는 사람이라고 생각하고 싶지 않았다.

‘절대로 아냐.’

하지만 한편으로 의문이 생겼다.

‘정말로 아닐까?’

친구들의 이야기를 듣고 나서 생각하니, 몇 가지가 마음에 걸렸다. 윤성의 이야기를 꺼낼 때 굳어지던 재현의 표정, 때때로 발견하는 다정하고 애틋한 눈빛, 오래전 윤성을 돌아보려는데 보지 말라고 했던 재현의 행동.

‘아냐, 그건 그냥 친구로서 걱정이 돼서 그런 거야.’

소희는 애써 의심을 떨쳐냈다. 재현의 마음을 왜곡하고 싶지 않았고, 그것 때문에 재현과 어색한 사이가 되고 싶지 않았다.

"아, 맞아. 나 그 얘기 들었어. 저번에 영어회화 시간에, 회화 같은 듣는 애가 있거든. 영문과 앤데."

영어회화는 여러 그룹으로 나뉘어서, 여러 과 학생들을 섞어 수업을 진행했다.

"걔 친구가 이번 학기 초에 재현이한테 고백했대. 그때 재현이가 거절해서 걔 친구가 자기한테 부족한 거 있냐고, 이상형 알려달라고, 뭐 그런 식으로 매달렸나 봐. 그랬더니 재현이가 그랬대. 자기 좋아하는 사람 있다고."

쿵—

심장이 내려앉았다.

'아니, 날 얘기한 건 아닐 거야.'

소희는 애써 그렇게 생각했다.

'다른 여자를 좋아하는 거겠지.'

하지만 재현은 그런 내색을 한 적이 없다.

'아니, 나도 재현이한테 윤성 선배 좋아하는 거 얘기 안 했잖아. 재현이도 그냥 짝사랑이라서 말 못 하는 걸지도 몰라.'

아랫입술 안쪽의 살을 잘근잘근 깨물었다. 동요한 것을 친구들이 눈치챌 것 같아서 걱정됐다.

"내가 봤을 땐 김재현이 널 좋아하는 것 같은데."

다영의 말에 소희는 애써 웃었다.

"에이, 아냐. 그런 거라면 벌써 말했겠지. 나 남자 친구도 없는데…….”

“아무래도 여러 가지로 걸리는 게 있나 보지. 재현이가 우리 또래에 비해선 좀 속이 깊은 편이잖아. 아, 군대 때문에 그런 거 아냐? 재현이도 내년쯤엔 군대 갈 테니까, 그거 마음에 걸려서 고백 못 하는 걸지도 몰라.”

소희는 친구들의 추측성 발언을 더 이상은 듣고 싶지 않았다. 하지만 반쯤은 장난스러운 그들의 대화를 정색하며 끊어 버릴 수도 없는 노릇이었다. 예민하게 반응하면 그게 더 진짜인 것처럼 보이니까.

“야, 책 살 사람만 들어가고 안 살 사람은 커피숍 가서 빙수 먹고 있자.”

고맙게도 뒤에서 오던 남학생의 말에 대화가 끊겼다.

“하여간 책들은 드럽게 안 읽어요.”

성희가 핀잔을 줬지만, 몇 명은 이미 커피숍에 가기로 결정한 모양이었다. 여학생들 중에도 몇 명이 커피숍에 가기로 했고, 결국 반 이상이 빠져나갔다.

“넌 빙수 안 먹어?”

남아 있는 재현에게 물었다. 재현이 소희 때문에 남았다고 다들 오해할 것 같았기 때문이다.

“응. 나 단 거 안 좋아하잖아.”

“아, 맞다.”

“그럼 아메리카노라도 먹으면 되지.”

다영이 떠보려는 기색이 역력한 말투로 말했다. 소희는 다영을 한 대 때려주고 싶었지만, 꾹 참았다.

"왜, 난 책 좀 사서 읽으면 안 되냐?"

"아니, 그런 말은 아니지만…… 정말 책 사려고?"

재현이 미간을 좁혔다.

"중고서점에서 책 안 사면 뭐하는데?"

"음. 데이트?"

"데이트라."

재현이 중얼거리며 오른쪽에 보이는 중고서점 입구로 시선을 던졌다.

"너 저기서 누구랑 데이트하기로 했냐? 빠져 줄까?"

"아니, 아니. 그런 건 아니고. 그냥 네가 누구누구랑 같이 있고 싶어서 그러는 줄 알았지."

"무슨 말을 하고 싶은 건지 모르겠는데."

재현은 진짜로 모르겠다는 표정이었고, 소희는 재현을 향해 속으로 파이팅을 외쳤다. 그때, 성희가 끼어들었다.

"김재현, 너 소희랑 같이 있고 싶어서 중고서점 선택한 거지?"

직구로 던진 질문에, 소희는 비명을 지를 뻔했다. 남아 있던 학생들이 모두 재현의 입술을 주목했다.

모두의 시선을 받으면서도 재현은 표정의 변화가 없었다. 평소와 같은 무심한 표정으로 재현이 고개를 끄덕였다.

"응, 들켰네."

너무 담담해서 진심인지, 농담인지 알 수 없는 대답이었다.

"그럼 이제 들어가도 되냐?"

"어? 아, 어……."

예상과 다른 반응에 당황한 성희가 고개를 끄덕였고, 재현은 어깨를 으쓱하곤 중고서점 입구로 들어갔다. 성희가 기가 막힌다는 듯 헛웃음을 흘렸다.

"저건 진심이야, 농담이야?"

"그러게. 소희를 좋아하는 게 아닌가?"

"좋아하면 저렇게 덤덤하진 않겠지?"

"그런데 잰 원래 저러잖아. 마음을 잘 감춘 거 아냐?"

"아무리 마음을 잘 감춰도 그렇지, 저건 너무 덤덤한데? 소희야, 미안하다. 재현이가 널 좋아하는 게 아닐지도 모르겠어."

성희가 소희의 어깨에 손을 턱 얹고 말했다. 소희는 황당하다는 표정으로 성희를 응시했다.

"그러게 내가 말했잖아. 쟤 나 안 좋아한다고."

*　*　*

깜짝 놀랐다.

무표정하게 책을 골랐지만, 심장이 여전히 두근거린다.

정말 깜짝 놀랐다.

'그렇게 티가 나나?'

티를 내지 않았다고 생각했다. 아직은 소희에게 이 마음을 드러낼 생각이 없다.

누군가를 사랑하게 되면 다른 사람은 눈에 들어오지 않는 법이다. 소희의 마음에는 이미 강윤성이라는 남자가 자리를 잡고 있었다. 이럴 때 고백을 해 봐야 바위에 달걀을 치는 것밖에 안 됐다. 얼마 전 윤성에 대해 이야기하던 소희의 표정으로 봐서는, 윤성은 거대한 바위였다.

'좀 더 시간이 필요해.'

일단은 안정적인 입장이 되어야 했다. 솔로라는 것을 빼고는 윤성을 이길 수 있는 게 아무것도 없었다. 군대도 다녀오지 않았고, 졸업도 멀었다.

'내년이면 강윤성도 졸업을 하겠지.'

눈에서 멀어지면 마음에서도 멀어진다는 말이 있다. 소희에게 윤성도 그런 존재가 되었으면 했다.

'나도 군대를 가겠지만…….'

소희와 재현은 특별히 멀어질 것도 없었다. 아직은 친구니까. 친구는 오래 안 본다고 해서 멀어지진 않으니까. 그래서 아직은 친구로 있어야만 했다. 소희가 이 마음을 알아서는 안 된다.

"재현아."

이름을 부르는 목소리에 심장이 쿵 내려앉았다. 소희가 이름을 불러 줄 때면 늘 이랬다.

"응?"

"책 골랐어? 애들 밥 먹으러 간대."

"아아. 응."

사실은 고르지 못했다. 딴생각을 하느라 책 내용이 뭔지 제대로 읽어보지도 않았다.

"이거 사려고?"

소희가 고개를 숙여 재현이 펼쳐 들고 있는 책의 제목을 확인했다. 아래서 빼꼼 올려다보는 모습이 귀여워서, 하마터면 머리를 쓰다듬어 줄 뻔했다.

"응."

"되게 어려운 걸 읽네."

이상하다는 듯 웃는 소희에게서 눈을 떼고, 들고 있는 책의 제목을 확인했다.

[한국 문화의 역사와 정책]

전혀 관심 없는 분야의 책이었다. 다행히 중고책이라 가격은 저렴했지만, 읽지도 않을 책을 사야 한다는 생각에 속이 쓰렸다. 다른 친구들은 계산대에서 계산을 하고 있었다.

"넌 뭐 사게?"

소희와 계산대로 향하며 물었다.

"난 이거."

소희는 외모와 안 어울리게도 공포소설만 골라왔다.

"공포물 좋아했냐?"

"웅. 엄청. 특히 피가 철철 흐르는 게 좋아."

"그런 걸 왜 좋아하는지 모르겠네."

"엄청 재미있어. 특히 조조로 공포영화 보면, 상영관에 아무도 없을 때가 있거든. 그럴 때 혼자 캄캄한 곳에 앉아서 영화 보면 정말 기분이 짜릿해."

"약간……."

"변태 아니거든?"

소희가 재현의 말을 가로채며 옆구리를 쿡 찔렀다. 재현은 작게 웃으며 소희의 팔목을 잡았고, 그 순간 뒤를 돌아보는 다영과 눈이 마주쳤다. 다영은 자기가 본 광경에 놀란 듯 눈을 크게 떴다가, 곧 '그래, 역시.'라는 표정으로 눈을 가늘게 떴다.

'설마…….'

들통 난 건 아니겠지?

불안했다.

친구끼리 장난치며 손목을 잡을 수는 있다. 과 친구들 중에는 친한 사이에 팔짱을 끼고 다니는 아이들도 있었다. 그러니까 이건 절대로 이상한 일이 아니다.

'내가 지금 어떤 표정을 짓고 있지?'

문제는 표정이었다.

재현은 원래 웃음이 별로 없었다. 뭘 봐도 잘 안 웃었고, 친구들과 놀면서도 웃는 일이 거의 없었다. 하지만 소희와 있을 때는 늘 웃고 있는 자신을 발견하게 된다. 그래서 주의하려고 했지만, 그게 마음먹는다고 되는 일이 아니었다.

소희는 귀엽고 사랑스러워서, 보고 있으면 저절로 미소가 지어졌다.

아니나 다를까. 입가의 근육이 풀려 있었다. 서둘러 표정을 갈무리했지만, 다영은 이미 자기 혼자 결론을 내리고 시선을 돌린 후였다. 다영이 눈치챈 것은 확실했다.

'큰일이군.'

눈치챘다면 어쩔 수 없지만, 소희의 귀에는 들어가지 않았으면 했다.

카페에 있던 아이들과 합류해 닭갈비를 먹으러 갔다. 언제나 소희의 옆에 앉았던 재현이지만, 이번만큼은 잠시 서서 다들 자리를 잡기를 기다렸다. 다영의 옆에 앉을 필요가 있었다.

당연한 듯 소희의 옆에 앉으려는 다영의 등을 툭 쳤다. 다영이 왜 그러냐는 듯 재현을 올려다보다가 곧 짓궂은 미소를 지었다. 재현은 한숨을 삼키며 턱으로 끝자리를 가리켰다.

"저기 가자."

"그려."

다행히도 다영은 거절하지 않았다. 소희가 의아한 듯 재현을 돌아봤다.

"재현아, 어디 가?"

"끝자리. 중간은 답답해."

안 해도 되는 설명을 덧붙였다. 다영이 옆에서 헤실헤실 웃고 있는 게 느껴졌다.

끝자리라고는 해도 다영과 단둘이 앉은 것은 아니었다. 다른 친구들도 있었고, 그래서 적당한 순간을 잡을 수가 없었다. 다만 다영이 '그' 주제로 대화를 꺼내지 않는 것에 만족했다.

맛있어서 자주 오는 닭갈비 가게지만, 오늘은 무슨 맛인지도 모른 채 입에 밀어 넣었다. 반쯤 먹었을 때, 다영이 벌떡 일어났다.

"아, 맞다. 영수증 챙겼어야 됐는데. 나, 중고서점 갔다 올게. 같이 가, 김재현."

다영이 두 손으로 재현의 팔을 잡아 일으켰다. 누가 봐도 어색한 연기였지만, 아무도 이상하게 생각하지 않았다. 다영이 원래 막무가내로 행동하는 경향이 있었기 때문이다.

"나한테 할 말 있지?"

가게를 나오자마자 다영이 물었다. 재현은 한숨을 삼키며 다영의 짧은 머리카락을 내려다봤다.

"없어."

"없긴. 똥 마려운 개처럼 안절부절못하더만."

"표현을 해도 참…… 더럽게 한다, 너."

"자, 말해 봐. 입 다물어 달라는 말이라면, 대가를 톡톡히 치러야 할 거야. 공짜로 들어줄 순 없어. 내가 입이 엄청 가볍거든."

"……군대 갔다 와서 고백할 거야."

"왜? 소희 마음 바뀔까 봐?"

바뀌고 뭐고 할 마음도 없었다. 이 마음은 일방통행일 뿐이다.

“소희한테 짐 지우기 싫어. 나도 불안할 것 같고.”

“그래, 넌 생각이 깊은 놈이기는 하지. 그런데 너 군대 가 있는 동안 다른 놈이 소희를 홀라당 채가면 어쩌냐? 소희, 귀엽잖아. 인기도 많고.”

“군대 갔다 오면 뭐라도 할 수 있어. 하지만 지금은 안 돼. 누가 채갈 것 같다고 걜 가둬 둘 순 없는 거잖아.”

“에이, 재미없게.”

“그러니까 비밀로 해 줘.”

“알겠어. 뭐, 나도 누가 누구 좋아한다고 나불나불 떠들긴 싫으니까. 근데 만약에…… 소희가 너한테 좋아한다고 고백하면 어쩔 거야? 그땐 받아 줄 거야?”

다영의 입에서 나오는 꿈같은 이야기를 들으며, 재현은 고개를 저었다.

“그럴 일은 절대 없어.”

* * *

윤성과 예진은 과 모임에 나오지 않았다. 큰 기대를 하지 않았다고 생각했는데, 의외로 기대하고 있었던 모양이다. 그가 보이지 않아 서운한 한편 안심했다. 예진과 함께인 그의 모습, 그리고 그를 향한 사람들의 냉혹한 시선을 보지 않아도 됐기 때문이다.

모임은 커다란 강의실에서 2시간 동안 진행이 되었다. 과 티 디자인을 먼저 정하고 2학기 전체 MT에 대한 내용이 주였다. 여러 번 투표 끝에 결정한 과 티 디자인은 촌스러웠고, MT는 참석하지 않아도 참가비를 내야 한다고 해서 공분을 샀다.

회의가 끝난 후 회식을 했다. 이미 친구들과 밥을 먹어서 배가 불렀지만, 선배들과 함께하는 자리에 빠질 수는 없었다. 삼겹살을 깨작거리다가 선배가 따라 주는 술을 마시고, 그러다 보니 10시가 넘었다.

"집에 가고 싶어?"

옆에 앉아 있던 재현이 작은 목소리로 물었다.

"응. 너무 졸려."

"그럼 일어날까?"

"선배들 아직 안 갈 것 같은데, 괜찮으려나?"

"화장실 가는 척해. 짐 들고 따라 나갈게."

"괜찮겠어?"

"안 괜찮을 건 없지."

재현이 무뚝뚝하게 대답했다. 소희는 잠시 재현의 얼굴을 바라보다가 조용히 일어났다. 다들 술을 마시느라 정신이 없어서 소희의 행동에는 주목하지 않았다.

소희가 먼저 나가고 5분쯤 있다가 재현이 소희의 가방을 챙겨 들었다. 시선이 느껴져서 돌아봤더니, 저 끝에 앉은 다영이 엄지를 척 올리는 것이 보였다. 재현은 살짝 미간을 좁히고 서둘러 고깃집을 나왔다.

"고마워, 재현아."

"별말씀을."

소희의 말에 재현이 가볍게 대꾸했다. 소희가 가방을 달라고 손을 내밀었지만, 재현은 주지 않았다.

"들어줄게."

"그거 무거울 텐데."

"그러니까."

당연하다는 듯 소희의 가방을 어깨에 걸쳐 멘 재현을 보자, 아까 성희와 다영이 했던 이야기가 떠올랐다.

'설마…… 아니겠지? 하여간 걔들은 괜히 쓸데없는 말을 꺼내서는.'

의식을 해서인지 재현을 평소처럼 대하기가 어려웠다. 그러고 보면 아까 닭갈비 가게에서 재현의 행동도 이상했다. 재현은 늘 소희의 옆자리에 앉곤 했는데, 아까는 다영의 옆에 앉았다. 무슨 할 이야기라도 있었던 걸까.

전철엔 사람이 많지 않았지만, 앉을 자리는 없었다. 중간쯤에 서서 가는데 한 자리가 비었다.

"앉아."

"아냐, 네가 앉아."

평소라면 날름 앉았을 텐데 그럴 수가 없었다. 그렇게 서로 겸

양을 떠는데, 어느 아주머니가 와서 앉아 버렸다. 둘은 서로를 마주 보고 웃음을 터뜨렸다. 아주머니가 기분 나쁜 듯 쏘아봤지만, 개의치 않았다.

긴장하고 있던 것이 싹 사라졌다. 친구들 말에 휘둘려서 괜히 의식했다. 재현은 변한 것이 하나도 없는데.

재현과 헤어져 집으로 들어와 씻고 누웠다. 오늘도 집엔 아무도 없었다. 이모와 이모부는 무척 바쁜 듯했고, 태훈은 놀러 다니느라 집을 자주 비웠다.

조용한 공간에 혼자 있노라니 윤성이 생각났다. 친구들과 있을 때는 간간이 생각나는데, 혼자 있을 땐 정말이지 폭발적으로 생각하게 된다. 머릿속을 꽉 채워서, 이러다가 어떻게 되는 게 아닐까 걱정스러울 정도였다.

"하아."

윤성이 예진과 사귀는 이유가 무엇이든, 변한 것은 하나도 없었다. 여전히 짝사랑 중이고, 고백할 수 없는 일방통행의 마음.

짝사랑을 해서 괴로워하고 속상해하는 친구들을 이해할 수 없었던 때가 있었다. 고등학교 때, 옆 반 남자애를 좋아하는데 그 애가 다른 여자애를 좋아한다며 울던 친구가 있었다. 그땐 그저 막연히,

'사귄 것도 아닌데 저렇게 울 일인가.'

라는 생각을 하곤 했지만, 지금에 와서야 그 친구의 마음을 이해할 수 있었다. 말할 수 없어서 갑갑하고, 갑갑해서 아프다. 그

와의 사귐을 상상하며 즐거워하는 시간은 아주 잠깐. 그럴 수 없다는 현실이 더 크게 다가와 심장이 지끈, 지끈, 지끈, 지끈.

소희는 오른손으로 왼쪽 가슴 위를 꾸욱 눌렀다.

때때로 이쪽 심장이 터질 듯 아파진다.

'문자, 보내볼까? 슬슬 새벽 1시가 되어 가는데. 지금은 보내도 되겠지?'

휴대폰을 손에 쥐고 한참 고민을 하다가 문자를 썼다.

[선배님.]

거기까지 쓰고 멈췄다.

무슨 얘기를 해야 할까. 아, 그래. 과 모임.

[오늘 과 모임에 안 오셨더라고요. MT 이야기가 나왔는데 다음 주 금요일에 강촌으로 간대요. 선배님도 오실 건지 궁금해서 문자 드려요.]

그렇게 써놓고 틀린 단어는 없는지, 문장이 이상하진 않은지, 너무 오지랖으로 보이진 않을지, 한참 동안 문자 내용을 살펴봤다. 그리 긴 문장도 아닌데 하나하나 마음에 안 들어서, 썼다가 지웠다가 썼다가 지우기를 여러 번 반복했다.

전송 버튼을 누른 것은, 문자를 처음 쓰고 1시간이 지났을 때였다.

* * *

드르륵.

테이블 위에 엎어놓은 휴대폰이 진동했다.

총에 맞은 사람처럼, 윤성은 움찔 몸을 떨었다.

동아리방에서 소희에게 문자를 해도 된다고 이야기한 지 며칠이 지났다. 그때부터 매일 새벽 1시가 지나고 나면 소희의 문자를 기다리게 되었다.

올까, 정말로 문자가 올까. 뭐라고 올까. 무슨 얘기를 할까.

여러 가지 상상을 하고 기대를 했다. 하지만 오늘은 아니다. 오늘만큼은 문자가 오면 안 됐다.

새벽 1시 40분. 다른 때라면 혼자 있을 시간이지만, 오늘은 예진이 유독 집에 들어가기 싫어했다. 어쩔 수 없이 24시간 커피숍에 앉아 시간을 보내는 중이었다.

그런데 문자가 왔다.

이런 시간에, 아니, 다른 시간이라도 윤성에게 문자가 오는 일은 없었다. 온다고 해 봐야 광고 문자 정도였다. 새벽 1시가 넘어서 스팸 문자가 오는 일은 없으니, 아마도 소희의 문자일 것이다.

윤성의 손보다 먼저 예진의 손이 휴대폰에 닿았다. 예진은 무슨 생각을 하는지 알 수 없는 표정으로 휴대폰을 가져가 문자를 확인했다. 무표정하게 문자를 읽은 예진이 윤성에게 휴대폰을 내밀었다.

'소희한테 온 게 아닌가.'

안심한 것도 잠시. 소희에게 온 문자가 맞았다.

"이 번호, 차소희 번호 맞지?"

"응?"

"차소희. 저번 학기에도 너한테 문자 보냈었잖아."

"아아."

저번 학기 법과 사회 그룹 모임 때문에 문자가 온 적이 있다. 그때 번호를 외워둔 모양이다.

"글쎄. 번호가 기억이 안 나는데."

"아마 맞을 거야. 걔도 참 이상하네. 이런 시간에 문자를 보내고."

"그러게."

"애가 어려서 그런가? 예의를 몰라."

"그러게."

"답장 보내 주지그래?"

"굳이 안 보내도 될 것 같은데."

"왜? 궁금해하잖아. 궁금해서 잠 못 자다가 전화까지 걸면 어쩔래?"

"그럴 일은 없을 거야."

윤성의 대답에 예진이 피식 웃었다.

"그럴 일은 없을 거라고? 네가 그 애를 그렇게 잘 알아?"

"……그런 뜻이 아니라는 거 알잖아."

"글쎄, 잘 모르겠는데."

예진이 커피가 반쯤 남은 머그잔을 손가락 끝으로 톡톡 두드렸다.

"우리도 MT 가자."

"뭐?"

"내년이면 졸업이잖아. 우리한테는 마지막 MT가 될 텐데, 가자. 대학교에서의 마지막 추억을 즐겨야지."

"예진아."

윤성은 짜증이 드러나지 않도록 노력하며 차분하게 말했다.

"4학년이 무슨 MT를 가. 후배들 불편하니까 우리는 빠지는 게 나아."

"가는 애들 꽤 있을걸. 취직 정해진 애들은 가는 것 같던데."

"우린……."

"우리도 가자. 난 어차피 취직 안 할 거고, 넌 성적 좋으니까 어떻게든 취직할 수 있잖아. 가서 마지막으로 즐겁게 놀다 오자."

즐겁게 놀자고?

윤성은 묻고 싶었다.

정말 즐거울까? 넌 이러는 게 즐겁니?

하지만 묻지 않고 휴대폰을 꽉 쥐었다.

"예진아. 제발 날 곤란하게 하지 마."

"곤란하게 하다니. 그냥 너랑 같이 마지막으로 대학 생활을 즐기고 싶은 거야. 여자 친구를 위해서 그 정도도 못 해줘?"

"……."

"얼른 그 애한테 답장 보내. 내가 딴생각하기 전에."

이렇게까지 나오면 예진의 뜻대로 해 주는 수밖에 없었다. 무슨 말을 해도 예진이 들어 주지 않으리라는 것을, 윤성은 알고 있었다.

"답장 내용은…… 음. MT 갈 거야. 강촌에서 보자. 이렇게 보내면 되겠지."

예진이 말하는 대로 문자를 썼다. 전송 버튼을 누르며, 소희가 답장을 보내지 않기를 간절히 바랐다. 예진이 손을 내밀었다. 휴대폰을 달라는 뜻이다.

"어머. 얘, 네 답장 기다리고 있었나 보다. 벌써 답이 왔어."

예진이 휴대폰을 손에 쥐자마자 휴대폰이 울렸다. 문자를 확인한 예진이 서늘한 미소를 지으며, 윤성에게 휴대폰을 돌려줬다.

[와, 선배님도 오시는군요! 정말 기쁩니다. 그럼 다음 주에 봬요.]

입안이 바싹 말랐다. 예진이 소파에 등을 기대고 다리를 꼬며 중얼거렸다.

"걔, 정말 웃기는 애네. 애인 있는 남자라는 거 뻔히 알면서 그렇게 추파를 던지다니."

"추파라니……."

의미 없이 부정을 해봤지만, 예진의 입가에 머문 미소는 사라지지 않았다. 윤성은 섬뜩함을 느끼며 시선을 옆으로 돌렸다.

역시 동아리방에서 좀 더 매몰차게 굴었어야 했다. 소희가 아무리 사랑스럽고 귀여워도, 어떻게든 끊어냈어야 했다.

햇살처럼 싱그러웠던 지영이 떠올랐다. 그리고 학교를 떠나기 전 마지막으로 본 그녀의 증오에 찬 눈동자도 떠올랐다. 창백한 얼굴로 비틀거리며 떠나는 그녀에게선, 더 이상 햇살 같은 싱그러움을 찾아볼 수 없었다.

'소희는…… 그렇게 되면 안 돼.'

아마 그렇게 될 일은 없을 것이다. 그 전에 태훈이 막아 줄 테니까.

'하지만 태훈이가 때를 놓치면…… 그땐…….'

식은땀이 등줄기를 타고 흘러내렸다. 손가락 끝이 차게 식었다.

'난 대체 어떻게 해야 되는 거지?'

새벽 3시가 되어서야, 예진이 말했다.

"슬슬 일어날까?"

"그래."

예진은 소희에게서 문자가 온 적 없다는 듯 평소처럼 행동했다. 커피숍을 나서며 윤성의 팔에 팔짱을 낀 예진이 말했다.

"우리 이번 주말에 에버랜드 가자. 날씨도 좋은데."

"그럴까."

"기억나? 우리 처음 사귀었을 때. 중간고사 끝나고 얼마 안 돼서 에버랜드 갔었잖아."

"아아, 그랬지."

똑똑히 기억하고 있었다. 그때만 해도 예진은 평범한 여대생이었다. 에버랜드에 맞는 복장을 하겠다며 어린아이처럼 상큼한 옷을 입고 왔었다. 빨간색 체크무늬 원피스에 와인색 둥근 페도라, 리본이 달린 굽 낮은 구두.

"너무 나잇값 못 했나?"

그러면서 배시시 웃던 예진이 귀여워서 웃었더니, "웃지 마."라며 달려들었었다. 그래, 그때만 해도 평범한 연인이었다.

'내가 주예진을 이렇게 만들었어.'

희주가 살아 있었더라면 예진이 이렇게 변하지 않았을 것이다.

'그날 차라리 내가 죽었으면 좋았을 텐데.'

하루에도 수십 번씩 하는 생각.

'내가 죽었으면 문지영도 그런 일을 당하지 않았을 텐데.'

물을 무서워한다는 사실을 사귀는 여자에게 들키고 싶어 하지 않았던 어린 날의 허세 때문에, 너무 많은 사람들이 상처를 받았다. 어리석다는 것을 알면서도 자꾸만 생각한다.

'20살 그 봄에, 내가 예진이의 고백을 받아 주지 않았더라면

좋았을 텐데.'

*　　*　　*

강의가 끝나고 다음 강의를 위해 서둘러 복도를 걸어갈 때였다. 맞은편에서 예진이 걸어오고 있었다. 혼자인 예진을 보는 건 처음이었다.

철렁.

심장이 내려앉은 것은, 새벽에 보낸 문자 때문이었다. 설마 본 건 아니겠지? 그것 때문에 날 만나려고 여기에 온 건 아니겠지?

무심코 고개를 돌리자 옆에 있는 재현이 보였다. 재현이 함께 있어서 조금 안심이 됐다.

"소희야. 오랜만이다."

예진이 생긋 웃으며 아는 척을 했다.

"안녕하세요, 선배님."

소희가 꾸벅 인사하자 예진이 소희의 어깨를 가볍게 쳤다.

"선배님은 무슨. 그냥 언니라고 불러도 돼."

소희는 예진을 물끄러미 응시했다. 고양이 같은 눈매, 오뚝한 코, 하얀 피부. 가까이에서 봐도 참 예쁜 사람이다. 이렇게 예쁜 사람이 그런 끔찍한 짓을 저질렀다는 것을 믿을 수가 없었다.

예진을 아는 학생들이 구경거리라도 생긴 듯 이쪽을 쳐다보는 게 느껴졌다. 하지만 예진은 그들의 시선을 신경 쓰지 않았다.

"어제 우리 윤성이한테 문자 보냈더라."

'우리'라는 단어를 묘하게 강조하며, 예진이 말했다.

"MT도 챙겨 주고, 고마워. 안 그래도 이제 졸업이라서 뭔가 추억을 쌓을 만한 게 있었으면 좋겠다고 생각하는 중이었거든."

"그러시군요."

"그런데 좀 서운하더라. 윤성이만 챙기고, 나는 안 챙겨 주고. 나한테도 좀 알려 주지."

"제가 선배님 번호를 몰라서요."

"그래? 그럼 내 번호 알려 줄게."

예진의 번호를 저장하고 싶지 않았지만, 그러면 윤성이 곤란해질 것 같아서 휴대폰을 꺼냈다. 예진이 불러 주는 번호를 저장했다. 예진은 소희의 번호를 저장할 생각이 없는 듯, 소희에게 물어보지 않았다.

'아니, 어쩌면 이미 내 번호를 알고 있을지도 몰라.'

그렇게 생각하자 괜히 소름이 끼쳤다.

"앞으로는 윤성이한테 할 말 있으면 나한테 문자 보내면 돼. 나, 하루 종일 윤성이랑 같이 있으니까."

"네에."

"애인 있는 남자한테 문자 보내는 거, 너도 좀 그렇지?"

비아냥거리는 듯한 말투였다. 그제야 소희는 정신을 차리고 예진을 똑바로 응시했다. 갑자기 달라진 소희의 눈빛에 예진은 조금 당황한 듯했지만, 곧 빙그레 미소 지었다. 모르는 사람이 봤다면 굉장히 상냥하고 달콤한 미소라고 생각했을 것이다.

“왜 그렇게 봐? 혹시 너, 우리 윤성이한테 관심 있니?”

뭐라고 대답하든 예진은 소희가 윤성에게 관심이 있다고 생각할 것이다. 실제로 그게 사실이기도 하고.

‘어쩔까.’

소희는 잠시 고민한 끝에, 속마음을 감추고 배시시 웃었다.

“그럴 리가요. 선배님처럼 예쁜 여자 친구가 버티고 있는데, 제가 어떻게 강윤성 선배님께 다른 마음을 품겠어요.”

“예쁘게 봐줘서 고마워. 너도 귀여워.”

“감사합니다, 선배님.”

“그래. 나 이제 곧 졸업이라서 너랑 나쁜 사이 되고 싶지 않거든. 괜히 내가 오해할 만한 행동은 하지 말아 줘.”

“네, 그럴게요. 실례했습니다. 저, 다음 강의 때문에 가 봐야 할 것 같아요.”

“응, 가 봐. 잘 가. 또 보자.”

대답하지 않고 허리를 똑바로 펴고 걸었다. 재현도 말없이 소희의 옆을 지켰다.

예진의 시선이 등 뒤로 따라붙었다. 단지 문자를 한 통 보낸 것뿐인데 이런 반응이라니. 정말 섬뜩한 여자다.

‘저런 여자구나.’

이제야 상대할 사람이 확실하게 눈에 들어온 기분이 들었다.

그저 윤성의 힘이 되어 주고 싶다는 안일한 생각으로 다가갈 문제가 아니었다.

'문자까지 다 검사를 하는 모양이지?'

자유가 없이 살고 있는 윤성을 생각하자 가슴이 욱신 아팠다. 짝사랑을 하고 있다고 힘드네, 어쩌네 생각해 왔던 자신이 한심스러울 지경이었다.

"앞으로는……."

재현의 목소리가 들려왔다.

"저쪽 일에 신경 쓰지 않는 게 좋을 것 같은데."

재현이 정면을 응시한 채로 말했다. 소희는 재현의 팔꿈치를 살며시 잡았다. 재현이 움찔하며 소희를 내려다봤다.

"재현아. 나, 강윤성 선배님을 좋아해."

재현을 올려다보며, 소희는 처음으로 솔직하게 말했다.

"나, 사실 지난 학기 초부터 쭉 강윤성 선배님을 좋아했어. 짝사랑을, 하고 있어."

재현의 미간에 깊은 주름이 생겼다. 그의 검은 눈동자가, 일렁, 움직였다. 상처를 입은 듯한 눈빛이어서, 소희는 또 어제의 일을 떠올릴 수밖에 없었다.

"내가 봤을 땐 김재현이 널 좋아하는 것 같은데."

그래, 이제 인정하자.

어쩌면 재현은 소희를 좋아하고 있는지도 모르겠다. 소희처럼 재현도 '짝사랑'을 하는 중일지도. 그렇다면 더욱 분명히 해야만 했다. 모르는 척 재현에게 상처를 줄 수는 없었다.

"그래, 알고 있어."

재현이 시선을 다시 앞으로 향하며 중얼거렸다.

"응, 그럴 것 같더라."

"그래도 그 선배는 이미 애인이 있어."

"하지만……."

"뭐라고 포장을 하든, 그 선배가 선택한 거야. 그 선배가 그 여자와 함께하는 걸 선택했고, 그 여자가 하는 짓들을 눈감아 주기로 선택했어."

"응, 맞아."

"주예진은 쉬운 여자가 아냐. 완전히 미쳐 버린 여자는 상대하기 쉽겠지. 하지만 저렇게 반쯤 이성이 남아 있는 여자는, 힘들어."

"응, 알아."

"태훈 선배님이나 내가 널 하루 종일 지켜 줄 수도 없어. 여차하면 너도…… 문지영이라는 사람처럼 될지도 몰라."

"걱정해 줘서 고마워, 재현아."

소희를 걱정하는 재현의 진심이 전해졌다.

"오늘 아침까지만 해도 쉽게 생각하고 있었어. 그냥 윤성 선배의 힘이 되어 주고 싶다고. 어차피 졸업하면 못 보는 사이가 되니까, 요 몇 개월 만이라도 윤성 선배의 편이 되어 주고 싶다고."

"그래."

"좀 전에 주예진을 마주하면서 알았어. 내가 얼마나 바보같이 생각했는지. 그렇게 쉬운 마음으로 다가갈 상황이 아니었어. 교수님들도 문제가 있다는 걸 아는데도 어쩌질 못하고 있는 상황이니까."

"네가 강윤성을 구하겠다고?"

"응."

재현이 소희를 향해 고개를 돌렸다.

"그게 가능하다고 봐? 네가 아무리 그 사람 손을 잡아서 끌어내도, 그 사람이 버티고 있으면 아무것도 바뀌지 않아."

"나는 갈등의 순간에 늘 그런 생각을 해."

"어떤 생각?"

"10년 후 지금을 떠올렸을 때, 나는 후회를 할 것인가, 하지 않을 것인가."

"……."

"온 힘을 다해서 윤성 선배의 손을 잡아당길 거야. 그렇게 하지 않으면 10년 후의 나는, 분명 지금을 떠올리며 후회할 테니까."

재현은 어깨가 들썩거릴 정도로 크게 한숨을 내쉬었다. 커다란 손으로 소희의 머리를 쓱쓱 쓰다듬으며, 재현이 말했다.

"그래, 네가 하고 싶은 대로 해. 도움이 필요하면 말하고."

*　　*　　*

태훈은 대학 친구들과 어울리는 것을 즐기진 않지만, 휴가 나온 친구의 술자리에는 늘 참석했다. 이제 말년 휴가를 나온 친구와 아직 대학에 남아 있는 동기들, 이미 졸업한 동기 몇 명. 이렇게 열 명이 모였다.

별생각 없이 마시고 떠드는데, 아직 대학에 남아 있는 동기가 말했다.

"아, 그러고 보니 아까 주예진이 또 한탕 했다?"

'주예진'이라는 이름에 전보다 예민해질 수밖에 없는 건, 바보 같은 소희 때문이었다. 무심한 척 귀를 기울였다.

"왜, 왜? 또 누가 강윤성 건드렸다고 지랄해?"

"아니, 갑자기 과대한테 자기들도 MT 갈 거라고 선언하더라. 어찌나 당당하신지."

"헐. 진짜? 야, 그 사람 4학년 아냐?"

"맞아. 이제 곧 졸업인데 과 MT에 굳이 참석을 하시겠대."

"그래서? 과대는 뭐래?"

"뭘 뭐라겠냐. 4학년은 안 된다는 법도 없고, 그 계집애 속 긁었다가 뭔 꼴을 당하려고. 알겠다고 했지, 뭐."

"아, 간만에 MT 가는데 분위기 진짜 안 좋겠네."

"그러게 말입니다. 걔넨 우리 과 카페 가입도 안 했는데, MT 가는 건 어떻게 알아가지고 참가한다고 했는지 모르겠다."

"어디서 주워들었겠지."

술잔을 손에 쥐고 가만히 듣던 태훈은, '어디서'가 어디인지 알 것 같았다. 확실하진 않지만 어쩌면 소희가 윤성에게 알렸는지도 모른다. 그걸 예진이 알게 되었고, 그래서 무리하게 MT에 참가하려는 걸지도 모르겠다. 아니, 거의 확신했다.

태훈의 눈동자가 차갑게 가라앉았다.

소희가 윤성을 사랑한다고 솔직하게 말했을 때부터, 뭔가 달라지리라는 것을 예감하고 있었다. 윤성이 졸업할 때까지 그저 지켜만 보는 것은, 소희답지 않은 일이었다.

소희는 겉으로 보이엔 적당히 내성적이고, 적당히 소심해 보이지만, 사실은 무서울 게 없는 아이였다. 갖고 싶은 건 반드시 손에 넣고, 하고 싶은 건 반드시 해내는, 무서운 아이.

예진이 지영에게 했던 짓을 소희에게도 할까 봐 걱정이 되는 것보단, 소희가 예진에게 무슨 짓을 할까 봐 걱정됐다. 소희가 갖고 싶은 것을 갖기 위해 예진처럼 변해가는 걸 보고 있을 수는 없었다.

'이 계집애를 진짜!'

아직 벌어지지도 않은 일이 눈앞에 환히 그려져서, 태훈은 술잔을 내려놓고 벌떡 일어났다.

"간다."

"야, 어디 가."

"아직 초저녁이야!"

친구들이 붙잡았지만 돌아보지 않고 가게에서 나왔다. 늘 이래왔으니 다들 그러려니 할 것이다.

택시를 잡아타고 집으로 향했다. 오후 8시, 소희가 집에 있을 시간이었지만 집엔 아무도 없었다.

* * *

얼마나 앉아 있었을까.

휴대폰이 울렸다. 윤성의 전화였으면 좋겠다고 생각하며 휴대폰을 꺼냈다. 태훈에게서 걸려온 전화였다. 어째서인지 신경질적으로 울리는 듯한 느낌이 들어서, 받지 않고 다시 주머니에 넣었다.

휴대폰은 울리고, 끊기고, 또 울리기를 반복했다. 집에 돌아가면 어마어마하게 혼날 것이다. 그래도 소희는 받지 않았다.

이번에는 문자가 왔다.

[이 계집애야. 당장 집에 와!]

태훈의 목소리가 바로 옆에서 들려오는 것 같았다. 무시했다.

선선한 가을바람이 머리카락을 스치고 지나갔다. 눈을 감으니, 촉촉한 흙내음이 올라와 후각을 자극했다. 바람에 스치는 나뭇잎 소리, 팔랑팔랑 떨어진 이파리가 소희의 머리카락을 스치고 지나갔다.

날씨 참 좋다.

이런 날에 사랑하는 사람과 손을 잡고 산책을 할 수 있으면 좋겠다. 주고받는 대화가 없더라도, 손끝으로 전해지는 상대의 체온에 행복을 느끼겠지. 그렇게 걷다가 한 번씩 마주 보고 웃고, 또 걷고. 그러면 세상 끝까지 걸어갈 수 있지 않을까.

사랑하는 사람과 함께 있으면 아무것도 하지 않아도 시간이 빨리 흘러갈 거야. 너무 빨라서 아쉽고, 헤어지기 싫고, 그래서 사람들은 결혼을 하는 거겠지. 계속 함께 있고 싶어서.

"소희야."

기다리고 있던 목소리가 들려와서, 소희는 눈을 떴다. 고개를 돌리자 그곳에 윤성이 서 있었다. 이 순간이 올 것을 알고 있었다는 듯한 소희와 달리, 윤성은 놀란 표정이었다.

그럴 만도 했다.

시간은 흐르고 흘러 벌써 새벽 1시 20분. 아무리 동네 사람들이 자주 찾는 근린공원이라지만, 새벽 1시가 넘어 인적 드문 벤치에 혼자 앉아 있는 아가씨는 드물었다.

"여기서 뭐해?"

"선배님을 기다렸어요."

어째서인지 윤성의 얼굴에 울 것 같은 표정이 떠올랐다가 사라졌다.

"언제부터?"

윤성은 차마 다가올 수 없다는 듯 가만히 서서 물었다.

"조금 전부터요."

몇 시간이 흘렀는지 모르겠어요. 선배님을 기다리는 시간은 유독 짧게 느껴지거든요.

라는 말은 하지 않았다.

윤성은 잠시 머뭇거리다가 다가왔다. 소희를 피해서 쌓인 낙엽을 내려다보다가, 손바닥으로 그것을 털어 내고 그녀의 옆에 앉았다.

"기다린 지 한참 됐구나."

소희는 대답하지 않았다.

"내가 안 올 수도 있었어."

"오실 것 같더라고요. 오늘은."

"이런 시간은 위험해. 여긴 사람도 잘 안 오는 곳이야."

"하지만 선배님이 오시잖아요."

윤성은 곤란한 듯 미간을 좁혔다. 어째서 이 여자는 이렇게나 달콤한 소리를 하는 걸까. 기대하고 싶어지게끔.

"요새 날씨가 참 좋아요."

소희는 고개를 한껏 뒤로 젖혀 하늘을 올려다봤다. 구름 없는 밤하늘엔 드문드문 별이 빛나고 있었다. 서울 근교로만 나가도 흘러내릴 듯 많은 별이 반짝일 것이다.

그곳에 윤성과 함께 갈 수 있으면 좋겠다고 생각했다. 같이 가요, 라는 말을 어렵지 않게 꺼낼 수 있는 사이라면 좋을 텐데.

"응, 가을이니까."

윤성의 낮고 부드러운 목소리가 좋았다. 그가 대답을 해 주는 것만으로도, 소희는 만족했다.

"작년 이맘때는 수험생이라서 다들 공부에 지쳐 있었는데요. 친구들끼리 뭉쳐서 학원 땡땡이치고 놀이공원에 갔었어요."

"재미있었어?"

"네. 몰래 노는 거라서 그런지 더 재미있더라고요. 사진도 잔뜩 찍고, 맛있는 거 잔뜩 사 먹고, 무서운 놀이기구도 엄청 타고. 그리고 집에 와서 엄청 혼났어요."

볼에 시선이 느껴졌다. 슬그머니 시선을 돌리자, 이쪽을 빤히 응시하는 윤성의 눈이 보였다. 윤성은 마치 금방이라도 사라질 환상을 주시하는 사람처럼, 정신없이 소희의 얼굴을 보고 있었다.

'왜 저렇게 보지?'

이상하게 생각하면서도 소희는 계속해서 말했다.

"그때 친구들이랑 약속했었어요. 수능만 끝나면 아주 미친 사람들처럼 놀러 다니자고. 1초도 집에서 쉬지 말고, 여기저기 다 돌아다니자고. 그런데 막상 수능이 끝나고 나니까, 맥이 쭉 빠지는 것이…… 전 같지 않더라고요. 학교 근처로 쇼핑을 가도, 수능 보기 전처럼 즐겁지 않고. 그냥 그랬어요."

"그래. 원래 못 하게 하는 걸 할 때가 더 간절한 법이니까."

"네, 맞아요. 주위에서 못 하게 하면 꼭 반발 심리 때문에 더 하려고 들고, 못 하게 하는 그것이 유독 반짝거리게 느껴지고…… 그렇더라고요."

소희도 얼굴을 돌려 윤성을 마주 봤다.

윤성의 하얀 얼굴, 예쁜 모양의 눈썹, 기름한 눈과 오뚝한 코, 새빨간 입술. 이제는 눈을 감아도 또렷하게 그려낼 수 있는 그의 얼굴을, 소희는 물끄러미 응시했다.

"다들 못 보게 했어요."

"응?"

무슨 말이냐는 듯 살짝 옆으로 기울이는 그의 고갯짓조차도, 소희는 좋았다.

"다들 선배님을 보지 말라고 했어요. 눈도 마주치지 말라고, 생각도 하지 말라고, 관심을 주지 말라고, 이름도 떠올리지 말라고. 그렇게 강요했어요."

무슨 말을 하려는지 깨달은 듯 윤성이 인상을 찌푸렸다. 그의 입술이 벌어졌지만, 소희는 그의 말을 막으며 계속해서 말했다.

"그래서 오히려 보게 되고, 생각하게 되고, 관심을 갖게 됐어요. 처음엔 눈을 돌린 곳에 선배님이 존재하는 줄 알았는데요, 그게 아니더라고요. 제 눈이 늘 선배님을 찾고 있었어요."

"소……."

"부풀어 올랐어요. 여기에 담긴 게."

소희는 윤성의 말을 끊으며, 자신의 가슴 위를 톡톡 두드렸다.

“선배님은 여자 친구가 있으니까, 어떤 사정이 있든, 여자 친구가 있기는 있으니까. 그러니까 접으려고 했어요. 그래서 꾹꾹 밟아 눌렀거든요. 터지든, 접히든, 사라지기를 바라면서. 그런데 안 접혀요, 선배님.”

“소희야…….”

“이게 아무리 노력해도 안 접혀요. 터지지도 않아요. 오히려 더 커지고 단단해져서…….”

“소희야!”

윤성의 음성이 커졌다.

더는 하지 말라는 듯, 그는 이제껏 지은 적 없던 단호한 눈으로 소희를 노려봤다. 그 이상 말하지 마, 더는 아무 말도 하지 마. 그의 새까만 눈동자가 그렇게 경고하고 있었다.

어제의 소희였다면 그의 눈빛에 상처를 받고 그만두었을 것이다. 하지만 오늘은 달랐다. 오늘 낮에 일부러 찾아온 주예진을 마주하는 순간, 윤성에게서 자유를 빼앗은 그녀를 보는 순간, 소희의 감정을 가로막고 있던 거대한 벽이 부서졌다.

“선배님이 좋아요.”

윤성의 경고를 무시하고, 소희는 말했다. 윤성의 눈이 경악, 혹은 당황으로 커졌다. 소희는 입가에 은은한 미소를 머금고 윤성을 향해 손을 뻗었다.

“사랑하고 있어요.”

오랫동안 밖에 있어서 차가워진 소희의 손이 윤성의 손 등 위에 겹쳐졌다. 윤성은 그것을 뿌리쳐야 한다는 걸 알고 있었다. 매몰차게 뿌리치고 일어나서 가버려야 한다. 소희의 입에서 나온 믿어지지 않는 고백. 저 놀라운 고백. 염원하고 소망하던 순간이지만, 그것을 받아들여서는 안 됐다.

하지만 윤성은 그것을 다 알면서도, 움직일 수가 없었다.

달콤했다. 절대 있을 수 없는 일이라 생각했던 그 순간이 실제로 다가오자, 온몸이 녹아버릴 듯 달콤하여 꼼짝도 할 수가 없었다. 호흡조차 제대로 할 수 없고, 눈도 깜빡일 수 없었다.

정말일까? 지금 이 순간에 벌어지고 있는 일들이 실제일까? 꿈은 아닐까? 너무나 원하고 바라서 일어난 환상은 아닐까?

그렇다면 움직이지 말자. 조금만 더 솜사탕처럼 달콤한 이 순간을 누리자.

그렇게 생각하며 가만히 소희를 응시했다.

소희의 동그란 눈이 반달 모양으로 가늘어졌다. 손등 위에 있던 그녀의 손이 천천히 위로 올라와 윤성의 뺨에 닿는 순간, 윤성은 이 모든 것을 현실로 받아들일 수 있었다.

"숨 쉬어도 돼요."

소희가 말했다.

"눈 깜빡여도 되고요."

마음을 들킨 것 같아, 얼굴이 붉어졌다.

이 순간, 오래도록 짝사랑했던 첫사랑에게 고백을 받는 이 기적 같은 순간. 윤성의 머릿속엔 소희뿐이었다. 주예진이라든가,

주희주라든가, 문지영이라든가…… 윤성을 괴롭히던 모든 것들이 원래부터 존재하지 않았던 것처럼 깨끗이 사라졌다.

윤성은 그저 소희만을 보고, 느꼈다.

"나는…… 소희야. 나는……."

키스하고 싶다.

내가 사랑하는 사람이 나를 사랑하고 있다.

그걸 알게 되자, 그동안 억누르고 있던 수십 개의 욕심과 욕망이 터지듯 밀려 나왔다.

소희의 작은 몸을 끌어안고, 정신없이 입을 맞추고 싶었다. 도톰하고 붉은 입술은 무척이나 달콤할 것이다. 저 부드러운 입술을 머금고 싶었다. 가느다란 목덜미를 쓰다듬고, 그리고……

"여자 친구가 있어."

윤성은 간신히 정신을 차릴 수 있었다.

"네 마음은 잘 알겠는데, 난 여자 친구가 있어."

자신의 목소리가 한심할 정도로 떨리고 있다는 것을, 윤성은 깨달았다. 하지만 표정만큼은 차갑게 유지하려 애썼다.

"응, 알아요."

소희의 입가에 번진 미소는 사라지지 않았다.

윤성이 그 무슨 말을 해도 상처받지 않겠다는 듯. 당신이 아무리 밀어내려 해도 밀리지 않겠다는 듯.

"선배님한테 여자 친구가 있는 거, 알고 있어요."

"그래."

"그 여자 친구가 어떤 사람인지도 알고 있고요."

"그 애가 어떤 사람이든, 난 그 애랑 헤어지지 않을 거야. 나는……."

"헤어지라는 말 안 해요. 걱정 마세요, 선배님."

소희의 손바닥은 여전히 윤성의 볼에 머무르고 있었다. 윤성은 그조차 매몰차게 떼어낼 자신이 없어서, 가만히 그녀의 손길을 받아들였다. 아아, 어쩌면 이렇게 부드러울까.

"괜찮아요. 저는 그냥 이렇게 말할 수 있으면 돼요. 가끔 이렇게 볼 수 있으면 되고, 가끔 선배님의 목소리 들을 수 있으면, 그걸로 만족해요."

지끈—

진심 어린 소희의 고백에 가슴이 아파왔다. 소희에게 말해 주고 싶었다.

나도 마찬가지라고. 나도 오래전, 널 처음 본 순간부터 늘 그렇게 생각해 왔다고. 고백하지 못했던 수줍은 마음 꽁꽁 감추고, 널 볼 수 있으면 된다고, 가끔 얘기할 수 있으면 된다고, 그렇게 생각했다고.

그리고 지금도 역시 그렇게 생각한다고. 아니, 그때보다 더 절실히 너를 원하고 있다고. 어찌나 원하는지, 모든 걸 다 모르는 척 버리고 네 손을 잡아끌어 어디든 도망치고 싶다고.

그렇게 말하고 싶었다.

"가끔씩 이렇게 만날 수만 있으면 돼요, 선배님."

"소희야."

"그거 아세요?"

"……."

"선배님이 제 이름 불러 주는 거, 정말 좋아요. 두근거려요, 정말로."

"……하아. 소희야. 나한텐 예진이가 있어. 난 그 애를 떠날 수 없어."

볼에 닿았던 소희의 손이 떨어져 나갔다. 윤성은 심장이 떨어져 나가는 듯한 느낌을 받았다. 소희는 자기 허벅지 위에 다소곳이 손을 겹쳐 올리고 정면을 응시했다. 달콤한 말을 속삭인 적이 없다는 듯이.

이런 상황이 되기를 바랐는데, 정작 이런 상황이 되니 아쉬웠다. 윤성은 바보 같은 자신의 소망을 비웃으며 소희에게서 눈을 떼었다. 보면 만지고 싶어지니까, 만지면 갖고 싶어지니까.

"그만 들어가야겠어요."

소희가 일어났다.

"그래."

"그 전에 말씀드리고 싶은 게 있는데요."

소희가 윤성의 앞에 와서 섰다. 윤성은 고개를 숙이고, 앞에 보이는 작은 운동화를 응시했다.

"목숨을 구해 줬다고 해서 그 사람의 인생을 가질 수 있는 건 아니라고 생각합니다. 목숨을 구함 받았다고 해서 죄인이 되는 것도 아니고요."

천천히 고개를 들었다. 소희는 아무 감정 없는 얼굴로 윤성을 내려다보고 있었다.

"만약 목숨을 걸고 타인의 목숨을 구해 줬다는 이유로, 그의 인생을 다 가지려고 든다면…… 그건 선의가 아니라 악의라고 생각해요."

"예진이 동생은 날 구하다가 죽었어."

소희가 옅은 미소를 지었다.

"네. 그건 그분이 선택한 일이죠. 저는 목숨을 구함 받은 선배님께도 선택할 기회는 분명 있다고 생각해요. 만약 누가 목숨을 걸고 구해 줬다는 이유로 선택조차 하지 못하고 살아야 한다면…… 차라리 죽는 게 낫지 않은가요?"

매일 하던 생각이었다.

차라리 그때 내가 죽었더라면.

소희는 담담하게, 윤성이 미처 꺼내지 못했던 속마음을 대신 말해 주었다.

"누군가 목숨을 구해 줬다는 이유로 평생 내 주장 없이 노예처럼 살아야 한다면…… 차라리 구해 주지 않는 게 낫지 않은가요?"

산 자의 투정처럼 들릴까 봐서, 어느 누구에게도 말할 수 없었던 이야기. 그래도 너는 살아 있잖아, 그 애는 죽었는데 넌 살았잖아. 그런 말을 들을까 봐 가슴속에 묻어뒀던 이야기를, 소희는 아무렇지도 않게 꺼내 흘려보냈다.

앞날이 창창한 한 소년의 목숨을 대가로 살게 된 삶이기에, 그 소년의 누나에게, 어머니에게, 아버지에게 바쳐야 된다고 생각하고 있었다. 그 삶이 지독히 답답하고 괴로워도, 그들을 위해 희생해야 한다고 여기며 심장을 단단히 만들었다.

그렇게 괴로울 때마다 한 겹, 고통스러울 때마다 두 겹, 둘러싸던 벽들이 푸스스, 소리를 내며 허물어지기 시작했다.

어린 날 사랑했던 소녀가, 이제 더 많이 사랑하게 된 한 여인이, 두 눈 똑바로 고정시키고 말해 주었다.

"지금 선배님이랑 주예진 선배님은 무언가 잘못되어 있어요. 서로가 서로를 위해 희생하고 있다고 생각하겠지만, 아니에요. 그 관계에서 희생된 사람은 한 명. 주예진 선배님의 동생뿐이에요."

냉정하지만 옳은 말이었다.

"미안함과 슬픔과 증오를 이겨내기 위해, 두 분은 그저 서로의 발목을 붙들고 징징거리고 있을 뿐이에요."

콰아앙—

소희는 심장 주위의 벽을 커다란 망치로 두들겨댔다. 누구도 깨지 못할 줄 알았던 두꺼운 벽이 순식간에 허물어져 부스러기가 되었다.

"다 아는 이야기일 텐데, 버르장머리 없이 참견해서 죄송합니다. 그럼 정말로 가 보겠습니다."

소희는 깊이 허리를 숙여 인사했다. 느릿한 그 행동이 마치 잡아달라고 하는 듯 보였다. 윤성은 손을 올렸지만 손끝이 소희의 팔에 닿기 전에 거둬들였다.

다시 허리를 편 소희는 그럴 줄 알았다는 듯 미소 짓고는 돌아섰다. 짙은 어둠이 그녀를 감싸 완전히 삼켜 버릴 때까지, 윤성은 조용히 그녀의 뒷모습을 바라보았다.

*　　*　　*

현관문을 열고 들어갔다. 신발을 벗기도 전에 어디선가 등장한 태훈이 소희의 팔을 낚아챘다.

"신발 좀 벗자!"

"강윤성이랑 같이 있었지?"

태훈이 으르렁거리듯 물었다.

"그래, 같이 있었어."

소희의 담담한 대답에 태훈의 표정이 어두워졌다. 소희가 바락바락 대들지 않는다는 건, 소희의 안에서 뭔가 변화했다는 뜻이다. 그리고 변한 소희는, 태훈도 어떻게 할 수가 없다.

신발을 벗고 들어온 소희가 먼저 소파로 향했다. 태훈이 그 어떤 질문을 해도 두렵지 않다는 듯이 당당하게. 태훈은 어금니를 꽉 깨물고 거칠게 그녀의 뒤를 따라갔다.

"차소희."

짐짓 무겁게 이름을 불렀지만, 소희의 눈빛엔 변화가 없었다. 역시 위험한 상태다. 소희는 이미 마음을 정했다.

"넌 강윤성 못 가져."

"그런 건 해 봐야 알지."

"말했잖아. 주예진이 문제가 아니라고. 중요한 건 윤성이 형 마음이야. 윤성이 형은, 절대로 주예진 못 떠나."

"그것도 두고 봐야 알지."

"너 진짜!"

태훈은 마음을 가라앉히려 애썼다. 크게 심호흡을 한 후, 소희와 눈을 맞췄다. 속쌍꺼풀이 깊은 동그란 눈매 안에 갇힌 새까만 눈동자는, 더 이상 어린 소녀의 눈빛이 아니었다. 사랑을 하는 여인의 눈빛이, 눈동자를 채우고 있었다.

귀여워서 괴롭혀 주고 싶은 동생으로만 생각했던 소희에게서 여인의 향기가 물씬 풍겨와, 태훈은 당혹스러웠다. 얘가 언제 이렇게 큰 걸까?

사랑을 하는 순간을 기점으로, 소녀는 여인으로 변하는 모양이다.

사랑을 하는 여자가 무서워진다는 것은, 태훈도 이미 알고 있었다. 그렇다면 여기서 더 소희를 말려봐야 변할 것은 없다. 다만 소희의 마음이 사랑이란 이름으로 포장된 집착으로 변하지 않기를 바랄 뿐이다.

"난 MT 안 갈 거야."

머릿속에 떠올렸던 수많은 질책을 거두고, 다른 이야기를 꺼냈다.

"난 MT 같은 거 안 가. 4학년이 전체 MT에 참여하는 경우, 거의 없어. 그런데도 주예진이 거기에 간다는 건, 그 여자가 뭘 노리고 있다는 거야."

"응, 그렇겠지."

"난 너 때문에 일부러 거기까지 갈 생각 없어."

"누가 오랬나."

"울며불며 매달려봐라. 내가 도와주나."

"울며불며 매달리지 않을 거거든요."

"어휴, 하여간 예쁜 구석은 찾아볼 수가 없어요."

소희가 헤시헤실 웃으며 태훈의 옆에 바짝 다가앉았다. 소희는 작은 머리를 태훈의 어깨에 기댔다. 태훈은 으이그, 하면서도 한 팔로 소희를 보듬어 안았다.

고양이처럼 태훈의 품에 안긴 소희가 말했다.

"오빠야. 나 아직 어리잖아. 이제 막 20살이 되었는걸."

"그래."

"그러니까 조금만 더 철딱서니 없이 행동할게. 조금만 더 하고 싶은 대로 하고, 해 보고 싶은 거 하고, 그럴게. 한 살, 한 살, 나이가 들면 그것조차 쉽지 않을 테니까."

"그래."

소희가 무슨 말을 하고 싶은지, 태훈은 알고 있었다. 이러니저러니 해도 소희나 태훈이나 진중하고 엄한 집안에 태어났다. 이런 집안에 태어나면, 그 힘을 이용할 수 있는 만큼 희생해야 하는 것들도 많았다.

소희가 제멋대로 사랑을 하고 제멋대로 친구를 사귈 수 있는 것도 이때뿐이다. 시간이 흐르고 나면 소희는 아마도 집안에서 적당하다고 정해 준 남자와 선을 보고, 연애를 하고, 결혼을 해야만 할 것이다. 반드시 그래야만 하는 건 아니지만, 어디서 굴러먹다 왔는지 모를 남자를 데리고 왔다가는 발도 들이지 못하고 쫓겨날 것이 뻔했다.

그러니까 자유를 누릴 수 있을 때, 해 보기도 하고 절망해 보기도 하고 싶은 거겠지.

소희가 거기까지 생각하고 있을 줄은 몰랐던 태훈이기에, 깊은 한숨을 내쉬며 소희의 머리를 쓰다듬었다.

'그래도 만약에 네가 정말 사랑하는 사람을 데리고 온다면, 그 사람도 너를 마음 깊이 사랑한다면…… 집안에서 뭐라고 해도 나는 네 편이 되어 줄게.'

5장

20살, 꺾인 사랑

"그 말 알지? 심연을 들여다보면, 심연 또한 당신을 들여다보고 있다는 말. 그날, 주예진을 앞에 뒀을 때, 내 안에 무언가가 흘러들어왔던 거야. 아니, 역시 이건 변명이려나?"

*　　*　　*

거슬린다.

"현현현현현! 여기로 패스해!"

농구 동아리 동기의 외침을 들으면서도 제대로 패스할 수 없는 것은, 시선 때문이었다. 거슬리는 시선이 하나 있었다.

"야, 김재현! 어디에 정신을 팔고 있는 거야?"

볼을 뺏겼다. 동기의 투덜거림보다 시선 때문에 짜증이 났다. 무시하자.

시선은 20분쯤 전부터 재현을 향하고 있었다. 누구의 시선인지는 알고 있다. 구경하러 나온 사람들 사이에 섞여 있지만, 한 번에 시선의 주인공을 발견할 수 있었다.

주예진.

저 여자가 여기는 왜 온 걸까?

연습 경기가 끝나고 재현은 땀을 닦으며 체육관으로 향했다. 경기 중에는 거칠게 욕설을 내뱉던 친구들이지만, 경기가 끝나자 아무 일도 없었다는 듯 장난을 걸어왔다.

"야, 저거 다들 너 보러 온 애들이겠지?"

"얘랑 우리랑 다를 게 뭐야? 왜 유독 김재현만 인기가 있는 거야?"

"타고 났잖냐, 이 번쩍거리는 얼굴."

"개기름 때문에 번쩍거리는 거지, 뭐."

친구 한 놈이 재현의 턱을 잡고 흔들며 부러움을 여실히 드러냈다. 늘 있는 일이기에 귀찮지도 않았다. 다만 등 뒤로 따라붙는 시선의 주인공이,

"재현아."

이렇게 말을 걸어올까 봐 거슬렸던 것이다.

재현의 팬들 중 한 명이라고 생각하며 돌아본 친구들의 표정이 순식간에 굳었다.

농구부 선배 중에 CC인 선배가 있는데, 그 선배의 여자 친구가 문지영이라는 사람과 친했다고 들었다. 그래서인지 그 선배는 유독 주예진 이야기를 많이 했고, 그 때문에 농구부원들에게 주예진은 공공의 적이 되어 버렸다. 심리학과 학생들보다 농구부원들이 주예진을 더 싫어할 것이다. 아니, 비슷하려나.

"김재현."

재현이 못 들은 척하자, 예진이 다시 한 번 재현의 이름을 불렀다. 친구들은 불쾌함을 감추지 않고 재현의 옆구리를 쿡 찔렀다.

"저 여자가 너 부르는데?"

예진에게 들릴 만한 목소리였다. 재현은 예진이 어떤 표정을 짓고 있을지 궁금했다. 아마 아무것도 못 들었다는 듯 미소 짓고 있으리라.

재현은 걸음을 멈추고 뒤를 돌아봤다. 예상대로 예진은 환영받는 사람처럼 부드러운 미소를 짓고 있었다.

"같이 있어 줄까?"

친구 한 명이 적대감 어린 시선을 감추지 않고 물었다. 재현은 가볍게 고개를 저었고, 친구들은 무슨 일 있으면 소리를 지르라는 말을 남기고 체육관 안으로 들어갔다.

소리를 지르라니.

친구들의 배려가 조금 웃겼다.

주예진이 아무리 미쳐 있다지만 이런 곳에서 기관총을 쏴대진 않을 것이다. 아니, 기관총을 쏘면 소리를 지르기도 전에 죽겠지.

"뭡니까?"

"아무리 그래도 네 선배인데, 너무 딱딱한 거 아냐?"

"부드러운 걸 원하신다면 그쪽 애인이나 만나시죠."

"싸우자고 온 거 아냐."

재현은 예진과 긴 대화를 나누고 싶은 생각이 없었다. 일단 저쪽에서 하는 이야기를 들어보기로 결심하고, 가슴 앞에서 팔짱을 끼었다. 예진은 재현을 물끄러미 올려다보다가 말했다.

"최근에 소희가 우리 윤성이한테 따로 연락하는 거, 알고 있니?"

대답하지 않았다. 예진은 잠시 시간을 뒀다가, 재현이 대답할 생각 없다는 것을 깨달았는지 말을 이었다.

"어린 마음에 잘생긴 선배를 동경하는 거, 있을 수 있다고 생각해. 하지만 한두 번도 아니고, 그렇게 여러 번 연락을 해오면 애인인 내 입장에선 좀 불쾌해."

"그래서요?"

"소희, 네 여자 친구 맞지?"

예진은 오해를 하고 있었다. 재현은 그대로 놔두는 편이 나을 것 같다고 생각했다.

"여자 친구 관리 좀 잘해 줬으면 좋겠네. 여자 친구가 이 남자, 저 남자 찌르고 다니는 거, 너한테도 좀 곤란하지 않겠어?"

"……."

"지금이야 어리니까 다들 눈감아 주지만, 내년에 신입생들도 들어오고 그러면 달라질 거야. 문지영이라는 애 소문을 들었는지 모르겠는데, 그 소문이 어떻게 퍼져있든, 그 애가 문란했던 건 사실이야. 소희도 괜히 그런 소문 나지 않게 관리 잘해."

"지금 협박하는 겁니까?"

"협박이라니. 충고하는 거야. 이 남자, 저 남자에게 꼬리……앗!"

쾅―

재현은 주저 없이 예진의 멱살을 잡아 벽에 밀어붙였다. 이런 식으로 나올 줄은 몰랐는지, 예진은 겁에 질린 눈으로 재현을 올려다봤다.

재현은 차갑게 식은 눈으로 예진을 내려다보며 말했다.

"한 번만 말할 거니까, 잘 들어. 첫 번째, 소희는 문란하지 않아. 그런 소문이 난다면 그건 당신이 흘리는 소문이겠지. 만약 그런 소문이 난다면 난 당신을 가만 놔두지 않을 거야. 두 번째, 당신이 문지영에게 한 짓 알고 있어. 그 짓을 소희에게까지 하려고 하면, 당신은 먼저 내 손에 죽을 거야. 세 번째."

재현은 뿌리치듯 예진을 놔주었다. 그 힘에 밀려 예진이 털썩, 바닥에 주저앉았다. 자신에게 벌어진 일을 믿을 수 없다는 듯 꼼짝도 않는 예진에게, 재현이 느린 어조로 말했다.

"난 강윤성이 아니야. 당신이 몸에 휘발유를 뿌리고 죽겠다고 날뛰어도, 난 신경 안 써. 오히려 라이터를 던져 주겠지."

예진의 얼굴이 하얗게 질렸다.

"당신이 목숨을 걸고 협박할 수 있는 상대는, 당신을 소중하게 여겨 주는 사람뿐이지. 그 사람을 좀 더 아껴 주는 게 좋을 거야. 목을 움켜쥐고 휘둘러봤자, 목덜미가 잡힌 사람은 도망치고 싶어질 뿐이니까. 방금, 나한테 잡혀 있던 당신처럼."

말을 끝낸 재현은 아무 일도 없었다는 듯 뒤로 돌아섰다. 예진이 꼼짝도 않고 노려보는 것이 느껴졌지만 돌아보지 않았다. 저런 여자 따위, 아무래도 좋다.

'날 협박해?'

조소가 흘러나왔다.

저런 여자에게 매여 있는 강윤성이 우습고, 그런 강윤성을 사랑하는 소희가 우습고, 그런 소희를 사랑해서 하지 않아도 될 말을 해 버린 자신도 우스웠다. 아름답고 찬란해야 할 20대의 첫사랑이 이토록 지저분하고 끔찍한 것이 우스워서, 입가에 서리는 조소를 지울 수가 없었다.

'그 인간을 감싸 주는 말을 하다니.'

강윤성이 싫었다.

저런 여자 따위, 죽든 살든 내버려 두면 그만이다. 저 여자의 동생이 강윤성을 구하다가 죽었다고 해서, 강윤성이 저 여자의 노예로 살아갈 필요는 없었다. 감사하는 마음을 품고 살아가면 그만이다.

그걸 못해서 저런 여자가 만든 감옥에 갇혀 버둥거리는 그 남자가 싫었다. 그 감옥 안에서 소희의 마음을 다 가져가 버린 강윤성이 얄미워서 견딜 수가 없었다.

그런데도 감싸 주고 말았다.

그 남자를 놓아주라고, 그 남자의 목덜미를 움켜쥔 손에서 힘을 빼라고, 말해 버렸다.

강윤성이 감옥에서 풀려나자마자 소희가 그의 손을 잡을 걸 알고 있다. 그걸 아는데도 그가 족쇄를 벗어나길 바라는 이유는,

'소희가 행복해하겠지.'

소희가 웃을 테니까. 그 동그란 눈을 가늘게 접고 행복하게 웃을 테니까.

'빌어먹을. 내가 언제부터 이렇게 희생정신이 투철했다고.'

체육관 안에 있는 샤워실에서 샤워를 하고 나왔다. 젖은 머리를 수건으로 대충 말리고 있는데, 친구가 물었다.

"그 여자가 왜 보자고 한 거야?"

"그러게."

두루뭉술하게 대답하며 대화하고 싶지 않다는 기색을 비쳤지만, 친구는 쉽게 놓아주지 않았다.

"뭐래? 너한테 마음 있대?"

"그럴 리가."

"그럼?"

"친구 관리 잘하래."

"친구 관리?"

"내 여자 동기들이 자기 애인한테 접근하지 못하게 하라더라."

소희의 이름을 꺼낼 수는 없었다. 강윤성에게 어떤 과거가 있든

지 그는 안 좋은 소문의 중심이었다. 소희가 그런 남자에게 관심을 보인다는 소문이 돌게 할 수는 없었다.

"별일이 다 있네. 네가 심리학과 지킴이도 아니고, 왜 너한테 그런대냐?"

"그러게."

"진짜 이상한 여자네."

친구는 미심쩍어하면서도 더 이상 캐묻지 않았다. 아마 이 일은 더 크게 부풀어 여기저기 퍼질 것이다. 주예진의 소문 따위, 아무래도 상관없다. 소희만 거기에 휘말리지 않으면 된다.

30분 후에 다음 강의가 있기 때문에, 서둘러 옷을 갈아입고 체육관을 벗어났다. 다른 선배들이 주예진에 대해 물어볼까 봐 더 서둘렀다.

'소희는 어디 있으려나.'

동아리에 가입하지 않은 소희는, 재현이 농구를 할 때면 다른 친구들과 어울렸다. 대체로 성희나 다영과 시간을 보냈는데, 다영이 쓸데없는 소리를 하지 않았기만을 바랐다.

학생회관 쪽으로 급히 걸어가는데, 뒤에서 누군가 어깨를 툭 쳤다. 주예진일지도 모른다는 생각에 인상을 찌푸리고 돌아봤다. 생각지 못한 인물이었다.

"와우, 무서운데?"

"안녕하세요."

"뭘 그렇게 인상을 구기고 돌아다녀? 무서워서 말도 못 걸겠네."

무섭기는 당신이 더 무섭다는 말을 삼켰다. 말을 건 사람은 태훈이었다.

태훈이 입고 있는 검은색 정장은 그와는 잘 어울렸지만, 학교와는 조금도 어울리지 않았다. 태훈은 키가 188cm인 재현보다 조금 작은 정도였고, 어깨도 넓었다. 그래서인지 정장을 입은 모습이 멋진 회사원 같다기보다는, 조직 쪽 사람처럼 보였다.

"멋지게 입으셨군요."

일단은 인사치레를 했다. 태훈은 피식 웃으며 앞머리를 뒤로 쓸어 넘겼다.

"내가 옷발이 좀 받지."

"네에."

"바로 수업 있냐?"

"네, 20분 후에."

"과목이 뭔데?"

"심리 통계학이요."

"아, 심통. 그거 어차피 출석 2교시에 부르니까, 잠깐 얘기 좀 하자."

거절은 거부한다는 태도였다. 재현은 어쩔 수 없이 태훈의 뒤를 따랐다.

태훈은 주차장으로 가서 시가 1억이 넘는다는 검은색 외제 차 앞에 멈췄다. 턱으로 조수석을 가리킨 태훈이 먼저 운전석에 앉았다. 재현이 조수석에 타고 문을 닫았지만, 태훈은 시동을 걸지 않왔다.

"어디 가시려는 거 아니었습니까?"

"남자 태우고 드라이브하는 취미 없어. 길게 얘기할 시간도 없고."

"그런 거라면 커피숍에서 해도 되었을 텐데요. 혹시…… 자동차를 자랑하고 싶으셨습니까?"

"자동차? 하. 1억짜리 자동차가 자랑할 만한 게 되냐?"

진심으로 황당해하는 태훈의 모습에, 그의 집안이 어떤 집안인지를 다시 한 번 자각했다. 그리고 그의 사촌인 소희가 어떠한 위치에 있는지도.

"소희는 말이야. 순진하고 착한 애야."

"네, 압니다."

"그래, 알겠지. 하지만 이건 모를 거야."

태훈이 고개를 돌려 재현을 똑바로 응시했다.

"걔는 자기가 손에 넣고 싶어 하는 건 반드시 손에 넣어. 부자라든가, 권력이 있다든가, 그런 문제가 아냐. 걘 뭐든 손에 넣어왔어."

"아……."

"문제는 지금 걔가 갖고 싶어 하는 게 '인간'이라는 거야. 지금까지 걔가 사람의 마음을 가지고 싶어 한 적이 없었어. 인형이라든가, 옷이라든가, 내 장난감이라든가…… 뭐, 그런 귀여운 수준이었지. 하지만 갖고 싶은 게 인간의 마음일 때는 귀엽지 않아."

재현은 태훈이 무슨 말을 하려는 건지 알 수 없었다. 그는 미간을 좁히고 다시 정면을 노려봤다.

"넌 우리 소희를 좋아하니까 이런 얘기 어디 가서 안 흘릴 거라고 생각한다."

소희에 대한 마음을 들키고 싶지 않은 사람에게 들켜버렸지만, 반박하지 않았다. 마음을 부정하고 있을 때가 아니란 생각이 들었기 때문이었다.

"윤성 선배는 소희를 좋아해."

쿵—

심장이 내려앉았다.

윤성이 소희를 좋아한다는 것은, 재현도 알고 있었다. 처음 보았을 때부터, 그 술집에서 소희를 응시하는 그의 시선을 봤을 때부터 알고 있었다. 사랑하는 여자를 향한 간절한 눈빛으로, 윤성은 소희를 바라봤다.

하지만 그걸 다른 사람에게서 확실하게 듣는 건 다른 느낌이었다. 분명 심장이 내려앉았는데, 왼쪽 가슴에 통증이 느껴졌다.

"소희가 바보가 아닌 이상, 윤성 선배가 자길 좋아한다는 걸 본능적으로 알고 있을 거야. 머리로는 아니라고 생각하지만, 어느 정도 느끼겠지."

"……."

"그래서 아마 소희는 더 윤성 선배를 갖고 싶어 할 거야. 거의 손안에 들어온 기분이 들 테니까. 하지만 윤성 선배는……."

태훈이 다시 재현을 돌아봤다.

"절대로 주예진을 떠나지 않아."

"그렇……습니까……?"

간신히 한 마디 내뱉었다.

"그래. 그 선배는 남들보다 책임감이 강하고, 바보고, 정말……."

태훈의 얼굴이 괴롭게 일그러졌다.

"정말 착한 사람이야. 그러니까 절대로 주예진 못 버려."

"……."

"소희가 그걸 알고 윤성 선배를 빨리 포기하면 다행이지만, 만약 포기하지 못하면…… 난 소희가 주예진처럼 될까 봐 걱정된다."

오싹—

그 말을 듣는 순간 팔뚝에 소름이 돋았다.

"소희는 주예진이 윤성 선배를 손에 넣기 위해 무슨 짓을 했는지 알고 있어. 주예진이 한 짓은 인간이 해서는 안 될 짓이었고, 소희는 어쩌면 주예진을 '인간'이 아니라고 생각하고 있을지도 몰라."

"……."

"사람의 마음이라는 건 참 무서워. 욕심이 생기고, 부정하고 싶은 게 생기면, 결국 자기가 보고 싶은 것만 보게 되지."

확실히 그랬다.

심연을 들여다봐서는 안 되는 이유는, 심연에 집중해 다른 것을 볼 수 없게 되기 때문이다. 아무것도 보지 못하는 그 순간, 바라보던 심연이 사람을 집어삼키는 것이다.

"난 아버지 회사 일이 있어서 MT에 못 가. 그러니까 네가 지켜봐, 김재현. 소희가 귀엽고 순진한 애로 남아 있을 수 있게, 네가 그 애 손 좀 꽉 잡고 있어."

"네, 알겠습니다."

라고 대답했지만, 과연 그럴 수 있을지 의문이었다. 태훈도 아마 큰 기대는 안 할 것이다.

손을 잡아 줄 만한 입장이 아니었다. 소희는 재현에게 아무 마음이 없었고, 만약 재현이 마음을 드러내면 뒷걸음질을 칠 것이다. 그런 관계였다, 아직은. 쭉 그런 관계로 유지될지도 몰랐다, 어쩌면.

무거운 마음으로 차에서 내려 강의실로 향했다. 이미 수업이 시작되고 20분이나 지났기에, 어쩔 수 없이 복도 끝에 있는 자판기 옆에 기대서 시간을 때웠다.

태훈이 한 이야기와 소희의 얼굴을 떠올리며 시간을 보내는데, 계단을 내려오는 다리가 보였다. 물 빠진 낡은 스니커즈, 연회색 면바지. 긴 다리가 내려온 후 남방이 보였다. 연청 남방. 그다음에 보인 것은 얼굴이었다.

무심히 응시하고 있다가 상대와 눈이 딱 마주쳤다. 아몬드 형의 눈이 가늘어졌다.

"땡땡이?"

윤성의 목소리는, 재현이 듣기에도 다정했다.

"네."

"그래, 수고해."

그는 가볍게 인사하고 재현을 지나치려 했다.

"저기, 선배님."

재현이 말을 걸어올 줄은 몰랐는지, 그가 조금 놀란 표정으로 재현을 응시했다. 짙은 눈썹 아래에 있는 눈동자가 무척이나 선량해서, 재현은 욱신, 가슴이 아팠다.

만약 이 남자가 주예진과 사귀지 않았더라면, 아니, 주예진의 동생이 이 남자를 구하다가 죽지 않았더라면. 이 남자는 어떤 인생을 살았을까.

어쩌면 시간이 흘러 자연스럽게 예진과 헤어지고, 때마침 입학한 소희와 첫눈에 반해 사귀게 되었을지도 모르겠다. 잘 어울리는 커플이라며 칭찬도 받고, 질투도 받았겠지. 아마 이 남자가 조금은 미워졌겠지만, 그래도 이렇게 아릿한 마음은 들지 않았을지도 모르겠다.

"선배님도 땡땡이……치시는 겁니까?"

그가 빙그레 웃었다.

"응. 딱 10분만."

"숨 쉬고 싶어서요?"

충동적으로 내뱉은 말이었다. 윤성은 무슨 말인지 모르겠다는 듯 고개를 갸우뚱했다가, 곧 미소를 지었다. 눈썹 끝이 아래로 축 늘어져, 유독 서글프게 보이는 미소였다.

"김재현이라고 했지?"

"……네."

"넌 정말 착하구나."

"……"

"고마워. 그럼 정말로 수고해."

신경 꺼, 라든가, 동정 따위 하지 마, 라는 말을 들어도 할 말이 없는 상황이었다. 하지만 그는 분노한 기색을 조금도 내비치지 않고, 고맙다고까지 말했다.

태훈이 왜 윤성을 그런 식으로 표현했는지 알 것 같았다. 윤성은 태훈의 말대로 정말 착한 사람이라서, 이 모든 상황을 만들어 낸 예진을 미워하지 않고 있었다. 미워할 법도 한데. 증오할 법도 한데. 목숨을 구해 준 건 예진이 아닌 예진의 동생일 뿐인데.

윤성이 재현을 지나쳐 아래로 내려가고 얼마 후, 탁탁탁, 계단을 뛰어 내려오는 소리가 들렸다.

"윤성이 못 봤어?"

예진이었다.

그사이를 못 참고 윤성을 찾으러 나온 모양이다.

"그걸 왜 저한테 묻습니까?"

"화장실에 없더라고. 이쪽으로 내려온 거 아냐?"

끔찍했다. 남자 화장실까지 확인을 해본 모양이다.

"모르겠네요. 전 못 봤습니다."

소희의 마음을 다 가지고 간 윤성이 미웠다. 하지만 아무리 노력해도 정말로 미워할 수는 없어서, 재현은 또 윤성의 편을 들어주고 말았다.

예진은 미심쩍은 표정으로 재현의 얼굴을 빤히 쳐다보다가,

"소희는 좋겠네. 남자 친구가 잘생겨서."

라고 중얼거리더니, 윤성이 내려간 계단으로 내려가 버렸다. 뛰어 내려가는 예진의 등을 확 밀어버리고 싶다는 충동이 들었다. 소희보다 자신이 더 걱정이라고 생각하며, 재현은 깊은 한숨을 내쉬었다.

*　　*　　*

강촌까지는 버스를 대절했다. 한 학년만 봤을 땐 그리 많아 보이지 않았는데, 2, 3학년들까지 모이니 버스 2대를 가득 채웠다. 4학년은 윤성과 예진뿐이었다.

술렁—

모임 장소인 커다란 백화점 앞. 윤성과 예진이 등장하자 분위기가 변했다. 삼삼오오 모여서 친근하게 떠들던 학생들이, 그들을 흘긋흘긋 쳐다보며 귓속말을 하기 시작했다. 누구도 환영하지 않았지만, 윤성과 예진은 그래도 상관없다는 듯 서로의 손을 꽉 잡고 있었다.

'무슨 생각을 하고 있을까?'

윤성과 예진이 하고 있을 생각이 궁금했다.

윤성은 분명 예진 때문에 오기로 결심했을 것이다. 소희의 문자를 확인한 예진이 MT에 참석하자고 했겠지. 그렇다면 예진은 무슨 생각으로 MT를 가자고 했을까.

윤성에게 관심을 보이는 여자가 있는 곳은 피하는 게 상책이다.

'문지영이라는 사람에게 한 짓을 나한테도 하려는 건가? 하지만 그러기엔 사람이 너무 많은데.'

공교롭게도 같은 버스였다. 예진과 윤성은 딱 중간 자리에, 소희와 재현은 그들의 두 칸 뒤에 앉았다. 앉자마자 예진은 윤성의 어깨에 머리를 기댔다. 윤성은 차창 밖으로 시선을 향하고 있었다.

두 사람이 무슨 생각을 하고 있을지 궁금했다. 손은 여전히 꼭 잡고 있겠지.

이쪽 버스에 탄 2학년 과대는 조금 주책스럽고 눈치가 없었다. 이상한 게임을 제안하는 바람에 학생들의 공분을 샀지만, 과대는 다들 즐거워서 그런다고 생각하는 듯 보였다. 재미없는 진행에도 불구하고 멀리 떠나는 길이라 다들 즐거운 듯했다. 하지만 소희는 꽉 막힌 기분에서 벗어날 수가 없었다.

여기저기로 마이크가 옮겨지고, 재미없는 노래가 흘러나오고, 그렇게 2시간이 흘러갔다. 그러는 동안 윤성과 예진에게는 단 한 차례도 마이크가 돌아가지 않았다.

무슨 수련원 앞에서 버스가 멈췄다. 앞에는 강이, 뒤에는 산이 있는 전망 좋은 수련원이었다. 각자 방을 배정받았고, 짐을 놔두기 위해 여기저기로 흩어졌다.

"30분 후까지 마당으로 모여!"

과 학생회장이 외쳤다.

"30분은 무슨. 좀 누워 있고 싶다."

"저 여자랑 같은 방이 아니라서 다행이야."

저 여자라는 건 예진을 말했다. 성희의 말에 소희도 속으로 동감했다. 같은 방이 아니라서 정말 다행이다.

"뭐, 방이 의미가 있겠어? 저 여잔 분명 저 남자랑 찰싹 붙어 있을 거고, 밤에 술 마시느라 계속 모여 있을 것 같은데."

"그나저나 왜 또 모이라는 거야?"

"뭐라더라. 그…… 서바이벌인가? 그거 한다던데?"

"엑? 서바이벌? 페인트 총 들고 싸우는 그거?"

"응. 회장 그것 때문에 되게 신났대."

"우와, 요새 누가 그런 걸 해."

"옷 더러워질 텐데. 진짜 싫다."

"그냥 안 나가면 안 되나."

학생회장이 야심 차게 준비한 서바이벌 게임에 대한 기대치는 매우 낮았다. 그도 그럴 것이, 다들 MT에 오자마자 술판을 벌일 생각이었기 때문이다. 어릴 때부터 공부만 해 온 학생들이 많아서, 몸 움직이는 걸 지독히도 싫어했다.

"우리 숨자."

다영이 제안했다.

"그래, 나가지 말자. 설마 방을 다 뒤져보겠어?"

학생회는 방을 다 뒤지기 시작했다. 커다란 이불장에 웅크리고 들어가 있던 다영과 소희도 딱 걸렸다.

"진짜 하기 싫지?"

두 사람을 찾아낸 학생회 언니가 귀엽다는 듯 웃으며 말했다.

"그래도 좀 맞춰 줘. 우리들도 올해가 마지막 추억이라서, 회장이 많이 들떴어. 나름 고심해서 준비한 거야. 술 마시는 건 언제든 할 수 있지만, 이런 걸 단체로 하는 일은 거의 없지 않냐면서."

학생회 언니의 이야기를 듣고 보니, 학생회장의 마음 씀씀이가 느껴졌다. 회장으로서도 그냥 술이나 마시는 게 가장 편하겠지만, 나름대로 학생들의 재미를 생각해서 준비한 일일 것이다.

수련원 건물 앞 운동장에는 제 발로 나온 사람, 붙잡혀 나온 사람, 끌려 나온 사람들이 갖가지 표정으로 서성거리고 있었다.

"서바이벌 게임을 한대."

재현이 진심으로 귀찮다는 듯 말했다.

"해본 적 있어?"

"고등학교 1학년 때였나? 친구들이랑 같이 해봤어."

"재미있었어?"

"재미……."

재현은 그때의 일을 떠올리는 듯 먼 산을 응시했다.

"친구 한 녀석이 죽여도, 죽여도 다시 살아나서 덤비는 통에, 결국 싸움이 벌어졌지. 총싸움을 하러 온 건지, 주먹다짐을 하러 온 건지 알 수 없는 지경이었어."

"결국 누가 이겼어?"

"다 졌어. 한 놈은 절벽 같은 데서 구르는 바람에 깁스까지 했다."

"남자애들은 진짜 거칠구나."

"여자라고 다를 것 같냐? 난 여자들 싸움이 더 무섭더라."

"여자들이 뭐. 그래 봐야 소리 지르면서 싸우는 거지."

"아니. 고등학교 1학년 말이었나?"

재현이 또다시 먼 산을 응시했다.

"수업 끝나고 상담 때문에 교무실 갔다가 늦게 교실에 돌아왔는데, 여자애들 몇 명이 싸우고 있었지. 그중 두 명이 주축인 것 같았는데, 서로 머리를 얼마나 쥐어뜯었는지…… 바닥에 긴 머리카락 뭉치가 굴렁, 굴렁, 굴렁……."

"윽, 그건 진짜 끔찍했겠다."

"지옥이 있다면 그런 건가 싶더라."

여자와 남자의 싸움에 대해 이야기하는 동안, 학생들이 전부 모였다. 윤성과 예진은 가장자리에서 손을 꼭 잡고 서 있었다.

"시간은 50분. 총 3팀으로 나눠서 진행할 예정이다."

학생회장이 대대장이라도 되는 듯 당당하게 서서 외쳤다. 윤성과 예진은 같은 조였고, 소희는 다영, 재현은 성희와 같은 조였다.

재현은 낭패라는 표정으로 시선을 돌리다가 다영과 눈이 마주쳤다. 다영이 자기 가슴을 한 번, 재현을 한 번 가리켰다.

'바꾸고 싶지?'

라고 놀리는 듯한 행동이었다.

그런 문제가 아니다.

태훈에게 부탁받은 것이 있었다. 서바이벌 게임은 산속에서 진행이 되는데, 제각각 떨어져서 움직이기 때문에 어디서 무슨 일이 벌어질지 모른다. 예진이 나쁜 마음을 먹고 소희에게 접근해도, 재현이 도와줄 수 없다는 이야기다.

하지만 이런 얘기를 다영에게 시시콜콜해 댈 수는 없었다.

정작 소희는 위기의식 없이,

"이렇게 입고하는 건가? 총알 안 아프나?"

라는 소리를 해 대고 있었다.

학생회 임원들이 커다란 보따리를 가지고 왔다. 각자 사이즈를 말해 주면 옷을 나눠 주겠다고 했다.

"아, 다행이다. 옷 더러워지진 않겠네."

소희의 속 편한 태도에, 재현은 가슴이 답답했다. 페인트 탄이라고는 해도 맞으면 아프다. 만약 가까운 위치에서 얼굴이나 급소를 맞으면 크게 다칠지도 몰랐다.

'설마 이런 데서 소희 눈에 총을 쏘지는 않겠지?'

예진을 향해 의심스러운 눈빛을 보내다가 눈이 딱 마주쳤다. 윤성의 손을 꼭 잡고 있던 예진이 슬며시 미소를 지었다. 재현이 무슨 걱정을 하고 있는지 안다는 듯이. 그리고 그 걱정, 계속 하라는 듯이.

팔뚝에 소름이 돋았다.

역시 기분 나쁜 여자다. 동생이 죽어서 변했다고는 들었지만, 그 전에 정상이었을 모습이 상상조차 되지 않았다.

제대로 세탁은 한 건지 의심스러운 서바이벌용 옷을 입고 있는 옷 위에 걸쳤다. 긴 장총도 하나씩 나눠 받았다. 이 안에 들어 있는 페인트 탄은 목표를 맞췄을 때 터지기는 하지만 꽤 단단하다.

"이거, 되게 아플 거다."

소희에게 말했다.

"정말? 진짜 총알 아니잖아."

"이거 봐봐."

재현은 페인트 탄 하나를 꺼내서 소희에게 만지게 했다.

"어, 진짜 딱딱하네. 맞으면 정말 아프겠다. 어디 찢어지는 거 아냐?"

"그럴지도 몰라. 그러니까 조심해."

소희가 어깨를 움츠렸다. 그래, 차라리 겁을 집어먹고 어디에 틀어박혀 있는 편이 낫다. 아니면 누군가를 졸졸 따라다니거나.

"야, 애한테 왜 그렇게 겁을 줘? 벌써부터 수작질이냐? 너희 편으로 가!"

속도 모르는 다영이 총 끝으로 재현의 등을 쿡쿡 찔렀다.

"차소희, 이거 별로 안 아파. 나도 해봤는데, 멀리서 쏜 거 맞으면 그냥 퍽, 이 정도 느낌이야."

다영이 소희의 팔을 툭 치며 말했다.

"어? 그래?"

소희가 안심하는 모습에, 재현은 다영을 한 대 때려 주고 싶어졌다.

"김재현, 저게 괜히 우리 편 애들 몸 사리게 하려고 수작 부리는 거야. 이게 진짜 찢어질 정도로 아프면, 애들이 서바이벌 게임 하고 놀겠냐? 아예 개장 허락도 못 받지."

"맞아, 그건 그러네. 김재현, 너무한다! 비겁자!"

소희가 양쪽 허리에 손을 얹고 재잘거렸다. 재현은 속이 터질 듯 답답했지만, '주예진 조심하라고!' 외칠 수는 없는 노릇이었다. 흘긋 돌아보니, 예진은 총을 만지작거리며 윤성에게 뭐라고 속삭이고 있었다.

'당신은 무슨 이야기를 하고 있는 거지? 따로 다니겠다는 얘길 하고 있는 거야? 아니면 차소희를 노리겠다고, 강윤성을 협박하는 거야?'

태훈에게 부탁까지 받는 바람에 마음을 진정시킬 수가 없었다. 소희가 총을 열심히 구경하는 틈에, 재현은 서둘러 다영의 팔을 잡아끌었다.

"왜 이래, 비겁자. 또 무슨 짓을……."

"김다영."

장난기 없는 재현의 낮은 부름에, 다영이 입을 다물었다.

"소희 옆에서 떨어지지 마."

다영이 인상을 찌푸렸다. 재현이 단순히 서바이벌에서 이기기 위해 수작을 부리는 것이 아니라는 걸 깨달은 것이다.

"무슨 일 있어?"

"나중에…… 말해 줄게. 그러니까 게임 할 때, 절대로 소희 혼자 두지 마."

다영이 시선을 스륵 움직여 소희를 한 번 쳐다봤다. 소희는 여전히 신기하단 표정으로 총을 만지작거리고 있었다.

"알겠어. 나중에 꼭 말해 줘."

"응."

소희는 1조, 예진은 2조, 재현은 3조였다. 1조가 먼저 산길을 따라 올라갔다. 재현은 아랫입술을 깨물고, 다영이 소희 옆에 딱 달라붙어 올라가는 모습을 확인했다. 1조의 모습이 무성한 나무들 사이로 사라졌다.

그다음에 2조가 올라갔다. 윤성과 예진은 가장 뒤에서 올라갔는데, 그들의 모습이 사라지기 전 예진이 뒤를 돌아봤다. 재현과 눈을 맞춘 예진이 씩 웃었다. 뱀 같은 미소에 몸서리가 쳐졌다.

'날 협박하고 있군.'

며칠 전, 체육관 앞에서의 일이 예진의 속을 긁어놨을 것이다. 지금 예진이 소희에게 무슨 짓을 할 수 있을 리 없다. 한 조가 14명이 넘는 상황에서, 예진 혼자 움직이기는 힘들다. 설령 혼자 빠져나온다고 해도 소희는 다영과 함께일 것이다.

예진은 그저 무슨 일을 벌일 것처럼 가장해, 재현을 조초하게 만들고 그 모습을 즐기고 있을 뿐이었다. 그걸 알면서도 불안한 마음이 가시질 않았다.

태훈의 말대로 예진이 무슨 짓을 벌이는 것보다, 그 짓으로 인해 소희가 예진처럼 변하게 될까 봐 두려웠다. 소희는 순수한 채로, 해맑게 남아 있었으면 했다.

다음으로 3조가 출발했다.

산으로 올라가며 3학년인 조장이 이런저런 지시를 했지만, 하나도 귀에 들어오지 않았다. 이 무리에서 떨어져 나가, 소희나 예진을 찾아내야만 한다는 생각뿐이었다.

"김재현, 너 내 얘기 안 듣냐?"

재현이 딴생각을 하고 있다는 걸 눈치챈 조장이 불쾌감을 역력히 드러냈다.

"아, 죄송합니다. 길이 험해서."

"허구한 날 농구하는 새끼가 이 정도 길을 가지고 계집애처럼 굴어?"

조장은 승부욕이 강한 사람인 것 같았다. 평소에는 이렇지 않은데 총을 잡는 순간 말이 거칠어졌다.

"야, 김재현. 넌 내 옆에 딱 붙어 있어라. 주위 잘 살피고, 여차하면 네가 날 보호해."

딴생각을 하는 바람에 발목을 붙들렸다. 하지만 다 같이 즐기자고 온 MT에서 하극상을 일으킬 수도 없었다. 괜히 주목을 끌었다가는, 소희와 윤성의 기이한 관계가 표면으로 드러날지도 몰랐다.

"알겠습니다."

재현은 순순히 고개를 끄덕이며 조장의 옆에 섰다. 다영이 소희를 잘 지켜주기만을 바라면서.

'무슨 짓을 하려는 거지?'

윤성은 예진에게 꿍꿍이가 있다는 것을 알고 있었다. 예진이 과 모임에 참석하는 것은 학기 초뿐이었다. 신입생들에게 '이 남자가 내 남자다.'라는 것을 어필하기 위함이다. 그 외에는 과 모임에 잘 나가지 않았는데, 아마도 윤성과 다른 여학생들이 엮일 일을 만들지 않기 위해서일 것이다.

하지만 소희의 문자를 확인한 예진은, MT에 참가까지 했다. 예진에게 말하고 싶었다. 이제 곧 졸업이니까 조용히 있다가 떠나자고. 저번처럼 학교가 술렁거릴 일은 만들지 말라고.

그러나 그 이야기를 하면, 그 사건의 범인이 예진이라는 것을 알고 있다는 뜻이 된다. 예진도 윤성이 알고 있다는 것을 알지만, 그가 끝까지 모르는 척해 주기를 바랐다.

만약 여기서 문지영의 이야기를 꺼내면 어떻게 될까. 예진의 행동을 가늠할 수가 없었다. 4년간의 심리학 공부는 아무짝에도 쓸모없었다. 특히 가까운 지인일 경우, 심리학적 접근이 힘들어진다.

'불을 낼지도 몰라.'

예진을 자극하면, 아이들이 술에 취해 자고 있을 때 불을 낼지도 모르겠다. 전에 헤어지자는 말을 듣고, 집에 휘발유를 뿌렸던 것처럼.

"MT 와서 이런 걸 다 해 보네. 잘 됐다, 그치?"

한 발 앞에서 걸어가던 예진이 뒤를 돌아보며 말했다. 환하게 웃는 그녀의 모습은, 몇 년 전 평화로웠던 시기를 떠오르게 했다.

'정말 그냥 즐기러 온 걸까? 내가 너무 깊이 생각하고 있나?'

아니, 그럴 리는 없다.

즐긴다는 감정은 윤성이나 예진이나, 오래전 희주와 함께 그 강물에 떠내려 보냈다. 윤성이 살아가는 물기 한 점 없는 사막을, 예진도 똑같이 걷고 있을 것이다.

다른 점이 있다면, 윤성은 사막에서의 삶을 받아들였지만, 예진은 그 사막에서 끊임없이 자극을 찾으려고 한다는 점이었다.

조장이 뭐라뭐라 떠드는 소리가 들려왔다. 예진은 총을 두 손으로 꼭 쥐고 조장의 이야기를 듣고 있었다. 이 서바이벌을 충분히 즐기겠다는 듯, 머릿속에 이 서바이벌에 대한 생각밖에 없다는 듯.

하지만 윤성은 속지 않았다. 최선을 다해 예진을 지켜봤다. 너무 한 곳에 몰입한 탓일까. 걸어가다가 휘청, 발을 헛디뎠고 중신을 못 잡고 옆의 수풀 사이를 굴렀다. 서둘러 일어나서 주위를 둘러봤지만, 예진을 찾을 수 없었다.

예진이 사라졌다.

'어떡하지?'

다영은 주위를 둘러봤다.

둘씩 흩어지라는 조장의 지시를 받았다. 다행히 소희와 함께 다닐 수 있었다.

소희를 잘 지켜보라고 말하던 재현은 여느 때와 다른 눈빛을 하고 있었다. 좋아한다거나, 아낀다거나 하는 수준의 문제가 아니었다. 재현은 마치 이곳이 진짜 전쟁터인 듯, 들고 있는 가짜 총이 진짜 총인 듯 굴었다. 장난을 치는 것처럼 보이진 않았다. 원래 재현은 장난을 치지 않는 성격이었다.

'무언가 있다.'는 생각이 들었다. 자세한 사정은 모르겠지만, 저 산에, 혹은 여기 모인 사람들 중에, 소희를 위험하게 만드는 무언가가 있다고 확신했다.

'위험하다.'라는 생각을 한 이유는, 단지 재현의 눈빛 때문만이 아니었다. 소희의 집안에 대해, 다영은 이미 알고 있었다. 언젠가 소희와 태훈이 친근하게 대화를 나누는 장면을 목격했고, 두 사람이 사촌 관계라는 걸 알게 되었다.

태훈은 나는 새도 손가락 하나로 떨어뜨릴 수 있을 만한 집안의 자제였다. 그런 태훈과 사촌인 소희도 아마 비슷한 배경을 가지고 있을 것이다. 소희가 알리고 싶어 하지 않는 것 같아서, 여기저기 떠벌리고 다니진 않았다.

'재현이도 소희네 집안을 알고 있는 거였나? 그래서 소희한테 더 고백을 못 한 건가? 아니, 지금 이런 생각을 할 때가 아니지.'

얼른 소희를 찾아야 했다.

영화 같은 데서 보면, 정적에게 복수를 하기 위해 그의 자식을 노리는 사건들이 벌어진다. 어쩌면 지금 재현이 걱정하는 게 그런 상황일지도 모른다. 소희의 집안에 원한을 품은 남자가 총을 들고 소희에게 접근해서……

'안 돼, 안 돼. 얼른 찾아내야 돼.'

다영은 이를 악물고 서둘러 걸음을 옮기기 시작했다.

서바이벌용으로 만든 길에서 너무 벗어나지만 않으면, 뛰어다니며 놀기에 딱 좋은 산길이었다. 길이 험한 듯 보여도 가파른 곳은 없고, 길게 자란 풀숲 사이도 잘 뒤져보면 길이 있었다. 사람들이 자주 오간 티가 났다.

하지만 거기서 조금 벗어나면 사정이 달라졌다. 서바이벌을 위해 만들어 놓은 듯한 작은 오두막 뒤에 있는 길. 거기서 쭉 가다 보면 커다란 나무가 보였고, 그 뒤로 낭떠러지가 있었다. 유독 큰 나무는 아마도 낭떠러지를 알리는 이정표인 듯하다.

어릴 때부터 부모님과 등산을 해서, 이 정도의 산길은 아무것도 아니었다. 하지만 다른 친구들에게는 상당히 힘든 길이었는지, 걷고 있노라니 뒤에서 쌕쌕 거친 숨소리가 들려왔다.

아무 생각 없이 걷다가 돌아보니 길을 잃었다. 아니, 내려가는 길은 알고 있다. 그저 조원들과 너무 떨어진 것뿐이다.

'여기서 기다리면 올라오려나?'

사실은 나무 옆으로 난 길을 쭉 올라가 보고 싶지만 참았다. 일단 다영과 합류하는 게 좋을 것 같다.

산이 좋은 이유는, 흙냄새 때문이었다. 늘 습기를 머금은 흙은 고소하면서도 축축한 향기를 뿜어냈다. 거기에 풀잎 냄새까지 섞여서, 가만히 앉아 있으면 도시의 공기에 찌든 폐가 깨끗이 정화되는 기분이 느껴졌다.

바스락—

뒤에서 들려오는 소리에 휙 돌아봤다. 다영일 거라고 생각했는데 아니었다. 상대는 총을 이쪽으로 겨누고 서 있었다.

"선배님."

"어머, 언니라고 부르라니까."

예진이 생긋 웃었다. 소희는 자신이 절벽을 등지고 있다는 걸 깨닫고 위치를 조금 바꿔, 나무를 등지고 섰다. 하지만 왼쪽이 절벽인 것은 여전했다.

"덕분에 MT에 와서 서바이벌 게임까지 하네. 고마워, 소희야."

"뭘 이런 걸 가지고요."

"여기서 이걸 쏘면, 넌 죽는 거지?"

"네, 규칙에 따르면 그렇더라고요."

소희의 허벅지를 향하고 있던 총구가 서서히 위로 올라왔다.

"아무 데나 쏴도 되나?"

새까만 총구가 소희의 얼굴을 향하고 있었다.

"규칙에 따르면 얼굴은 쏘지 말라고 되어 있던데요."

"그래? 그런데 내가 사격을 잘 못 해서. 자칫 잘못하면 빗나갈 수도 있겠다."

"아, 정말 그럴 수도 있겠네요. 이거 되게 위험한 게임이었어요."

"그러게."

예진이 한 걸음 가까이 다가왔다.

가까워질수록 총의 위력도 세지는 것을 알지만, 소희는 도망치지 않고 가만히 예진을 응시했다.

"시작한 지 몇 분 지나지도 않았는데, 죽으면 심심하겠다. 죽은 사람은 저쪽 아래에 있는 오두막에서 기다려야 하는 거지?"

"네, 그렇더라고요."

"우리 윤성이도 나 없으면 빨리 죽을지도 모르는데…… 그럼 단 둘이 오두막에 있게 되겠네?"

"여기서 선배님이 절 죽이면, 그렇게 될지도 모르죠."

"죽여줬으면 좋겠어?"

"선배님은 어쩌고 싶으신데요?"

"내가 먼저 물었어."

"전 선배님이 뭣 때문에 그런 질문을 하는지 모르겠어서요. 그러니까 그 질문의 이유를 아시는 선배님이 먼저 대답해 주세요."

소희가 이런 식으로 나올 줄은 몰랐는지, 예진이 가만히 미간을 좁혔다. 소희는 그런 예진을 물끄러미 응시했다. 긴 머리카락, 고양이처럼 매혹적인 눈매, 오뚝한 코와 붉은 입술. 그녀가 저지른 짓만 아니라면, 정말 예쁜 사람이었다. 부러울 만큼 성숙한 미녀.

예진은 몸매도 늘씬했다. 길게 뻗은 다리와 잘록한 허리, 적당한 크기의 가슴. 무엇 하나 부족한 것이 없었다.

"그렇게 안 봤는데 버르장머리가 없구나, 너."

예진이 불쾌한 기색을 감추지 않고 말했다.

"그런가요? 대학에서는 선배님께 제 생각도 이야기 못 하는 건가요?"

"……너, 우리 윤성이 좋아하지?"

"네, 좋아해요. 좋은 사람이잖아요."

"그 마음 접는 게 좋아. 이 남자, 저 남자 찌르고 다니는 여자들은, 무슨 짓을 당해도 할 말이 없어지거든."

문지영의 이야기를 하는 모양이다.

단지 한 남자를 좋아했을 뿐인데 그런 짓을 당한 문지영을 생각하자, 아는 사람도 아닌데 괜히 울컥했다. 소희는 분노를 억누르며 말했다.

"그래요. 하지만 전 이 남자, 저 남자 찌르지 않아요. 단 한 사람만 찌르지."

"그래서 애인 있는 사람 건드리는 게, 잘하고 있다는 거니?"

"선배님은 강윤성 선배님의 애인이 아니잖아요."

"뭐?"

"강윤성 선배님은 애인 없어요. 목줄을 붙잡은 주인만 있지."

그 순간 예진의 표정 변화에, 소희는 오싹해졌다. 예진의 예쁜 얼굴은 사라지고, 도깨비 같은 험상궂은 표정이 떠올랐다. 하지만 그것도 잠시, 예진은 원래의 표정으로 돌아와 소희를 노려봤다. 온기라고는 전혀 없는 싸늘한 눈빛이었다.

"남의 사정 알지도 못하면서 말 함부로 하지 마, 차소희."

"그 사정, 잘 알고 있어요. 물론 선배님만큼 잘 알지는 못하지만, 말해도 될 정도로는 알고 있어요."

"네가 알긴 뭘 알아!"

"강윤성 선배를 구하다가 선배님 동생이 죽었다면서요?"

예진의 눈이 커졌다.

"그래서 강윤성 선배의 인생, 선배님이 쥐고 흔드는 거라면서요?"

"누가 그래? 윤성이가 그래?"

"아니요. 윤성 선배님은 그런 말 안 해요. 절대 안 해요. 하지만 선배님, 아무리 비밀로 해도 드러나게 되어 있어요."

"하? 그래, 윤성이 구하다가 내 동생이 죽었어. 그런데 그건 그거고, 이건 이거야. 윤성이랑 나는 사랑해서 사귀고 있어. 모르겠니? 내 동생이 걜 구하다가 죽기 전부터, 우린 사귀는 사이였어."

"사랑은 영원할 수도 있지만, 영원하지 않을 수도 있어요. 선배님과 강윤성 선배님 사이의 사랑이 어떤 건지는 잘 모르겠는데요. 동생의 목숨을 가지고 강윤성 선배님을 협박하면서 곁에 두는 거라면, 그건 사랑이 아니에요."

"웃기지 마!"

탕—

예진이 쏜 총이 나무에 맞았다.

팟—

페인트 탄이 터지며 형광 노란색 액체가 흘러나왔다. 하지만 소희는 그쪽으로 시선도 주지 않고, 예진을 노려봤다.

"선행은 선의로 끝나야 선행인 거예요. 구해 줬다는 이유로, 도와줬다는 이유로, 무언가를 요구한다면 그건 더 이상 선행이 아니에요. 선행이라는 이름으로 포장한 악행이지."

"내 동생이 걜 구하다가 죽었는데, 그게 악행이라고?"

"아니요, 선배님. 강윤성 선배님을 구하다가 죽은 건 선배님 동생이에요. 선배님 동생은 선행을 했죠. 거기서 끝났어야 했어요. 그런데 선배님이 동생의 선행을 가지고, 강윤성 선배님의 인생을 쥐고 흔들고 있죠. 선배님은 지금 악행을 하고 있어요."

탕—

퍽—

이번 페인트 탄은 소희의 허벅지에 맞았다. 생각보다 훨씬 아파서 신음이 나왔다. 소희는 입술까지 올라온 신음을 삼켰다.

"그거 알아요, 선배님? 사랑을 하면 상대를 위해 뭐든 다 해 주고 싶어지고, 상대가 나쁜 짓을 해도 모르는 척해 주고 싶어지고, 상대가 잘못을 저질러도 화가 나지 않게 돼요. 하지만 그래도 사람과 사람 사이의 관계인지라, 어느 순간엔 화도 나고, 잘못한 것은 혼내기도 하고…… 그런 관계로 바뀌게 되죠. 하지만 선배님과 강윤성 선배님의 관계는 달라요. 선배님이 일방적으로 요구하고, 잘못하고, 강윤성 선배님은 그걸 받아주기만 하죠. 그런 관계를 뭐라고 하는지 아세요?"

탕—

또 한 발의 페인트 탄이 소희의 복부를 맞췄다. 다행히 허벅지를 맞았을 때보다는 아프지 않았다. 바지 버클에 맞은 모양이다.

"주종관계라고 해요."

탕— 탕— 탕—

두 발은 소희의 가슴에, 한 발은 빗나갔다. 소희는 눈썹 하나 깜빡하지 않고 조용히 예진을 응시했다.

예진은 다시 쏘려 했지만 찰칵 소리만 날 뿐, 더 이상 총알이 발사되지 않았다. 페인트 탄을 다 쏜 모양이다.

"사랑이 아니라는 건 선배님도 알고 있었을 거예요."

소희의 목소리가 나직하게 들려왔다. 예진은 두 귀를 틀어막고 싶었다. 소희가 무슨 소리를 하는 건지 알 수 없었다. 아니, 알고 싶지 않았다.

작고 귀엽게 생긴 아이라고만 생각했다. 윤성을 좋아하면서, 그 마음을 고백하지도 못하는 용기 없는 계집애라고 생각했다. 문지영은 활발하고 적극적이었지만, 소희는 소극적으로 보여서 오히려 더 상대하기 쉬울 줄 알았다. 조금만 건드려줘도 와앙— 울음을 터뜨리며 재현에게 달려갈 거라고, 그렇게 생각했다.

하지만 아니었다.

뭘까, 저 거대함은. 저보다도 작은 저 마른 몸이 왜 저리도 거대해 보이는 걸까?

"그런데도 보상심리 때문에 강윤성 선배님을 붙잡고 있는 거겠죠. 내 동생이 죽었으니까, 네 인생을 나한테 바쳐, 뭐 그런 거 아닌가요?"

담담한 목소리가 끔찍이도 듣기 싫었다.

소희를 잘못 봤다. 소희는 녹록한 계집이 아니었다. 남자 친구의 품에 안겨 일러바치는, 그런 타입의 여자가 절대 아니었다.

아주 오랜만에, 아니, 어쩌면 처음으로 오싹함을 느꼈다. 소희의 뒤는 아주 밝은데, 그 주위에 어둠이 일렁거리는 듯했다.

"그렇게 제멋대로 휘두를 거라면 애초에 구해 주지 않는 게 나았어요. 남에게 휘둘리는 인생, 그게 사는 건가요? 차라리 지옥이 낫지."

조롱하듯 말하는 소희를 노려보며, 예진은 이성을 되찾기 위해 노력했다. 저 작은 계집애에게 당황한 모습을 보이고 싶지 않았다.

"차소희, 네 멋대로 지껄이느라 모르나 본데…… 여기 아무도 없어."

"아아, 그러게요."

"여기서 내가 네 어깨를 탁, 밀어버리면 어떨까?"

협박하며 한 걸음 다가갔다. 한 걸음 더 다가가면, 소희의 어깨에 손이 닿을 것이다.

"아마 떨어지겠죠. 저 아래로. 여기, 상당히 높아 보여요."

소희는 위기감도 못 느끼는지 덤덤히 말했다. 그러더니 갑자기 쭈그리고 앉았다.

"뭐야? 그렇게 앉아 있으면 못 밀 것 같아?"

"음. 아무도 없는 김에……."

소희가 바닥에서 커다란 돌을 하나 집어 들었다. 사람 주먹만 한 돌이었다. 그걸 집어 든 소희가 일어났다.

"왜? 그걸로 한 대 치시게?"

소희가 웃었다.

"그럴 리가요."

인정하기 싫지만, 소희의 웃는 얼굴은 청량했다. 윤성이 반할 정도로.

'설마…… 윤성이가 진짜로 앨 좋아하는 건 아니겠지? 그냥 문지영처럼 받아 주기만 하는 거겠지?'

불현듯 떠오른 의심을 하느라 생각에 잠겨 있는데, 소희가 돌을 예진의 손에 쥐여 주었다. 예진은 소희가 뭘 하는지 모르는 채 손에서 힘을 빼고 소희를 지켜봤다. 굳이 돌을 쥐어 줄 생각은 없었는지, 소희가 다시 돌을 가지고 갔다. 그러고 나서 소희는, 예진이 상상도 못 한 짓을 저질렀다.

퍼억—

그 돌로 자기 관자놀이를 세게 후려친 것이다.

너무 놀라서 비명도 지를 수가 없었다. 그저 휘둥그레진 눈으로 소희를 멍하니 쳐다볼 뿐이었다.

"아악!"

소희가 비명을 지르며 옆으로 쓰러졌다. 돌에 맞은 여린 살이 찢겨, 피가 흘러내렸다.

"너…… 너 지금 무슨……?"

"선배님, 저한테 왜 이러세요?"

소희가 비명처럼 외쳤다.

"내, 내가 뭘……?"

"제발! 제발 살려 주세요! 살려 주세요! 아아아아! 살려 주세요오오오오!"

소희의 비명이 바람을 타고 퍼져갔다. 예기치 못한 상황에 꼼짝도 못 하는 예진의 귀에, 부스럭거리는 소리가 들려왔다.

다영은 자기 눈으로 보고도 믿을 수가 없었다.

뒤늦게 소희를 찾았다. 소희와 예진은 서로 마주 보고, 윤성에 대한 이야기를 하고 있었다. 자칫 잘못 끼어들었다가 예진을 자극하게 될까 봐, 기회를 노리고 있었다. 그런데 소희가 커다란 돌을 들더니……

'소희야, 너 정말 무슨 생각이야?'

윤성과 예진의 사이에 존재하는 비밀보다, 소희의 행동이 다영을 경악하게 만들었다. 소희가 비명을 지르기에, 일단은 소희의 옆으로 달려갔다. 비명 소리를 들은 다른 학생들도 이쪽으로 오고 있었다.

"소희야, 괜찮아?"

다영이 소희의 상처를 살펴보며 물었다.

"으응, 난……."

소희의 눈이 방금 전 들고 있던 돌로 향했다. 피가 살짝 묻은 돌은, 예진의 발치에 떨어져 있었다. 소희가 쓰러지기 전, 그쪽으로 돌을 굴려 보낸 것이다.

다영은 속으로 혀를 찼다. 그 순간에, 돌의 위치까지 생각해 두다니.

"난 괜찮아……."

"무슨 일이야, 왜 그래?"

"괜찮아? 누가 떨어진 거야?"

"누구 다쳤어?"

"뭐야, 어떻게 된 거야?"

학생들이 하나둘 모습을 드러냈다. 페인트 탄을 맞아서 옷이 더러워진 학생도 있고, 잘 숨어 있다가 나온 학생도 있었다. 그리고 재현이 있었다.

"소희야!"

재현이 비명처럼 외치며 달려와 소희를 안아 들었다.

"소희야!"

그다음에 들려온 음성은 윤성의 것이었다. 하지만 다들 소희의 상처에 놀란 터라, 윤성이 소희를 애절하게 불렀다는 것을 눈치채지 못했다. 그걸 눈치챈 사람은 재현과 다영, 그리고 예진뿐이었다.

"이게…… 이게 어떻게 된 거야?"

재현이 떨리는 목소리로 물었다. 그의 진심 어린 걱정에, 소희는 가슴이 따끔해졌다. 예진을 엮어 넣을 생각만 하느라, 재현이 걱정할 것을 생각하지 못했다.

"예진…… 선배가……."

소희는 작게 중얼거렸을 뿐인데, 모두의 시선이 예진에게로 향했다.

"저…… 돌로……."

가리키기도 않았는데, 학생 한 명이 피 묻은 돌을 찾아냈다.

"뭐야? 주예진, 너 미쳤어? 이걸로 애를 때린 거야?"

"야, 이 미친 계집애야! 너 문지영도 모자라서, 아무것도 모르는 신입생한테까지 손을 대냐?"

"이거 진짜 완전 미친년일세."

"야, 세상 모든 여자들이 네 남친한테 관심 있는 거 아니거든? 소희 쟤한테 재현이가 있는데, 왜 이 지랄이야?"

"너 이 계집애, 재현이한테까지 관심 있었냐?"

"이거 진짜 미쳤네, 와아…… 하다하다 이제 살인까지 하려고 해?"

"좀만 늦었으면 낭떠러지로 밀었겠는데?"

“와, 차소희. 와…… 진짜 위험했다. 와아.”

경악에 찬 비명과 악담과 질책이 여기저기서 쏟아져 나왔다. 예진은 마네킹처럼 꼿꼿하게 서서, 자신에게 쏟아지는 악담을 듣고 있었다.

“소희야, 많이 다쳤어? 어때, 피 많이 나?”

학생회장이 다가왔다.

“이거 몇 갠지 보여?”

“두 개요.”

“다행이다. 시력엔 이상 없네. 관자놀이 있는 데가 좀 찢어진 것 같은데…… 일단 내려가야겠다.”

“죄송해요.”

“아니야, 네가 뭘 죄송해? 네가 죄송할 일 아냐.”

학생회장이 소희의 어깨를 툭툭 두드려 주고 일어나서 하산을 명령했다. 학생들은 예진의 발치에 침을 탁, 뱉거나 째려보며 아래로 내려갔다.

“나…… 아니야.”

뒤늦게 정신을 차린 예진이 중얼거렸다.

“내가…… 한 거…… 아니야.”

하지만 아무도 그녀의 말을 들어주지 않았다.

“나 혼자 내려갈 수 있어.”

재현이 안아 들려고 하기에, 소희가 거절했다. 하지만 재현은 기어코 소희를 안아 들었다.

"안 돼. 머리 맞은 거잖아. 지금 괜찮은 것 같아도 어지럼증 일어날지도 몰라."

재현이 조심스럽게 소희를 보듬었다. 소희는 재현에게 미안해서 그를 똑바로 볼 수가 없었다. 재현의 가슴에 반쯤 머리를 기대고 있다가, 예진처럼 가만히 서 있는 윤성과 눈이 마주쳤다.

윤성은 꼭 울 것 같은 표정을 하고 있었고, 소희는 깨달았다. 윤성은 이 일을 벌인 사람이 소희라는 것을, 알고 있다는 걸.

*　*　*

"내가 한 거 아냐!"

운동장에서 소희의 상태를 보기 위해 다들 주위를 둘러쌌다. 뒤늦게 내려온 예진이 버럭 외쳤다.

"미친."

"닥쳐, 이 계집애야."

"진짜야! 내가 한 게 아니라니까! 그 애가 스스로 자기 머리를 후려친 거라고."

"아니, 대체 소희가 왜 그런 짓을 하는데? 소희가 미쳤냐?"

"그래! 그 애, 미쳤어. 미쳤다고! 걔가 돌을 집어 들더니 자기 머리를 때렸다니까!"

"누가 이렇게 무식하게 자기 머리를 때리냐? 얘, 머리 찢어졌어! 너도 인간이면 좀 양심을 가져봐라. 어떻게 애를…… 어이구, 이거 흉터 남으면 어쩌냐. 꿰매야 할 것 같은데."

"아냐, 정말이야. 난 돌로 걔 머리 안 때렸다니까!"

"때렸잖아요."

라고 말한 사람은 다영이었다. 소희는 눈을 휘둥그레 뜨고 다영을 쳐다봤다. 다영은 소희 쪽으로 눈길을 주지 않았다.

"선배님이 얘 때리는 거, 봤어요. 그 커다란 돌로."

"우, 웃기지 마. 왜 거짓말해? 니들 작당하고 날……."

"그런 말도 했잖아요. 총으로 쏘면 죽겠냐는 둥, 어깨를 밀면 벼랑으로 떨어질 거라는 둥…… 그러다가 돌을 집어서 얘 때렸잖아요."

예진은 할 말을 잃고 눈을 크게 떴다. 할 말을 잃은 건 소희도 마찬가지였다. 그런 이야기까지 들었다면, 다영은 거의 처음부터 지켜보고 있었다는 얘기다. 그렇다면 소희가 직접 머리를 때린 것도 봤을 것이다. 그런데 왜 소희 편을 들어주는 걸까.

"윤성 선배한테 접근하지 말라면서, 얘 때렸잖아요. 문지영 꼴 날 거라고 그러면서, 얘 후려쳤잖아요!"

예진은 금방이라도 쓰러질 것처럼 창백해졌다. 학생들은 예진에게 욕을 하기 시작했고, 몇 명은 소희를 걱정했다. 학생회장과 임원들은 소희 옆에 쭈그리고 앉아, MT를 끝내고 돌아가야 할지에 대해 의논을 하는 중이었다.

"아니에요, 선배님. 저 때문에 MT를 끝내는 건 안 돼요. 그럼 제가 너무 죄송스러워요."

소희가 말했다.

"아냐, 아냐. 지금 이런 일이 생겼는데, 다들 즐길 분위기도 아니고……."

"아녜요. 선배님들도 마지막 MT라서 기대하고 오셨는데, 저 때문에 이대로 끝내버리면 안 돼요. 평생 마음에 남을 거예요."

"으이구, 착해빠져서는. 그래도 너 다쳤으니까……."

"저, 어차피 꿰매기만 하면 되니까 근처에 있는 병원에 가서 꿰매고 올게요."

"그거 흉터 남을지도 몰라. 좋은 데 가서 치료받아야지."

"뭐, 꿰매는 게 다 거기서 거기죠. 괜찮아요. 금방 갔다 올 테니까, 선배님들은 즐기고 계세요."

착한 척을 하기 위한 것이 아니라 진심이었다. 예진과의 문제 때문에 다른 사람들에게까지 피해를 입히고 싶지 않았다.

"그럼 내가……."

"아니, 내가 갈게."

재현이 나서려는데, 다영이 끼어들었다.

"내가 갈게."

"아냐, 김재현. 넌 여기서 수습하고 있어. 내가 데리고 갈 테니까."

다영이 재현을 똑바로 노려봤다. 재현이 남아서 수습할 거리는 전혀 없었지만, 다영의 분위기가 이상했기에 그는 가볍게 고개를 끄덕였다.

"선배님들, 소희 데리고 병원 다녀올게요."

"어, 그래. 혹시 문제 생기면 나한테 연락 주고."

"네, 선배님."

다영이 소희의 팔에 팔짱을 끼었다.

"걸을 수 있겠어?"

"으응."

소희는 다영이 조금 무서워졌다.

"그래, 그럼 가자. 저쪽으로 가면 큰길 있으니까, 거기서 택시든, 버스든 타면 될 거야."

"아, 콜택시 불러놓을게."

학생회장이 센스 있게 말했다.

"네, 감사합니다."

그에게 인사를 하고 큰길 쪽을 향해 걸었다. 재현의 걱정스러운 시선이 따라붙었다.

"정말 내가 한 거 아니라고."

예진의 목소리와 학생들의 욕설도 들려왔다. 그렇게 한참을 걸어가자 아무 소리도 들리지 않았다. 들려오는 것은 바람 소리뿐. 자동차도 없는 길이라 고요했다.

학생회장이 부른 택시가 큰길에 서 있었다. 택시를 타고 시내에 있는 의원으로 향했다. 의외로 젊은 의사가 있는 병원이었다. 의사는 어쩌면 흉터가 남을지도 모른다고 말하며 상처를 꿰매주었다.

간단한 시술이었기에 금방 끝났다.

"걸어가자."

이러려고 기다리겠다는 택시를 돌려보낸 모양이다. 소희는 고개를 끄덕였다. 다친 쪽 관자놀이가 두통이 있는 것처럼 지끈 아파왔다.

큰길을 따라 걷기 시작했다. 1시간쯤 걸릴 것이다.

"네가 무슨 짓을 한 건지, 얘기를 좀 들어야겠어."

다영이 차분하게 말을 꺼냈다. 치료를 하는 내내 소희는 대답할 말을 찾고 있었다. 하지만 어떻게 생각해도 거짓말로 들릴 뿐이었다. 진실을 말해야만 했다.

소희는 담담하게, 사실은 떨리는 마음으로 이야기를 시작했다. 윤성과 처음 만났을 때부터 지금껏 느껴 왔던 감정과 알게 된 진실을. 긴 이야기여서 걸음이 점점 느려졌다. 1시간이 넘는 시간 동안, 다영은 조용히 소희의 이야기를 들었다.

"윤성 선배를 가지고 싶다고 생각하는 건 아니야. 그저 선배님을 거기서 벗어나게 해 주고 싶어. 조금이라도."

왼쪽으로 틀면 수련원으로 가는 길목이었다. 거기에서 다영이 걸음을 멈추고 소희를 마주 봤다.

"정말?"

"응, 정말. 이제 와서 내가 어떻게 할 수 있는 문제가 아니잖아. 윤성 선배도 주예진한테 다 해봤을 거야. 이런 얘기, 저런 얘기…… 다 해봤지만 안 된 걸, 내가 어떻게 할 수는 없지. 그래도…… 그래도 윤성 선배가 아닌 다른 사람이 하는 말은 조금 더

귀담아 들어주지 않을까, 그런 생각을 했어."

"아니, 그 얘기 말고. 정말로 윤성 선배를 가지고 싶은 게 아니야? 그런 욕심, 전혀 없어?"

다영이 왜 이런 질문을 하는 건지 알 수 없었다.

"응, 없어."

다영은 불안한 눈으로 소희를 빤히 응시했다. 어느새 서쪽으로 기우는 해가 핏빛 노을을 뿌리고 있었다. 다영의 눈동자가 노을에 물들어 붉은빛으로 변해 가는 것이, 어쩐지 불길하게 느껴졌다.

"그래, 알겠어."

이윽고 다영이 소희에게서 시선을 떼고 길목으로 걸음을 옮겼다.

"나는…… 잘 모르니까. 그 사람들에 대해서. 그러니까 그냥 가만히 있을게."

"응, 고마워."

"소희야."

"응?"

"난 네가 좋아."

"응, 나도."

"난 널 아주 많이 좋아하고, 성희도 널 많이 좋아하고, 재현이도 널 많이 좋아해."

"응, 알아. 나도 너희들, 정말 좋아해."

"그래, 그거 알고 있으면 됐어."

불안했다. 왜 새삼스럽게 저런 말을 하는 걸까?

'내가 뭔가 잘못하고 있나?'

소희는 자신의 행동을 되새겨보았다. 크게 잘못한 것은 없었다. 예진이 먼저 소희를 자극했고, 가만히 있었으면 소희가 당했을 것이다. 예진의 눈에는 살의가 넘쳤다. 소희의 돌발행동이 아니었으면, 예진이 소희를 밀었을 게 분명하다.

'그럼 난 이 세상 사람이 아닐 거야.'

그 낭떠러지는 무척 높고 거칠었다.

'하지만…….'

그다음에 드는 생각을, 소희는 무시하려고 애썼다.

'내가 먼저 도발했어.'

그러나 진실은 기어코 소희의 머릿속을 자극했다.

'내가 도발하지 않았으면, 나한테 총만 몇 발 쏘고 돌아갔을 거야. 하지만 난 그럴 수밖에 없었어. 그러지 않으면, 그 언니는 평생 자기가 하는 짓이 얼마나 끔찍한 짓인지 모르고 살아갈 테니까.'

소희는 그렇게 자위하며, 다영의 뒤를 따랐다. 아까의 일이 잘 마무리되었는지, 수련원 운동장 분위기는 꽤 괜찮았다. 다들 바비큐 파티를 할 준비를 하고 있었다.

"다녀왔습니다."

다영이 인사를 하자마자 몇몇 선배들과 친구들과 재현이 달려왔다. 소희는 그들에게 괜찮다고 말하며, 눈으로는 윤성을 찾았다.

"주예진 데리고 잠깐 산책 갔어."

재현이 말했다. 소희는 아랫입술을 깨물었다.

두 사람, 무슨 얘기를 하고 있을까. 주예진은 자기가 한 짓이 아니라고 주장하고 있을 것이다. 윤성이 그 말을 믿어 줄까? 아니, 믿지 않으리라. 문지영에게도 한 짓이 있으니까, 이번에도 역시 예진이 한 짓이라고 생각하겠지.

그렇다면 앞으로 윤성은 어떻게 행동할까. 문지영 때처럼 모르는 척할까, 아니면 화를 낼까. 소희는 문지영과 다른 입장이었다. 든든한 배경이 있고, 윤성과 친한 태훈의 사촌이기도 했다. 어쩌면 윤성은 화를 낼지도 모르겠다.

'아니, 내가 무슨 생각을 하고 있는 거지?'

혼란스러웠다. 이건 마치 자신이 윤성에게 있어서 대단한 존재라도 된다는 듯 생각하고 있지 않은가.

소희는 혼란스러웠다. 어느 순간 무언가가 툭 끊어졌는데, 그게 언제부터였는지 정확히 모르겠다. 어쩌면 서울과 떨어진 곳에 와 있어서, 산과 물이 맑은 곳에 와 있어서, 마음이 유독 술렁이는 건지도 모르겠다. 술렁거려서, 평소보다 과한 생각, 과한 행동을 하고 있는 건지도.

"들어가서 좀 쉬어."

재현이 허리를 굽혀, 소희를 아래에서 올려다보며 말했다.

"소희야, 들어가서 좀 쉬어."

재현이 소희와 눈을 똑바로 맞추고 다시 한 번 말했다.

"아니, 나도 도와야지."

"아니야, 아프잖아. 들어가서 좀 쉬어. 준비되면 부를게. 응?"

재현이 달래듯 말했다. 소희는 재현의 말을 들어야만 한다는 걸 깨달았다.

뭔가 이상하다. 예진을 몰아붙였다. 속이 시원해야 하는데, 오히려 가슴이 뻥 뚫린 기분이었다. 뭔가를 잃었다.

지끈, 지끈.

꿰맨 부분이 터질 듯 아팠다. 병원에서 처방해 준 진통제를 한 알 먹고 누워 있었다. 불을 켜지 않아서 방이 점점 어두워지기 시작했다. 어둠이 스멀스멀 소희를 향해 기어왔다.

도망쳐야 할 것 같은데 꼼짝도 할 수 없었다. 약 기운 때문인지, 이상한 저주에라도 걸린 건지 모르겠다. 어둠은 점점 더 가까이, 가까이, 가까이……

"소희야."

재현의 목소리에, 주박에서 풀려났다.

"응, 재현아."

"좀 잤어?"

"아, 나 여기 들어온 지 얼마나 됐어?"

"1시간쯤 지났나?"

깜빡 잠이 들었던 모양이다. 재현이 방의 불을 켰다. 형광등 불빛으로 방이 환해지자, 아까 느낀 어두운 감정이 깨끗이 사라졌다. 자기 전에 먹은 약 덕분에 두통도 말끔히 가셨다.

열린 문으로 삼겹살을 굽는 냄새가 들어왔다.

꼬르륵—

낮부터 먹은 게 별로 없어서 배가 고팠다.

위장이 움직이는 소리를 들었는지, 재현이 피식 웃었다.

"얼른 나와. 밥 먹자."

그의 미소가 형광등 불빛보다 눈부시게 느껴졌다. 아주 조금 남아 있던 어둠의 찌꺼기조차 떨어져 나갔다.

"응, 진짜 배고프다. 술도 있어?"

"너 머리 꿰맸는데 술 마셔도 되냐?"

"괜찮아, 괜찮아. 조금만 마시는 건 괜찮댔어."

"흐응."

"왜, 왜 그렇게 봐?"

"넌 진짜 거짓말 못해."

재현이 소희의 코를 살짝 잡았다가 놔주었다. 소희는 코를 문지르며 신발을 신었다.

넓은 운동장은 근사한 야외 식당으로 변해 있었다. 어디서 공수해 온 건지 식탁이 여러 개 놓여 있었고, 그 중앙에서는 몇 개의 화로로 고기를 굽고 있었다. 고기는 1학년 남학생들이 구웠고, 여학생들은 다른 요리를 만드는 중이었다. 아마 카레와 된장찌개를 만드는 모양이다.

여러 음식 냄새 때문에 위장이 비명을 질러 댔다. 소희는 배를 문지르며, 학생회 임원이 가리킨 자리에 가서 앉았다.

"저도 된장찌개 끓일 줄 아는데."

“다친 애가 무슨 일을 해. 우리도 그렇게 개념이 없진 않거든.”

나쁜 분위기는 아니었다. 오히려 자발적으로 소희를 챙겨 주었고, 소희는 죄책감을 느꼈다.

간단한 요리들이 완성되고, 고기를 거의 다 구웠을 무렵에 윤성과 예진이 돌아왔다. 그들은 전보다 더 강한 적대감에 찬 시선을 받으며, 구석에 있는 자리에 앉았다.

지끈—

윤성을 향한 악의가 더 강해진 모습을 보자 가슴이 아팠다. 윤성은 죄가 없는데. 이건 전부 주예진 때문인데.

“술, 마셔도 되나?”

맞은편에 앉아 있던 3학년 선배가 조심스레 물었다.

“네, 괜찮습니다.”

“괜찮긴. 안 돼요, 오빠. 얘 꿰맸잖아요.”

2학년 선배가 대신 말했다.

“그치? 꿰맸을 땐 술 안 되지?”

3학년 선배가 민망한 듯 입맛을 다셨다.

“아뇨, 괜찮아요. 진짜요. 의사 선생님이 몇 잔은 마셔도 된댔어요.”

“그래? 그럼 한잔 할래? 여기까지 와서 안 마시기도 좀 그렇잖아.”

3학년 선배가 술을 따라 줬고, 소희는 마셨다. 재현의 걱정스러운 시선이 느껴졌지만, 어쩔 수 없었다. 술에 취해야만 했다. 적어도 취한 척할 만큼 마셔야만 했다. 해야만 하는 일이 있다.

술자리가 깊어지자, 다들 소희의 상태에 큰 신경을 쓰지 않았다. 술을 따르고, 마시고, 따라 주고, 마시고. 몇몇 선배는 훙얼거리고, 몇몇 선배는 먼저 잔다고 들어가려 했다.

소희가 벌떡 일어난 것은 그때였다.

"진짜 너무해요, 주예진 선배님!"

소희의 외침에, 모두의 시선이 모였다.

"정말, 정말, 너무해요, 너무해!"

소희의 칭얼거림을 다들 납득했다. 당연하다. 놀러 와서 커다란 돌멩이로 머리를 맞고 꿰매기까지 했는데, 이 정도의 술주정은 귀여울 정도다.

하지만 다음에 이어지는 말은, 아까의 일에 대한 단순한 주정이 아니었다.

"아무리 선배님 동생이 강윤성 선배님을 구해 줬어도 그렇죠! 물론 선배님 동생이 그렇게 돌아가신 건, 정말 너무너무 슬퍼요. 안타깝고요, 여기가…… 여기가 찢어질 듯 아파요. 그런데요. 그렇다고 해서 선배님이 강윤성 선배님을 그런 식으로 대하면 안 되는 거예요!"

폭탄이 떨어진 것처럼, 술자리가 조용해졌다. 다들 숨소리도 내지 않고 소희를 쳐다보고 있었다.

예진은 하얗게 질린 표정이었고, 그 옆의 윤성은 어떤 표정을 짓고 있는지 잘 보이지 않았다. 소희는 계속해서 말했다.

"있죠, 강윤성 선배가 물에 빠져서, 선배님 동생이 구해 주다가 돌아가셨다면서요. 그렇다고 해서 강윤성 선배님이 죄인이 되는 건 아니에요. 강윤성 선배님도 선배님의 인생이 있고, 마음이 있고, 삶이 있는 거잖아요. 그런데 그렇게…… 헤어지자는 말 한마디 했다고, 집에 휘발유 뿌리고 부모님들이랑 다 같이 죽겠다고 협박하면 안 되죠!"

들려오는 것은 가을벌레의 울음소리뿐. 잠깐의 침묵 사이에 그 소리조차 끊겼다.

"그렇게 막…… 목숨 구해 줬다고…… 그걸 빌미로 강윤성 선배님 쥐고 휘두르면 안 되죠! 그러라고 구해 준 목숨이 아니잖아요. 아니에요? 그거 너무한 거 아니에요? 강윤성 선배님이 너무 불쌍한 거 아니에요?"

"그만해."

이제 윤성의 얼굴이 보인다.

윤성은 일어나 있었다. 운동장에 드문드문 설치된 가로등 불빛이 그의 얼굴을 희미하게 비추고 있었다. 그는 슬픈 눈으로 소희를 응시했다.

"소희야, 그만해."

"선배님, 선배님. 선배님은 왜 그렇게 착해요? 왜 그렇게 참아요? 왜 그렇게 착하고, 참아서…… 왜 둘 다 죽으려고 해요? 그게 사는 거예요? 헤어지고 싶은데 헤어지잔 말도 못하고, 애인이 친구에게 그런 짓을 해서 헤어지자고 했는데 불 질러 죽겠다는 협박이나 당하고, 휴대폰 검사 당하면서 사는 게, 그게 사는 거예요?"

"차소희!"

"그거요, 산다고 말하는 거 아니에요. 그건 그냥 죽은 거예요. 아니, 죽은 것보다 심해. 죽으면 자유롭기라도 하지! 진짜로요…… 선배님, 선배님이 너무너무 불쌍해서…… 읍!"

재현이 소희의 입을 틀어막았다. 소희는 눈을 크게 뜨고 재현을 노려봤다. 재현의 검은 눈동자는 안타까움과 분노와 슬픔으로 일렁거리고 있었다. 분노는 이해한다. 하지만 왜 안타까워하고, 슬퍼하는 걸까?

"불쌍하다는 말은 하지 마, 차소희."

그 이유는 금방 알 수 있었다. 재현이 소희의 귀에 대고 작게 속삭였다.

"네가 사랑하는 사람, 불쌍하다고 말하지 마."

소희의 눈에서 눈물이 흘렀다.

'난 지금 뭘 하고 있는 걸까?'

예진을 몰아세우려고 했는데, 다른 사람들이 오히려 상처를 받는 것 같다. 윤성이, 그리고 재현이.

'재현이가 왜? 왜 재현이가 상처를 받아? 윤성 선배라면 모르겠지만, 왜 재현이가 이런 표정을 짓는 거야?'

싸해진 분위기 속에서 움직임이 있었다. 벌떡 일어난 예진이 어딘가로 달려간 것이다. 소희는 윤성이 그녀의 뒤를 따라갈 줄 알았다. 늘 그렇듯 그녀를 따라가 손을 잡고 달래고 속삭이고 데리고 올 줄 알았다.

하지만 윤성은 꼼짝도 하지 않고 있었다.

"들어가, 취했어."

재현이 억지로 소희의 팔을 끌어당겼다.

"들어가서 생각 좀 정리해."

"나…… 잘못한 거야?"

"아니, 잘했어. 잘했는데…… 그런데 이제 그만해도 돼. 충분해."

"정말? 정말 내가 잘한 거야?"

"응, 잘했어. 속이 시원해. 하지만 더 몰아붙이면, 그 여자 자살할지도 몰라."

"차라리……."

"차라리 뭐?"

"……아냐, 들어갈게."

"그래."

차라리 죽어버렸으면 좋겠다는 말은 할 수 없었다. 잠시나마 그런 생각을 한 자신이 끔찍했다.

"윤성아, 소희가 한 말 진짜야?"

"너 그래서 걔랑 못 헤어진 거야?"

"왜 우리한테 말 안 했어?"

"선배님, 정말이에요? 정말 불 지른다고 협박했어요?"

소희가 수련원 안으로 들어가기 위해 자리를 뜨자, 여기저기서 진실을 묻는 소리가 들려왔다. 이제 됐다. 윤성을 향한 악의는 점차 사라질 것이다. 윤성은 대학 생활을 마지막을, 미움과 증오 사이에서 보내지 않아도 된다.

"소희가 한 말은 사실이야."

윤성의 대답이 작게 들려오기에, 소희는 걸음을 멈췄다.

"하지만 예진이 동생이 날 구하다가 죽은 것도 사실이야. 그러니까 이렇게 된 건, 예진이 잘못만은 아니야."

소희는 아랫입술을 잘근 깨물고 다시 걸음을 옮겼다.

"그래, 죽은 동생은 불쌍하지만…… 그래도 소희 말이 맞아. 그렇다고 해서 예진이가 널 그렇게 대하면 안 되지."

"맞아요, 선배님. 선배님도 선배님 인생을 살아야죠."

윤성을 두둔하는 여러 목소리가 들려왔다. 소희는 쓴웃음을 감출 수가 없었다. 얼마 전까지, 아니, 불과 몇 분 전까지만 해도 그렇게 비난을 해댔으면서. 진실을 알아보지도 않고 욕만 해댔으면서. 저렇게 손바닥 뒤집듯 태도를 바꾸다니.

가슴이 답답했다.

재현은 소희가 방에 들어가는 것을 확인하고 돌아갔다. 형광등을 켜둔 채였지만, 어둠이 가시질 않았다. 아까 잠들기 전에 보았던 어둠이 스멀스멀 기어오기 시작했다. 조금 전보다 빠른 속도로.

소희는 구석에 웅크리고 앉아 어둠을 노려봤다.

저 어둠의 정체는 뭘까. 윤성을 위해 애썼는데, 왜 저 어둠이 괴롭히려 드는 걸까. 내가 뭔가 잘못한 걸까. 아니면 내 안의 무언가가 변해 가는 걸까.

나는 대체 뭘 하고 싶은 걸까. 무얼 위해 이 모든 짓을 한 걸까. 단지 윤성을 위해? 윤성을 주예진이라는 늪에서 벗어나게 해 주기 위해?

머리가 복잡했다.

도망치듯 방에서 나왔다. 사람들을 마주하고 싶지 않았다. 특히 재현과 얼굴을 맞대고 싶지 않았다. 그래서 다른 쪽 출입구로 향했다.

건물을 빠져나와 막연히 걸었다. 강가로 가는 길이라는 걸, 물소리가 들려온 후에야 깨달았다. 어두울 줄 알았는데, 강가에도 여기저기 가로등이 있어서 아주 캄캄하진 않았다.

그 강변에 있는 사람은, 소희만이 아니었다.

〈다음 권에 계속〉